鳳よ鳳よ

——中国文学における〈狂〉——

佐藤　保編

まえがき

本書は、副題にあるように、「中国文学における〈狂〉」を共通の軸として、執筆者がそれぞれの関心のありようにより、ジャンルや時代を自由に選択して、作品あるいは作家を論じた論文集である。この点では六年前の平成十四年秋に、同じ汲古書院から上梓した『ああ　哀しいかな――死と向き合う中国文学』と同趣向の、その続編ともいうべき書物である。

書名の「鳳《ほう》よ鳳《ほう》よ」は、『論語』微子篇に見える楚の狂人接輿《せつよ》の歌にもとづいている。

楚の狂接輿、歌ひて孔子を過《よぎ》る。曰はく、鳳よ鳳よ、何ぞ徳の衰へたる。往く者は諫《いさ》むべからず、来る者は猶追ふべし。已《や》みなん已みなん。今の政《まつりごと》に従ふ者は殆《あやふ》し、と。

楚の狂人の接輿が、歌をうたいながら孔子のそばを通り過ぎた。その歌は、「鳳よ鳳よ、なんとおまえの徳の衰えたことよ。過ぎ去ったことは改めようもないが、先のことはまだ間に合うぞ。やめよ、やめよ。今の政治に携わる者は命が危ういぞ。」とうたっていた。

「鳳」は聖賢の治世に出現するといわれる瑞鳥、ここでは聖賢の道を説いて諸国を遍歴する孔子をさして「鳳よ」と呼びかけたもの。この歌は、孔子の徳に敬意を表して「鳳よ」と呼びかけはしたが、実は乱世に道を説く孔子の愚かさを揶揄し、世を捨てて隠遁するようにすすめる歌である。接輿は儒家とは対極の道家的な人物で、いわゆる「佯狂《ようきょう》」（狂をよそおう佯《いつわ》りの狂人）の隠者と伝えられており、『列仙伝』（漢・劉向）によれば、彼の姓は陸、名は通、接輿は字である。『論語』以後、例えば『荘子』には『論語』のそれと同じシチュエーションでありながら、歌の部分が長文化された人間世篇の記載のほか、逍遙遊篇と応帝王篇の合わせて三カ所に接輿の名が見え、『戦国策』（秦策・三）や「楚辞」（九章・渉江）等にも彼に関する記載があるなど、先秦時期の数種の文献に接輿は登場する。

しかしながら、その実在ははなはだ疑わしく、実はおそらく道家の人々が創り出した寓話的な仮想の人物であったのだろう。推測の是非はともかく、接輿は、佯狂の大先輩である殷の箕子《きし》——殷の紂《ちゅう》王を諫めたが聞き入れられず、佯狂して奴隷となった（『史記』宋微子世家）——に比べてその素性も行動も曖昧模糊としてはいるが、その佯狂が自己保身のためのみならず他者にまではたらきかけるという、いささか矛盾した行動をとるという点において、古代中国における佯狂の隠者の一典型として、戦国期には人々に知られる存在となっていたのである。

以上のようなことから、「鳳よ鳳よ」は狂人のふるまいを象徴する印象的なフレーズとして、本書の書名にふさわしいものと、われわれは考えた。本書収載の論文にも、佯狂接輿に直接触れる論文が数篇ある。

中国人と狂について、白川静氏に「中国の人ほど狂の語を愛した民族は、他にないように思う」（『文字遊心』狂字論・痴愚礼讃）という重要な指摘がある。白川氏は、その証拠として狂に関する漢字語彙の豊富さ、狂の価値観や美意識などを述べたうえで、

中国の精神史のなかで、狂はまことにゆたかな、また特異な地位を占めているようである。（同上）

と結論する。

白川氏の指摘を具体的に検証し確認するには、本書がカバーする範囲はあまりにも狭く部分的であり、通時性、網羅性に著しく欠けている。また、比較の対象となる中国以外の国の狂にふれる文章も、日本関係の三編のみにとどまる。

この不足を補うために、本書は前の『ああ　哀しいかな』にはなかった狂研究・狂気論に関する著書・論文を収集して参考文献とし、それぞれに簡潔な解題を付すことにした。参考文献は中国関係を中心にできるだけ網羅的に集めたが、中国にかぎらず他国関係の文献も目についたものは拾ってある。本書収載の論文とともに狂を考える際の参考にして欲しい。

平成二十年十二月

マルサの会代表　佐　藤　　保

鳳よ鳳よ——中国文学における〈狂〉目次

まえがき……佐藤　保　i
六朝人の「狂」の観念の由来と変遷——「佯狂」の変容を中心に——……矢嶋　美都子　3
庾信の「狂花」に見る六朝人の「狂」の観念について
——「身を全うする」ために機能する「狂」——……矢嶋　美都子　35
盛唐詩人と「狂」の気風——賀知章から李白・杜甫まで——……谷口　真由実　49
江南の倦客、狂言す——周邦彦……村越　貴代美　73
忠臣か狂士か——鄭思肖の執着と南宋遺民——……大西　陽子　95
人見卜幽軒の学問と『莊子』の狂……王　廸　121
頼山陽の真「狂」……直井　文子　145
齋藤拙堂と「狂」……直井　文子　169
「日常」にひそむ「異常」——施蟄存の「怪奇幻想小説」……西野　由希子　185
「二十にして狂ならざるは志気没し」——銭鍾書『写在人生辺上』と『囲城』……杉村　安幾子　205

参考文献　225
あとがき　佐藤　保　243

鳳よ鳳よ——中国文学における〈狂〉

六朝人の「狂」の観念の由来と変遷

――「佯狂」の変容を中心に――

矢嶋　美都子

六朝人の「狂」の観念を示すエピソードがある。『世説新語』（方正篇）に

孔愉と孔群が都大路で、お供を大勢引き連れた匡術に出会った。匡術が近づいて孔愉らに話しかけたが、孔群は横を向き「鷹が鳩に化けても、衆鳥はその目を憎む」といった。匡術は大いに怒り孔群に斬りかかった。孔愉は匡術を抱きかかえ「私の従兄弟は発狂したのだ、私に免じて許してくれ」といい、それで孔群は首を斬られずにすんだ。

匡術は蘇峻の乱（三二七年）の首謀者、乱の時に孔群を脅迫した。平定後、王導が匡術の命を救い、孔群と和解させようとしたが孔群は憎しみを消していなかったのである。また『世説新語』（黜免篇）には次の話が有る。

諸葛肱は西晉王朝で若いころから清誉があり、王衍（西晉末の宰相）に重んじられていた。後に、継母の一族に誣告され狂逆の罪で遠方に流されることになった。諸葛肱は護送車を見送りに来た王衍らに流刑のわけを問い、「狂逆の罪にされた」と聞くと「逆ならば殺すべきだが、狂が何で流刑にされるのだ」といった。

これらのエピソードは、「狂」の人は殺されない、罪せられない、といった観念を六朝人が持っていたことを示している。現代でも犯罪者の精神鑑定で刑罰が酌量される事例を見るが、しかし実は根底にある「狂」への見方、価値観には大きな

違いがある。古代中国では、世を避けるポーズに「被髪佯狂」（ざんばら髪で気が狂ったふりをする）があり、社会的に認知された存在として「佯狂」（陽狂）や「狂生」「狂士」と称される人々がいたのである。

本稿では、彼らの系譜を辿りながら、彼らがなぜ認知されたのか、「被髪佯狂」の事由と時代の推移に伴う変容を考察し、六朝人の「狂」の観念のありようを見ようと思う。(1)

一、中国古代の「狂」

そもそも中国で「狂」の元祖は誰かといえば、かの有名な孔子をからかった楚狂（楚の狂人）接輿である。

楚狂接輿が歌いながら孔子のそばを通り過ぎた。「鳳よ鳳よ何と徳の衰えたことか、過ぎた事は仕様が無いが、未来の事はまだ間に合う、止めろ、止めろ、今、政治に関るのは危険だぞ」。孔子は話を聞こうと車からおりたが、接輿は小走りに去ってしまった。

（『論語』微子）

鳳は鳳凰、太平の世に現れる瑞鳥。接輿は『論語』の注に「楚の人、姓は陸、名は通、字は接輿……昭王の時、政令が混乱していたので被髪佯狂して仕えず、当時の人は楚狂といった」という。孔子が接輿の話を聞こうとしたのは、「狂」を認めているからである。孔子は「狂」について、『論語』陽貨で「古の狂や肆」（古の「狂」者は心が遠大でのびのびしている）、『論語』泰伯で「狂にして直ならず……吾は之を知らず」（「狂」者でまっすぐな気持ちでない者……を私は知らない）、といい、また『論語』子路で「中行を得て之に與せずんば　必ずや狂狷か、狂者は進みて取り、狷者は爲さざる所有り」（中庸を得た人と交際できないならば、狂狷と交際したい、狂者は進んで求めるし、狷者は敢えて行わないところを持っている）、とも言っている。「狂者」や「狷者」に中庸を得ず度を越す者というかっこ付きではあるが一定の評価を与えているのである。さらに孔子は「佯狂」の原型とされる箕子を「殷の三仁」と称している。

（殷の紂王は異常な乱暴者で、諫めた臣下も残虐非道な仕打ちを受けたので）腹違いの兄の微子は逃げ去り、叔父の箕子は（佯狂して）奴隷となり、諸父の比干は心臓をえぐられて死んだ。孔子は殷には三人の仁の人がいた、といった。

（『論語』微子）

箕子は、殷が周の武王に滅ぼされた後、武王に召しだされて、洪範（天地の大法）を陳述したという。また周に参朝する時、殷の廃墟を通り禾黍の生じているのを見て「麦秀歌」を作り無念の思いを詠った、とも伝えられる（『史記』微子世家）。『論語』に「佯狂」の語例は無いが、接輿や忠直な箕子は「義」、「忠」といった自分の信念を貫く為に「狂」の姿を借りた、といえよう。かれらの処世について『楚辞』天問は

何聖人之一徳　何ぞ聖人は徳を一にして
卒其異方　卒に其れ方を異にする
梅伯受醢　梅伯は醢を受け
箕子佯狂　箕子は佯狂す

なぜに聖人の徳は同じなのに、それぞれその表し方を異にするのであろうか、梅伯は醢をうけ、箕子は佯狂した。

梅伯は紂王の時の諸侯。諫言して怒りをかって殺され、その肉を醢（塩辛）にされた。暗君の下では、諫言しても梅伯のような酷い目に遭うか、箕子ように「佯狂」せざるを得ないのだ、という思いが感じられる。同様の感慨は『楚

辞』九章　渉江にも詠われている。

接輿髠首兮　桑扈臝行　　接輿は髠首し　桑扈は臝行す
忠不必用兮　賢不必以　　忠は必ずしも用いられず　賢は必ずしも以いられず
伍子逢殃兮　比干菹醢　　伍子は殃いに逢い　比干は菹醢せらる
與前世而皆然兮……　　前世と皆然り……

接輿は頭髪を剃って刑余の者の姿で世を避け、桑扈は未開人の真似をして裸で行動したという。忠なる者も賢なる者も必ずしもその真価が認められ用いられるとは限らない、忠臣伍子胥は災いに遭い、賢人といわれた比干は殺されてから肉を細切れにされ塩辛にされた、昔も今もそうなのだ……

桑扈は古の隠者。伍子は伍子胥、春秋時代、楚の人。呉に仕え、呉王夫差の忠臣でよく諫言したが、越王勾践から美女西施や賄賂を贈られた夫差は、伍子胥に自殺を命じた。『楚辞』惜誓では、比干の死を犬死とみている。

比干忠諫而剖心兮　　比干は忠諫して心を剖かれ
箕子被髪而佯狂…　　箕子は被髪して佯狂す……
非重軀以慮難兮　　軀を重んじて以て難を慮するに非ず
惜傷身之無功　　身を傷つけるの功無きを惜しむ

比干は忠義の諫言したが、紂王は怒り、殺してから「聖人の心臓には七竅（七つのあな）が有ると聞いている」といい、比干の心臓を剖いて観た。箕子は怖れて髪の毛をざんばらにして佯狂し世を避けた……我が身大事に災難を心配するのではない、身を傷つけてもそれに値する功績がないことを惜しむのだ。

以上のことから、古代に於いて「狂」(「佯狂」)は、暗君乱世に明哲忠直の人が「忠」や「義」といった信念を貫くための止むを得ない処世の姿、という見方が出来ていた、といえよう。

二、漢代の「狂」(「佯狂」)

漢代の「狂」(「佯狂」)について見るに先ず、項羽と劉邦が天下に覇を競っていた時代、酈食其という人がいた。

酈食其は、陳留、高陽の人。読書家だが貧しく、村里の門番をしていた。彼を雇う者は誰もおらず、皆が「狂生」といっていたが、酈食其は才能を隠し、仕えるべき人を待っていた。ある時、沛公(劉邦、後の漢・高祖)の部下に会ったので紹介を頼み、沛公には「臣の里に酈生という者がいて、年は六十余、身の丈八尺、人は皆「狂生」といってますが、本人は「狂生」ではない、と申してます」、と告げて欲しいといった。やがて沛公からお召しがあり、高陽の伝舎で拝謁し、陳留を下す策を献じ、説客となった。

(『史記』酈食其伝)

酈食其は儒者嫌いな劉邦に、「狂生」(狂人先生)と売り込むことで面会の機会を得たのである。この例は「狂生」は敬意を払うべき明哲忠直の人というイメージが既に根付いていることを示すのみならず、さらに只者ではない、何か特異な能力を隠している者、といったイメージまで派生していたことを示している。これより少し後、斉に蒯通という人がいて、斉王となった韓信に自説を開陳し、漢・高祖(劉邦)から自立するよう謀反を勧めた。

韓信は猶豫し漢に背《そむ》くに忍びず、また自分は功績が多いから、漢が我が斉を奪うことはあるまいと思い、蒯通の謀反の勧めを拒絶した。蒯通は自説が聴き入れられなかったので、惶恐し「陽狂」して巫となった。

（『漢書』蒯通伝）

蒯通は謀反の勧誘に失敗したので、殺される恐れがあった。それで「其の身を全うする」ために「陽狂」（佯狂）したのである。前漢の景帝のころには、漢代を代表する文人鄒陽の事件がある。鄒陽は景帝の弟梁王孝の側近に媚びなかったので讒言され投獄、死刑に処されそうになった。それで獄中から梁王孝に、冤罪の救済を訴えた手紙「獄中上書自明（獄中にて書を上り自ら明らかにする）」（『文選』巻三九）を書いた。

昔、和氏は璞玉を献上したのに楚王に足切りにされ、李斯は忠誠を尽くしたのに胡亥に極刑にされました。箕子が陽狂し、接輿が世を避けたのも、此のような患いに遭うのを恐れたからです。どうぞ大王様は和氏や李斯の心意を明察され、楚王や胡亥が讒言を聴きいれたようにはせず、私めを箕子や接輿に笑われないようにして下さい。比干が心臓を剖かれ、子胥が鴟夷（馬の皮の袋に遺体をいれられ江中に投げ捨てられた）されたということを始めは信じませんでしたが、今やっと理解しました。どうぞ大王様、熟慮ご明察くださいまして、少しでも哀れみを加えてください。

ここでの箕子と接輿は、「佯狂」の事由云々よりも、誤解や讒言を避け「其の身を全うした」人として引用されている。これを読んだ梁王孝はすぐさま救出し、鄒陽を上客として遇したという。箕子と接輿は、鄒陽と同じころの東方朔の「非有先生論」（『文選』巻五一）でも次のように記されている。

先生曰く接輿は世を避け、箕子は被髪佯狂す。此の二子は皆濁世を避け、以て其の身を全うする者なり。

「濁世を避け」「身を全うする」ための「狂」（「佯狂」）を容認する気風が構築されていたのではないかと思われる。東方朔は朝廷内で「佯狂」を実践した。

東方朔はしばしば武帝の話し相手をして武帝を楽しませ、また食事に招かれて残りの肉を懐に入れて持ち帰り衣服を汚したが、いつもご褒美の縑帛やお金を下賜されていた。それらの財物をすべて長安の若い美女を娶り、一年もたつと棄てるということに費やした。……武帝の側近たちはこういった行為をする東方朔を半ば狂人あつかいしていたが、武帝は東方朔を「お前たちよりも仕事の出来る奴だ」といっていた……ある郎官が東方朔に「人は皆、先生を狂人と思ってますよ」というと、東方朔は「私は所謂る世を朝廷の間に避けているのです。昔の人は深山の中に避けたそうですが……」と答えた。

（『史記』東方朔伝）

宣帝のころには韋玄成の「佯狂」事件があったが、こちらは、国譲りの美名がついた。

玄成はその時は佯狂して、跡継ぎに立たなかったが、結局は跡を継ぎ、国譲りの名声が有るようになった。

（『史記』韋賢伝）

韋玄成は父子二代丞相と成ったことで史上に有名なので、玄成佯狂の顚末をその父韋賢の本伝（『漢書』韋賢伝）から概略すると、

韋賢は学徳一世に高く宣帝のとき丞相に至った。……長男が早世したので、次男の弘を後継者とし、罪過を得やすい職に就いていた弘を辞めさようとしたが、弘は辞職せず罪を得て投獄され、賢は憤怒を秘めたまま跡継ぎ

を告げずに死んだ。臣下は賢の遺言と偽り弟玄成を跡継ぎにと上書した。父の本意を知る玄成は「佯狂」し、寝たまま大小便を垂れ流し、妄笑昏乱のふりをしたが、兄に爵位を譲るためだと疑われ、審議された。取調官は玄成に手紙を書いて言った「君が佯狂するのは、名声ほしさの卑しい行為です」。友人は「……玄成を衡門に安んじさせてください」と上疏したが、佯狂と弾劾上奏された。しかし詔が下り弾劾させず、宣帝は玄成を引見し爵位を授け、高節とした。……玄成は父賢の後を継いで元帝の丞相となること七年、正義を守り重きを持するは父賢に及ばなかったが、文才は父より優っていた。

お家の跡取り騒動ではあるが、「佯狂」が容認というよりも公認されたことを示す事例といえよう。王莽が天下人のころの郅惲の事例も「佯狂」公認を裏付ける。

天文暦数に明るい郅惲に退位を勧められた王莽は激怒し、大逆だと弾劾し即刻とらえて投獄し殺そうとしたが、郅惲が経書と讖記に基づいて進言したのを憚り、側近に「狂病のせいで恍忽としていて、何を言ったのか自分でよく分かりません」と郅惲が自分から申し出るように脅迫させた。郅惲は目を瞋らせ罵って言った「陳ぶる所はみな天文の聖意にして、狂人の能く造る所に非ず」と。郅惲は冬になって赦免され、同郡の鄭敬と南の蒼梧に遁れた。

（『後漢書』郅惲伝）

これは為政者が「佯狂」を利用した興味深い事例である。郅惲を大逆罪で殺すことも放置することも出来ないので「狂人」に仕立て、両方の面子を保つ形で解決しようとしたのである。先に見た六朝の諸葛肱が、「逆」ならば殺されるが「狂」ならば罪せられない、と叫んだ観念の先例を示している。後漢も末期には、人々の役に立った「狂生」袁閎の事例がある。

袁閎は険乱な時勢に自分の家の富盛を嘆じていた。党錮の乱が起こると、散髪絶世し迹を深林に投じようと、母が老いているのもかまわず土室を築いて引き籠り、飲食を窓から運ばせ、母が来たときだけ応対し、母が死んでも位牌も作らなかった。当時の人は「狂生」とした。潜身十八年、黄巾の賊が起り、郡県を攻奪し人々は驚散したが、袁閎は誦経して移らなかった。賊どもは互いに約語して袁閎の村閭には入らず、袁閎の郷人は皆助かった。年五十七、土室に卒す。

（『後漢書』袁閎伝）

土室に十八年も引きこもるのは、佯狂なのか本当の狂人なのか判然としないが、賊どもが「狂生」袁閎を敬遠したお蔭で村人は助かったのだから、「狂生」の存在意義もあった。後漢の仲長統も曹操に認められるほどの人材であったが、当時の人に「狂生」といわれた。

仲長統は若い時から好学多読、名文家であった。……性格は俶儻（拘らない）で敢えて直言し、小節を軽んじ、出処進退が勝手なので、時人は「狂生」といった。……荀彧が名声を聞いて尚書郎にし、後に曹操の軍事に参じ、古今及び時俗行事を論説しては発憤歎息し、凡そ三十四篇、十余万言の論文『昌言』を著し政治に貢献した。

（『後漢書』仲長統伝）

以上の例から、漢代にはすでに「狂」（「佯狂」）は、立派な人が敬意を表すべき事由から「世を避け」「其の身を全うする」ための仮の姿、というイメージが浸透しており、同時に殺されない、罪せられないという観念も周知されていた。そして「狂」（「佯狂」）には為政者に無益な殺生をさせないなど、人々に有益な機能があることが知られるようになった。つまり官民どちらの側からも超法規的な行為や目的を遂行するのに都合の好い方便、という新たな意義が見出され、容認から公認さえされるようになった、といえよう。

三、六朝時代（魏末から西晉）の「狂」（「佯狂」）

六朝時代に「世を避け」「其の身を全うする」ことが遍られたのは、魏から西晉への政権交代の時期で、その処世の典型は「竹林の七賢人」に求められるが、とりわけ魏の宗室と縁の深かった阮籍と嵆康には魏朝乗っ取りを狙う司馬氏からの圧迫が強く、嵆康は非業の死を遂げた。阮籍が生き延びたことについて、王隠の『晉書』は次のようにいっている。

魏末の阮籍は才能は有るが酒を嗜み荒放、髪を振り乱し、裸で肩脱ぎし足を投げ出し、役職についても日々護衛兵と飲酒放吟した。当時の人は魏の交代期を生きるために佯狂して時世を避けた、としているが阮籍の本性自然なのか分からない。

阮籍の「佯狂」ぶりを本伝（『晉書』阮籍伝）では、「時人の多く之を癡（愚か者）と謂う」といい、酒に関しては「阮籍は本来済世の志は有ったが、魏晉の交代期で天下に陰謀が多く、名士の多くは生命を全うできなかった。それで世事に関与せず、遂に酣飲を常態とした」という。礼教を無視した行為については、例えば礼俗の士に白眼をむいて応接したので「礼法の士は阮籍を仇敵のように憎んだが帝はいつも保護した(2)」という。帝は西晉の文帝、司馬昭。文帝が阮籍を保護したのは、阮籍は「方外の士」という見方があったからと考えられる。阮籍の母親の葬礼の時、裴楷が弔問したのに阮籍は哭礼もしなかった。この行為を無礼だとする批判するに対して、やはり阮籍の本伝に「裴楷が、阮籍は方外の士であるから礼典など崇めない、私は俗中の士なので軌儀に遵ったまでだといい、当時の人は、両人への人物評はどちらも的を得ている、と感嘆した」とある。裴楷の人物評の精確さは本伝（『晉書』裴楷伝）に、「楷に知人の鑑有り」とあるように、よく知られていた。また裴楷が文帝に信頼されていたことは、同書に「吏部郎に欠員が出たので、文帝が鍾會に適任の人を問うと、鍾會は裴楷は清通、王戎は簡要、どちらも適任ですと言った。それで裴楷を吏部郎にした」とあることからも窺える。この逸話は『世説新語』（賞誉篇）にも記載されている。「方外の士」は世俗の外の人の意味で、『荘子』大宗師に典故がある。次のような故事である。

子桑戸、孟子反、子琴張の三人は親友だった。子桑戸が死んだので、孔子が子貢を弔問に行かせると、孟子反、子琴張の二人は子桑戸の屍の前で歌っていた。子貢が「その態度は礼か」となじると、二人はお前に本当の礼が分かるかと笑った。子貢が帰って孔子に彼らは一体どういった人ですかと問うと、孔子は「彼らは方外に遊ぶ者、私は方の内に遊ぶ者、方の内と外は一致しない、お前を行かせたのは浅慮だった……」と答えた。

竹林の七賢（『程氏墨苑』より）

魏晉の時代は、老荘思想が流行しており、『荘子』や『老子』といった書物は当時の貴族の愛読書、必読書であった。なお阮籍と同時代の夏侯湛は、「狂」人ぶりを標榜していた東方朔を

「方外に遊ぶ者」といっている。

（東方朔の）民をすくう度量の広大さ、包み込む懐の深さは、公卿大臣を凌ぎ、豪傑をあざ笑い、前賢を一絡げにし、貴勢を踏みつけるほど。出仕しても栄達せず、低い身分でも憂えず、天子とは同僚に対するが如く戯れ、同輩を草や芥の如く見ている。雄節は仲間よりすぐれ、高邁な気概は天下を蓋う。世俗の者からひときわ高く抜きん出た、方外に遊ぶ者とこそいってよい。

（「東方朔画賛」『文選』巻四七）

これらから、このころ「佯狂」と区別する「方外の士」という概念での括り直しがあったのではないかと思われる。そこで、当時の「佯狂」は「方外の士」とどのように相違するのか、史書にその実態を求めてみる。まず、呉の大司馬陸抗（陸機の父）に勇略を認められた吾彦の伝に「佯狂」（陽狂）の事例がある。

吾彦は寒微の出身だが、文武の才幹があり、身長八尺、素手で猛獣を打ち殺すほど膂力絶群であった。陸抗は吾彦を抜擢するに際して、衆情の賛同を得るため、諸将を集め、「陽狂」を密命した人を刀を抜いて跳躍乱入させた。席上の諸将は皆懼れて逃げ出したが、吾彦だけが机を上げて防御した。皆がその勇気に感服したところで、陸抗は吾彦を抜擢採用した。

（『晉書』吾彦伝）

密命を受けて登場した「佯狂」（陽狂）は、かなり芝居がかっているが、当時の人の「狂」のイメージを具現化した姿といえよう。理性を失い、刃物を振り回して暴れる凶暴で恐ろしいものである。実際に人を切った「陽狂」もいる。王衍（王戎の従弟）である。

王衍、字は夷甫、神情明秀、風姿詳雅であったが……、楊駿が娘との結婚話を進めると王衍は恥として、遂に陽狂して免がれた。……王衍はもともと趙王倫の人と為りを軽んじていたので倫が位を簒うと、陽狂して婢を斫り仕官を免れた。倫が誅殺されると河南の尹を拝し、尚書に転じた。

(『晉書』王衍伝)

王衍の我意、出仕拒否を通す為の「陽狂」であるが、婢を斫っても罪咎を追求された形跡は無い。これはまた当時、「狂」と認められるには、実際の「狂病」が包含する凶暴な一面を示す必要があったことを推察させる事例でもある。

次の郭舒伝は権力者が「狂病」の名目を利用した事例。

郭舒は、幼時から将来の国器と称賛されていた。王澄は其の名声を聞いて別駕に採用した……、宴席で宗廞が酒に因り王澄に逆らったので、王澄は怒り側近に棒で打たせた。郭舒が側近に「使君は酔っているのだ、汝輩は妄動するな」というと、王澄は恚り「別駕は狂ったか、私が酔っているとは誣言だ」といい、郭舒の鼻をつまみ眉頭に灸を据えた。……後に王敦に仕えた時、王敦が土地を無法搾取しようとしているので、郭舒が諫言しかけると、王敦は「王澄はお前が狂病なので鼻をつまみ眉頭に灸を据えたのだ、再発したのか」といった。郭舒が「古の狂や直なり、周昌、汲黯、朱雲は狂ってません……」というと王敦はすぐに土地を返還させ、人々はみなこれを壮挙とした。

(『晉書』郭舒伝)

王澄は気に食わない諫言への意趣返しに、郭舒を「狂病」だとして鼻をつまみ眉頭にお灸を据えた。これが狂病の治療法なのかは未詳だが、目立つ所に烙印を押したのであり、「狂病」だと指摘するだけよりも過激化、暴力化している。先の王莽が郅惲に退位を勧告された時の対応や、禰衡に対する曹操の処遇と比較するとよく分かる。

禰衡は孔融に才能を愛され、曹操に引き合わされたが、自ら「狂病」と称して無礼で曹操を軽んじる驕慢な振る舞いをした。曹操は大いに怒り殺そうとしたが、度量が狭いと思われるのがいやで、劉表に送った。

（『後漢書』禰衡伝）

曹操は自称でも「狂病」（佯狂）の者に直接手を下していない。王敦の「狂病の再発か」という言葉には、返答しだいでは更に荒療治も有るぞという脅しと、孔子が認めた「狂」を確認する気持ちが感じられる。郭舒は敢えて主君に進み出て信念に基づいて物申したのだから、孔子が「狂者は進みて取り……」（『論語』子路）という狂者に重なる。郭舒が「古の狂や直なり」といって名前を挙げた、周昌、汲黯、朱雲らはいずれも史上に直諫の臣として名を残している。例えば『揚子法言』巻十一に「折節せしは周昌、汲黯（注　折節は直諫の意）」とある。周昌は漢の高祖（劉邦）が沛で挙兵したころからの部下で、「力が強く、敢えて直言する性格だったので重臣もみな彼にへりくだっていた。……高祖も一番周昌を憚っていた。……高祖が太子を廃して、戚夫人の生んだ如意を立てようとした時の周昌の諫言は強烈だった」（『史記』周昌伝）。汲黯は前漢の武帝に「昔、社稷の臣というものがあったが汲黯はそれに近い」と認められていたが、「しばしば切諫したので久しく朝廷に留まることが出来ず、東海太守に遷された……、直諫を好み、しばしば武帝にいやな顔をされた……」（『史記』汲黯伝）とある。朱雲は「折檻」（強く諫めること）の語の典故で有名である。

前漢の成帝の時、朱雲は朝廷に居並ぶ大臣たちの面前で、彼らは特に帝師であるからと位を特進された張禹は、職責をはたさず禄を食んでいるだけだ、といった。成帝は怒り御史が朱雲を引き下がらせようとしたが、朱雲は御殿の檻《てすり》にすがりつき、檻が折れた。朱雲は大声でいった「地下で龍逢（桀の臣下、諫言して殺された）や比干に従い遊べれば満足だ、聖朝がこれからどうなっても知らないぞ」、朱雲が連れ去られると、辛慶忌が叩頭し額から血を流して「この臣はもともと狂直で世間に知られています。……許すべきです」といったので、成帝の心も解け、折れた檻を修理させず「直臣の旌（シンボル）としよう」といった。（『漢書』朱雲伝）

以上の例から、孔子の認めた「狂」の観念は継承されているが、実際の「佯狂」は狂病のリアリティー、特に凶暴性が織り込まれるようになり、また「狂」者は殺されず罪せられないかわりに、「狂病」者と認定されることによる荒療治があるようになった、と分かる。「狂」（「佯狂」）がこのように過激な形態に変容したのは、司馬氏の政権への出仕拒否に「佯狂」を利用する者が増加したことと、それを阻止しようとする側の思惑が相俟っての結果と推量される。例えば、司馬氏の政権への就職を斡旋しようとした山濤に、絶交の意を伝える嵇康の返書「與山巨源絶交書（山巨源に與えて交わりを絶つ書）」（『文選』巻四三）にも、仕官の志は無く隠者暮らしが望みだ、と再三述べた後に、出仕を強要されたら発狂するだろう、という記述がある。

一旦迫之必發其狂疾。　（一旦之を迫れば、必ず其の狂疾を發せん）

この表現を用いた嵇康の真意は不明で、常套句の感も否めないが、司馬氏としては放置できない風潮であろう。一方、阮籍や東方朔は出仕拒否をしていない。先に見たような形で世を避けていた。それで当時の「佯狂」で括りきれない阮籍のような例を「方外の士」とした、と考えられる。

四、六朝時代（西晋から東晋）の狂（「佯狂」）

司馬氏の天下になると、信念に固執し頑なに出仕拒否する処世を忌避する風潮になる。

嵆康が誅されて後、向秀（竹林の七賢の一人）が郡の上計職に推挙されて、都の洛陽に来た。文帝は引見して「箕山の志が有ると聞いているが何故ここに来たのかね」、向秀は答えて言った「巣父・許由は狷介の士です、手本として見習う点は多く有りません」。文帝は大いに歎息した。

（『世説新語』言語篇）

箕山の志は隠逸の志。巣父・許由は堯の禅譲の申し出を穢れると断り、節操を守るため箕山に隠れた。「狷介の士」は、「狂狷」の狂者と対の狷者。[3]『論語』（子路）に「狷者は爲さざる所有り」とある。西晋の太康詩壇の張協は「七命」（『文選』巻三五）で、隠棲する沖漢公子が晋の天子の徳の高さ聞き、出仕を決意した時の台詞のなかで「狂狷」を愚かさの意味（六臣注に「狂狷は愚蒙なり」）で使っている。

公子はがばと起き上がり言った、私は頑固で見識が狭く此の狂狷（愚かさ）を守って参りました。……私は不敏な者ですがあなたの後塵に従い出仕しようと思います。

同じく太康詩壇の陸機は「答賈長淵詩（賈長淵に答える詩）」（『文選』巻二四）で、「狂狷」を謙遜の自称に使う。

民之胥好　　民の胥好する　　ともどもに好いほうへ戒め進めば
狂狷厲聖　　狂狷も聖を厲く　　狂狷（愚か者の私）も聖知を磨けましょう
儀形在昔　　在昔に儀り形り　　昔の聖人を模範にして

予聞子命　予　子の命を聞かん　　私はあなたのご下命に従います

ここは賈謐が潘岳に代筆させた「贈陸機詩（陸機に贈る詩）」（『文選』巻二四）で、魏をついだ西晉へ出仕した呉出身の陸機に、南の柑も北に渡ると橙になる、と変節を戒めたことに対する答の部分。「狂狷も聖を厲く」は、『尚書』多方の「聖君も善を念うことがなければ狂者と作り、狂者もよく善を念えば聖君と作る」を踏まえる。注の疏に「正義曰く聖君は上智の名、狂者は下愚の稱」とある。陸機の弟陸雲は謙遜の自称に「狂夫」の語を使っている。(4)

以上のように司馬氏の政権下では、「狂狷」は否定され「狂」（「佯狂」）は愚蒙、愚か者を意味するようになった。東晉王朝になると、更に頑な処世は疎んぜられるようになる。

周顗は雍容として風采が好かった。王導を訪ね……坐に着くと傲然と嘯詠した。王導が「君は嵆康や阮籍をお手本として慕うのかね」と聞くと「どうして近くのあなた様をおいて遠い昔の嵆康や阮籍を慕いましょうか」と答えた。（『世説新語』言語篇）

王導は東晉王朝建設の功労者。周顗は王導へのお世辞、恭順を表すためとはいえ、阮籍を真似て嘯詠しているのに、阮籍や嵆康は遠い昔の人になった、お手本にしないと、言っている。「嘯」は口をすぼめて声を出す発声法で道家の養生法一つ。『晉書』阮籍伝に「尤も荘老を好む、酒を嗜んで能く嘯き、善く琴を弾ず」とある。周顗の言動は、西晉の末から東晉の初めのころ、貴族の間で竹林の七賢人、特に阮籍の生活態度の形だけを真似して「放達」（物事に拘らず気儘に振舞う）を標榜、実践する風が流行し、代表的な人物をまとめて「八達」という呼び方をするが、こういった風潮の影響を受けていると思われる。東晉王朝は、西晉王朝末期に「八王の乱」などで王朝が弱体化したところに異民族の襲来を受けて西晉が滅亡し、その生き残りが江南に逃げて、建康（今の南京）を都に創建した王朝であるから、とくに草創期は貴顕を一人でも多く自分の陣営に確保せねばならなかった。それで頑な出仕拒否の処世を愚蒙とし、度量の大きさを示すためにも「放達」を受け入れた。一方、貴顕も政権が不安定な時期にはうっかり職務に専念して危ない目に遭うより、「放達」をして時を稼ごうとした、と考えられる。「八達」の一人とされる胡毋輔之は、出仕拒否はしないが、郡の仕事、職務を顧みず「放達」をし、息子の躾も出来ず「狂」（愚か）と言われている。

……胡毋輔之は酒好きで、我儘、大雑把な性格で……外地勤務を志願し、建武将軍、楽安太守となり、現地の光逸と昼夜大酒を飲み、郡の仕事をみなかった。……遂には謝鯤、王澄、阮脩、王尼、畢卓らとともに放達を為した。……息子の謙之（字は子光）は才学は父に及ばないものの、傲慢我儘さは父を超えていた。酔いが回るといつも父を字で呼び、父の輔之も気にせず、当時の人に「狂」とうわさされた。

（『晉書』胡毋輔之伝）

周顗については『世説新語』品藻篇に次の話もある。

明帝が周顗にたずねた「君は自分自身を庾亮と比べてどう思うかね」、周顗は答えていった「蕭條方外（方外でひっそりしている）では、庾亮は私に及びません。しかし廊堂でゆったりと構える点では、私は庾亮に及びません」。

周顗はやはり「方外の士」と目された阮籍を意識していると思われる。なお同様の話が『世説新語』品藻篇に、明帝が「八達」の一人謝鯤に、庾亮と比べてどう思うか、と質問した形で記載されているが、こちらは「方外」ではなく

「一丘一壑」になっている。(5)

明帝が謝鯤にたずねた「君自分自身を庾亮と比べてどう思うかね」、謝鯤は答えていった「廟堂に衣冠正しく整えて臨み、百官のお手本になるという点では私は庾亮に及びません、しかし一丘一壑となれば、私は庾亮より勝っていると思います」。

一丘一壑は、山水自然の中で悠々自適すること。周顗の「方外」は先に見た『荘子』大宗師による概念であり、謝鯤の「一丘一壑」は具体的な生活様式という違いはあるが、所謂る「廟堂」(天下の大政をつかさどる所、朝廷)に対峙する処世態度、世俗の外という点では同じ意味である。

阮籍を象徴する言葉「方外」が「狂」(愚か者)と同一に使われるようになったことを示すエピソードもある。

桓温は荊州刺史に遷ると……謝奕を呼び寄せ司馬にした。謝奕は昔のまま布衣の交わりを続け、桓温の宴席でも頭巾をあみだに被り嘯詠し、桓温はそのたびに我が「方外の司馬」といっていたが、桓温が部屋に戻ると謝奕もついて入って来るまでになったので、ついには謝奕が酒に酔うと桓温は妻の部屋に避難した。妻は言った「あなたの「狂司馬」がいなかったら、私はあなたにどうやってお目にかかれましょうか」。

(『世説新語』簡傲篇)

桓温は王位簒奪の寸前に病死したが、蜀や北方征伐に成功した東晉王朝の最高実力者。妻は東晉明帝の娘、南康長公主。桓温が謝奕を「方外の司馬」といって許容したのは、自分の器量の大きさや、頑なな出仕拒否や生き方を疎んじていることを示すためと思われるが、妻はあっさりと「狂司馬」(愚か者の司馬)と言っている。当時影響力のあった夫婦が、この程度の振る舞いの謝奕を「方外の司馬」「狂司馬」とそれぞれに表現していることから、東晉では「狂」も「方外」も同一観念で意識されるようになった、と推察される。桓温が頑なな処世を好まなかった事は次の話からも窺える。

桓温は「高士伝」を読み、於陵仲子のところで、放り投げて言った「誰がこんな堅苦しいことをやってられるか」。

（『世説新語』豪爽篇）

於陵仲子は春秋時代、斉の陳仲子。兄が斉の宰相になったのを不義として楚の於陵に住み、食べ物がなくて困っても耐えていた。楚王が宰相に招くや夫婦で逃げて農園に雇われ灌園（畑に水をやる）して「義」を貫いた。桓温は「佯狂」の元祖箕子についても敬遠している。

廃帝奕の在位中、王珣が桓温に聞いた「箕子と比干は行為は異なりますがその心は同じです、どちらを是としますか」。桓温は「仁と称されるならば、寧ろ管仲でありたい」と答えた。

（『世説新語』品藻篇）

桓温の発言は、子路が孔子に「桓公が兄の糾を殺した時、糾の部下の召忽は殉死したのに同じ部下の管仲は死ななかった、仁ではないですね」と聞き、子貢も「管仲は殉死しないどころか桓公の宰相になった、仁ですか」と聞いたときの孔子の答え「桓公が武力を用いずに覇者になれたのは管仲の力だ、……管仲は仁だ」（『論語』憲問、小仁より大仁をよしとする見方）を踏まえる。こういった思潮の中では出仕拒否さえしなければ、勤務態度、暮らし方、立ち居振る舞いなどが「放達」でも「方外」でも「一丘一壑」でも、「狂」（愚か）ということで許容されていた、と考えられる。だから例えば葛洪、号は抱朴子が哲学書を執筆する為にわざわざ辞職したら、俗人から本当の愚か者といった語感を含意する「狂惑の疾」（狂って道理が分からなくなる病気）になった、といわれた、という。

抱朴子はいった、私は忝くも大臣の子孫であるが……私が郷里との冠婚葬祭の交際を絶ち、当世の栄華を棄てる理由は、先ず、遠く名山に登り、哲学の著書を完成させたいからで、次には仙薬を調合して、不老長生を求めるためである。俗人はみな私が郷里を捨て、立派な官につく道に背を向けて、林の藪の中で自ら耕し、手足にたこやまめができているのを怪しみ不思議がり、私が「狂惑の疾」に罹ったと思っている。しかし仙道と世事は両立しない、もし俗世間の務めをやめなかったら、どうしてこのような志を修め得られようか。

（『抱朴子』内編金丹）

葛洪は、西晉末の「石冰の乱」には志願して従軍し、戦功をたて、東晉の元帝が即位すると、関内侯の爵位を授けられ、役職についていた。

以上のことから、東晉のころには「佯狂」の必然性はなくなったといえよう。ただ「狂」の偏った者という基本的な観念は継承されており、東晉もそれなりに安定期なると、出仕拒否はしないが職務を忘れて山水の遊賞、遊放に耽る「狂士」が出現した。(6)

劉惔が言った「孫統は狂士だ、ある所に行くたびに何日も賞翫していたり、或は途中まで帰って引き返したりする」。

（『世説新語』任誕篇）

孫統の本伝に「孫統は、山水を好む性分で、……職に居るも心を砕務に留めず、意をほしいままに遊賞し、名山勝川、訪ね尽くさないところは無かった」（『晉書』孫統伝）とある。従兄弟の孫綽も本伝に次の記載がある「若いころから許詢とともに高尚の志をもち、会稽に居して山水を遊放して十年余、「遂初賦」に思いを述べた」(『晉書』孫綽伝)。こういった「狂士」の生き方が容認され、当時の貴族の憧れとなっていたことは、王羲之が主催した「蘭亭の集い」などからも窺えるが、(7)江南の美しい自然に触発されて、山水愛好の風潮が高まったことも影響していよう。

五、六朝時代（宋斉梁から北周）の狂

東晉王朝に出現し許容された「狂士」の行為も、東晉末から宋初の王朝、政権交代期には明暗がでる。宋代を代表する詩人顔延之と謝霊運の人生に典型的に見られるが、名門出身で山水詩人として有名な謝霊運は、祖父謝玄の跡を継いで行康楽公に封ぜられたが、宋王朝になると「侯」に降格され、政治にも関与できない不満から伝来の資産に任せて豪勢な山水造営、職務を放棄して山沢の遊をし尽くした。この「遊放」が中傷され「反逆」の罪で刑死した。享年四十九（『宋書』謝霊運伝）。顔延之は寒門出身だが特に文学の才で世に出て、仕官と辞職を繰り返し七十三歳の天寿を全うした。顔延之の本伝（『宋書』顔延之伝）には、世間から指弾された激しい気性と過度の飲酒による愚行の記載があるが、これはどうも顔延之が阮籍をお手本に自作自演した「狂」（佯狂）ではないかと思われる。『宋書』本伝には無いが、『南史』巻三四に顔延之の「狂」に関する記載がある。

……文帝が顔延之を召そうと頻りに伝詔したが現れなかった。顔延之はいつもの通り居酒屋で裸になって弔歌を歌い続けて、他日酔が醒めてようやく謁見した。帝が嘗て顔延之に息子たちの才能をたずねると「竣は私めの能筆を、測は文学を、㚟は義を、躍は酒を受け継ぎました」と答えた。何尚之が嘲って「誰が君の狂を受け継いだのかね」と言うと、「この狂は継ぐことは出来ません」と答えた。……閑居無事、庭誥を作り子弟を訓戒した。

政変が多発する時期、「逆」志ありとされた謝霊運は殺され、「狂」と看做されていた顔延之は、歴代天子に仕え「その身を全う」したのである。少し後の江淹も宋、斉、梁の三朝に大過なく仕え、詩才は晩年尽きたといわれつつも人生を全うしたが、宋の建平王景素に仕えている時、郭文彦に連座し投獄されるという人生最大の危機に見舞われた。獄中から、建平王に冤罪を訴える手紙「詣建平王上書（建平王に詣りて書を上る）」（『文選』巻三九）を書いて、即日に救出されたが、そこに次のようにある。

昔（冤罪を蒙り）上将ながら恥ずかしめを受けたのは、絳侯の周勃で投獄されました。名臣ながら辱めを受けたのは、太史令の司馬遷で蚕室に下され宮刑を受けました。私のような下っ端の者に至っては何を言うべきでしょうか……魯仲連は智くも平原君の俸禄を辞して趙を去ったまま二度と返らず、接輿は賢くも行歌して帰ることを忘れました……（彼らは暗君濁世に「身を全うする」すべを）実によく知っていたのです。

魯仲連は戦国時代の斉の高士。趙を囲んだ秦を撤退させたので、趙の平原王は俸禄を与えようとしたが、魯仲連は辞して海浜に隠れた。江淹の手紙で注目されるのは、先に見た漢代の鄒陽の獄中からの手紙は、濁世に「身を全うした人」として、箕子と接輿を挙げていたのに、江淹は魯仲連と接輿を挙げている点である。これは東晉の袁宏の「三國名臣序贊」（『文選』巻四七）に倣ったものと思われる。

春秋末期には、君臣の道は廃れ……君臣は離れ離れになり、名教は薄れ、ひどく混乱した不安定な世となった、それで蘧伯玉や寧武子は仕官と退官を繰り返し、柳下恵は三度も免職になり、接輿は行歌し、魯仲連は海辺に逃れたのだ。

東晉の袁宏が魯仲連と接輿を挙げ、佯狂箕子に触れないのは、「佯狂」がすでに処世のお手本ではなくなっていたことの反映といえよう。江淹もそれを踏襲したと思われる。一方、楚狂接輿は古来引用され続けている。これは仕官した形跡が伝わらず、孔子をからかったという「狂」ぶりが六朝貴族の好みに適うものであったからと推察されるが、(8)さらに接輿の妻が、世の乱れるのを見抜き、立身出世の欲に惑わされそうな夫を理詰めで善導した賢夫人と看做されていたことも多分に影響していよう。中国女性の道徳の教科書として読み継がれた、前漢の劉向の『列女伝』(賢明伝)に「楚接輿妻」と立伝されている(『韓詩外伝』にも一部掲載)。

接輿は躬耕して暮らしていた。楚王が使者に金百鎰と四頭立ての馬車二輛を持たせて淮南を治めるように接輿を招いたが、接輿は笑って応じず使者は帰った。帰宅した妻に使者の来訪を告げると、妻は「断ったでしょうね」といった。接輿が「富貴は人の欲する所なり(『論語』里仁)と、いうではないか、お前は何故私の仕官を嫌がるのだ」というと、妻は「義士は、礼に非ざれば動かず(『論語』顔淵)、また貧の為に操を易えず、賤の為に行いを改めず(『論語』里仁)、といいます。私は貧苦の中であなたに衣食を整え尽くしてきて不満はございません」、さらに「王様の招きに従わないのは不忠、従っても期待はずれでは不義、ここを立ち去るしかないでしょう」といい、二人は釜や甑、機織道具を持ち姓名も変えて遠くへ行き、行方知れずになった。君子はいう「接輿の妻は道を楽しみ、害から遠ざかれた。貧賤に安んじて道を怠らないのは、真に至徳の者だ」。頌にいう「接輿の妻は貧賤に安んじて居たが、夫は進み仕えようとした。妻は時勢の乱れるのを見抜き、楚王が接輿を招いても、夫に聘きから逃れるよう懇請し、終に災難に遭わずにすんだのだ」。

接輿の妻は確かに賢夫人であるが、楚王から招聘されるほど俗世間での出世の可能性を持っていながら、妻の賢明さを理解し、妻の提言に従う処世も並みの男には出来ることではない。接輿が六朝の貴族、皇族の女性から支持された大きな要因と思われる。西晋の太康詩壇の詩人左思の妹左芬は「狂接輿妻賛」（『全上古三代秦漢三国六朝文』全晉文所収）を書き、接輿は高潔だ、と評価している。

接輿高潔　接輿は高潔にして　接輿は徳が高く潔白で
懐道行遙　道を懐い行い遙かなり　道を思い行いは俗人から遙かに隔たっている
妻亦氷清　妻亦た氷のごとく清く　妻もまた心は氷のように清らかに透き通り
同味玄昭　味を玄昭に同じくし　幽玄無為の思いを夫と同じくし
遺俗榮津　俗を榮津に遺て　俗念を栄達の渡し場に捨て去り
志遠神遼　志は遠く神は遼かなり　（俗世間から）志は遠く精神は遼かに離れている

「玄昭」の語は未詳。[9]左芬の文辞がかなり大きな影響力を持っていたことは、兄の左思が「三都賦」で「洛陽の紙価を高めた」ことでも有名な売れっ子のベストセラー作家であったこと、左芬が美貌ではなく文才で、武帝の後宮で重用されたことから窺える。

左貴嬪、名は芬。若いころから好学、善く文を綴り、名声は兄の左思に次ぐ。武帝は後宮に納れ……容貌が陋醜なので寵愛は受けなかったが、才徳で礼遇された。病弱で薄室に居たが、帝は華林園に遊ぶたびに立ち寄り、話が文義に及ぶと、おそばで拝聴する者は皆、その言辞の清華を称美した。元楊皇后崩御に誄を献じ……悼后のお嫁入りの時は、座にいて詔を受け頌を作った……武帝が書かせた万年公主の誄も甚だ麗であった。武帝は左芬の詞藻を重んじ、地方からの献上品や珍しい宝物が有るたびに、必ず詔して賦や頌を作らせ、それで左芬はしばしば恩賜を得た。兄の左思に答える詩、書及び雑賦頌数十篇、並に世に行われる。（『晉書』左芬伝）

先ほど来、見てきたように六朝時代の皇族、貴顕の女性の発言は看過できないものがあるので、左芬の「狂接輿妻贊」も接輿のイメージ形成に一翼になっていたことは充分に想像されるのである。『世説新語』排調篇に、東晉の盧陵長公主が孔子をからかった「楚狂接輿」を意識して「狂」を使用した例がある。

袁羊が劉恢を訪ねると、劉恢は奥でまだ寝ていた。そこで詩を作りからかって言った「角枕は文茵に粲たり、錦衾は長筵に爛たり」。劉恢は東晉明帝の娘、盧陵長公主を娶っていたが、公主は詩を見ると、心平らかならず言った「袁羊は古の遺狂（昔の狂人の生き残り）だ」。

袁羊の詩句の「長筵」は長い敷物と長い宴会の、「爛」は美しいとただれるの掛詞。袁羊の詩句は未亡人の独り寝の寂しさを歌う『詩経』唐風　葛生の次の句を捩ったもの。

角枕粲兮　　角枕粲たり　　角で飾った枕は鮮やかに美しく
錦衾爛兮　　錦衾爛たり　　錦の布団は輝くように美しい
予美亡此　　予が美此に亡し　　私のよき人は此にいない
誰與獨旦　　誰と與にか獨り旦さん　　誰とともに独り寝の夜を明かそう

「錦の布団も長い敷物もご主人の長い宴会で使われず美しいまま爛れてしまいそう」（奥様はあの『詩経』の未亡人の

ように寂しいね）、という意味であるが、ここには、さらにご主人は政務に励みすぎて危ういぞ、という含みも感じられる。袁羊の行為や詩は、大きなお世話、余計なことを踏み込んでいう、まことに無礼で腹立たしいものだが、一面真実を言い得て妙でもある。それで公主は袁羊を失礼な愚か者と罵るのに、一種の親しみと共感を込めて「楚狂接輿」を髣髴させる「古の遺狂」と言い返したと思われる。

宋の学者范曄は著書『後漢書』（独行伝）に、『論語』子路を引き、「狂者」「狷者」は「周全の道は失っているが有る部分の義は守り抜く人」で、その行為は「一般に通じる円満さはないが、彼らの風格人品は誠にゆかしいものがある」と理解を示している。斉から梁の任昉は「爲范尚書譲吏部封侯第一表（范尚書の爲に吏部封侯を譲る第一表）」（『文選』巻三八）で、「狂狷」を孔子の認識まで戻している。(10)

臣は素門の凡流にして、輪翮取る無し、進みては中庸に謝し、退きては狂狷に慙づ。

私は賤しい普通の家柄の出身で、補佐の能力も取り立てるほどのものは無く、中庸を得た人にも、偏った人にも及ばないことを恥じております。

斉、梁以後は、特筆すべき「狂」（佯狂）の事例はなく、観念の世界で展開され、観念化、言語化された「狂」の用例となる。梁のころ（愚かな）夫、宿六、だめ亭主を意味する妻の謙辞としての「狂夫」の用語例が出現する。呉均の「和蕭洗馬子顯古意（蕭洗馬子顯の古意に和す）」（『玉台新詠』巻六）は、出征した夫の立場からのものだが

中人坐相望　中人坐ろに相い望まん　妻はじっとこちらをながめて
狂夫終未還　狂夫終に未だ還らずと　家の宿六はとうとうまだ帰ってこないと嘆いているだろう

何思澄の「南苑逢美人（南苑にて美人に逢う）」（『玉台新詠』巻六）は、女性の美しさを述べた最後に、この美人には愚かな夫がいるので太守様が言い寄っても無駄骨です、と結ぶ。

自有狂夫在　自ら狂夫の在る有り　私には愚夫がいるので
空持勞使君　空しく持して使君を労せん　太守様に口説かれてもだめです

邵陵王蕭綸の「見姫人詩」（『玉台新詠』巻七）には

狂夫不妬妾　狂夫は妾を妬まず　家の宿六は私に焼きもちも焼かず
隨意晩還家　随意に晩に家に還る　気儘に遅くなって家に還ってくる

これらの「狂夫」の原型は、『詩経』鄭風の「褰裳」篇に見られる。

子惠思我　子恵して我を思わば　あんたが親しみ愛して私を思ってくれるなら
褰裳渉溱　裳を褰げて溱を渉らん　私はもすそをからげて溱河を渉っていくわ
子不我思　子我を思わざれば　あんたが私を思ってくれないなら
豈無他人　豈に他人無からんや　他の男がいないわけじゃないのよ
狂童之狂也且　狂童の狂なればなり　（あんたは）ほんとに鈍感な愚か者よ

「狂童」の童は若い男。女性の恋心に気づかない鈍い愚かな若者、或いは気づかない振りをする小憎らしい男。女性から男への親愛の情を籠めた戯れの罵り言葉の「狂」の用法。『詩経』鄭風の「山有扶蘇」篇には、「狂」なる者が理想の男性の対極の男として詠われている。

山有扶蘇　山に扶蘇有り　山にはこんもり木々が茂り
隰有荷華　隰に荷華有り　隰《さわ》にはハスの花が咲く
不見子都　子都を見ずして　素敵な子都さんに出会わず
乃見狂且　乃ち狂且を見る　よりによって愚か者の変な奴に会ってしまったわ

子都は古の美男子の名前。「狂且」の且は、助辞。毛伝も集伝も「狂は狂人なり」と注するが、「狂且」はやはり恋をした女性からの親愛と狎れあい戯れの情を込めた狂の罵り語の用法。『詩経』に見られるこの「狂」の用法が、西晉から東晉のころの「狂」に含意された愚蒙、愚かなという意味を踏まえて、梁朝のころ流行した「宮体」詩（もっぱら男女の恋情を詠う艶冶な詩）で再発見されて「狂夫」になった、と考えられる。

六朝の末には、梁朝滅亡とともに「世を避け」「身を全う」せねばならない事態に実際に追い込まれた北周の庾信の「狂」の用語例がある。「小園賦」に「……落葉は牀に半ばにして、狂花は屋に満つ、名づけて野人の家と爲し、是れ愚公の谷と謂う」とある。この「狂花」は通常では考えられない所に咲く「狂華」（『晉書』五行志）を踏まえるが、小園の脱俗、超俗性を象徴するとともに本稿で考察してきた六朝時代の「狂」の観念が凝縮されていよう。庾信は梁朝の使者として北朝の西魏に赴いていたが、その間に西魏が梁朝を滅ぼしたので、そのまま留められ、西魏から北周に政権交代した後も出仕拒否をせずに（したら殺されていた）羈旅の臣ながら宮廷詩人として破格の優遇を得て、六十九歳の天寿を全うした。こういった処世を送った自身を、愚公という名称に相応しい愚か者（狂者）の住む谷、在職しながら「方外」「放達」を気取る野人の家の小園に咲く花、つまり「狂花」のようである、と隠喩したものと

注目される。(11)

六、結び

古代中国で、孔子が中庸を得ない者と限定付きながら「狂狷」(「狂者」「狷者」)を認めたので、その象徴的人物の楚狂接輿と佯狂箕子の「世を避け」「身を全うした」処世は、一つの敬意を持って「被髪佯狂」として容認された。漢代には「狂」の人は殺されない、罪せられないといった側面に、官民双方に有益に機能する方便としての存在意義が見出され、「佯狂」が公認された。しかし六朝時代になると、政権交代期に「佯狂」は出仕拒否に利用され凶暴な様相に変容して消え去った。「佯狂」と区別された阮籍を元祖とする出仕拒否をしない「方外の士」は、「放達の士」に変容したが、「狂」(愚かな、痴れ者)の概念に包括されて、江南の美しい自然の中で洗練されて山水賞遊に耽る「狂士」へと変容し、「狂士」がより観念化されて、六朝詩の集大成者として有名な庾信の「狂花」に集約された。また「狂」の観念の偏ったものがもつある種の潔さ、反逆心はむしろ六朝貴族の好むところであったから、彼らの美意識にかなった楚狂接輿の処世も憧憬され続けた。この「狂士」の観念化されたイメージと楚狂接輿のイメージは本稿では立ち入らないが、隠者、隠逸世界へと移行してゆく。つまり六朝時代は「身を全うする」ために古来の「狂」(「佯狂」)の観念が大いに利用され変容しそして観念化、言語化された時代と結論できよう。

注

(1) 狂の精神医学的な見解と、古代中国の「狂」の原義を神(巫祝者)の憑依の表徴と見る白川静氏の見解(『白川静著作集』3漢字Ⅲ　文字遊心　第一章　狂字論二八一頁~三五七頁　平凡社　東京　二〇〇〇年出版)には、本稿は立ち入らない。

（2）同様の記事は「阮嗣宗……唯飲酒過差耳。至爲禮法之士所繩、疾之如讐至、幸頼大将軍保持之耳」（嵆康「與山巨源絶交書」『文選』巻四三）。大将軍は西晉の文帝、司馬昭。

（3）許由が「狷」者と認識されていたことは、前漢の東方朔の「答客難」（『文選』巻四五）に、許由と「狂」者の元祖接輿が時系列の対で記されていることからも窺える（今の世の處士、時に用いられずと雖も、……上は許由を觀、下は接輿を察し……）。

（4）陸雲の用例は「將臣能有狂夫之言、可以裨補聖德」（「國起西園第表啓」）、「……而不敢不盡狂夫之諫者也」（「西園第既成有司啓」）、「……狂夫區區之情、臣雲云云」（「盛德頌」）等。

（5）注に引く『晉陽秋』に「……太子從容問鯤曰、論者以君方庾亮、自謂孰愈、対曰、宗廟之美、百官之富、臣不如亮、縱意丘壑、自謂過之」。周顗の話の注は「按諸書皆以謝鯤比庾亮、不聞周顗」。一壑一丘は『漢書』徐伝の「漁釣於一壑則万物不奸其志、栖遅於一丘則天下不易其楽」を踏まえる。

（6）西晉の太康詩壇の長老、張華は「……至人同禍福、達士等生死、榮辱渾一門、安知惡與善、遊放使心狂（遊放は心を狂わしむ）、覆車難再履、伯陽爲我誡、檢跡投淸軌」（「遊獵篇」）と否定的な見方をしており、『孔子家語』（賢君）には「靈公無遊放之士」（靈公のとき遊放の士無し）とある。

（7）孫綽については、蜂屋邦夫「孫綽の生涯と思想」（東京大学『東洋文化』第五七号一九七七年）と石川忠久『孫綽「遊天台山賦」について』（二松学舎大学大学院紀要『二松』第五号一九九一年三月）の三二〇頁～三二七頁が参考になる。王羲之の「蘭亭の集い」及び東晉の思潮については、森野繁夫著『王羲之伝論』（白帝社、一九九七年十月）の第四章会稽内史の時期、四蘭亭の会一〇八頁～一二四頁を参照。

（8）接輿が孔子をからかった話は、六朝人の愛読書の一冊『莊子』（人間世）にも『論語』（微子）とは少し内容が異なるが、記載されている。

孔子適楚、楚狂接輿遊其門曰　　孔子楚に適く、楚狂接輿其の門に遊びて曰く

鳳兮鳳兮如何德之衰也　　鳳よ鳳よ如何せん德の衰えたるを

來世不可待往世不可追也　　來世は待つ可からず　往世は追う可からず
天下有道聖人成焉　　天下に道有らば聖人成し
天下無道聖人生焉　　天下道に無ければ聖人生く
方今之時僅免刑焉　　今の時に方りては僅かに刑を免るるのみ
福輕乎羽莫之知載　　福は羽よりも輕きも之を載くるを知る莫く
禍重乎地莫之知避　　禍は地よりも重きも之を避くるを知る莫し
已乎已乎臨人以德　　已みなん已みなん　人に臨むに德を以てするを
殆乎殆乎畫地而趨　　殆いかな殆いかな　地を畫して趨るは
迷陽迷陽無傷吾行　　迷陽（楚國の茨）よ迷陽よ　吾が行を傷う無かれ
吾行卻曲無傷吾足　　吾が行卻曲すれば　吾が足を傷つくる無からん　と

（9）「玄昭」は未詳。「玄照」とすると孫綽の「唯道論」に「謂至德窮於堯舜、微言乎盡老易、焉復覩夫方外之妙趣、寰中之玄照乎」とあり、「方外」の妙趣に対応する「寰中」の語となる。『漢語大詞典』には「玄照謂微妙地鑑照」とある。

（10）任昉は謙遜の自称には「狂生」を使う。「濬沖得茂彥、夫子値狂生」（「出郡傳舍哭范僕射」『文選』巻二三）。

（11）庾信の「狂花」については、拙稿「庾信の「狂花」に見る六朝人の「狂」の観念について——身を全うするために機能する「狂」——」（本書に収録）に詳述した。また庾信が作品のなかで、自身の「佯狂」、「方外の士」「放達の士」ぶりを演出していたことは拙書『庾信研究』（平成十二年　明治書院出版）第三章第一節「蒙賜酒」詩に見る庾信の宮廷詩人としての姿勢（初出「庾信の蒙賜酒詩について」『日本中国学会報』第三四集　昭和五十七年十月）に考察してある。

庾信の「狂花」に見る六朝人の「狂」の観念について

――「身を全うする」ために機能する「狂」――

矢嶋　美都子

六朝詩の集大成者と称される、北周の庾信の「小園賦」に何とも奇妙な花、「狂花」が詠出されている。

落葉半牀　　落葉は牀に半ばにして
狂花滿屋　　狂花は屋に満つ
名爲野人之家　　名づけて野人の家と為し
是謂愚公之谷　　是れ愚公の谷と謂ふ

「狂花」は、庾信の作品集の中で唯一の「狂」字の用例であり、名詞を修飾する「狂」の用語例としても特異と思われるが、『庾子山集注』（倪璠注、許逸民校点、一九八〇年　北京　中華書局）の倪注は、「以上は園中の草木の繁茂を言うなり」、『庾信詩賦選』（譚正璧、紀馥華選注　香港　一新書店）の注は、何の論拠も示さず「狂花は、群花凋落し、到る所紛飛し、狂舞するが如き有り」とする。落葉の対として季節外れ花とみての注釈と推察されるが、どうも表面的な解釈に思われる。そもそも六朝人の「狂」の観念についてはすでに述べてあるが、(1)彼らに通底する「狂」の観念は、理由の如何に関わらず「狂」の人は殺されない、罪せられない、ということであった。

この「狂」の観念から六朝時代に興味深い概念の派生や具現化された「佯狂」の変容が見られ、詳しくは後述するが、それが庾信の「狂花」に集約されているのではないかと推察されるので、本稿では六朝時代の「狂」の展開を中心に、前の「六朝人の「狂」の観念の由来と変遷」につなぐ形で、考察を進めようと思う。

一、東晉の「狂士」と「方外の士」

東晉王朝も安定期になると、新たな二方面の展開をみる。一つは、出仕拒否はしないが職務を忘れて山水の遊賞、遊放に耽る「狂士」の出現（前論で述べた）であり、もう一つは、「方外」の概念に仏教世界（老荘玄学的仏教）が重なり、「方外の士」に沙門つまり高僧も含まれるようになったことで、沙門と貴族の諸名士の「方外の交わり」は一種の憧れの境地になったことである。

東晉の仏教について鎌田茂雄氏は次のように言っている。

東晉時代の仏教のもっとも大きな特徴の一つは、当時の貴族社会の諸名士が沙門と密接に交遊したことであった。元の覚岸が『釈氏稽古略』巻二のなかで、東晉の名僧支遁について記述し、「一時の名士、殷浩、郗超、孫綽、桓彦表、王敬仁、何充、王坦之、袁彦伯と並に與に方外の交りを結ぶ。」と言っているのは、東晉仏教の特徴をよくあらわしている。この一文は支遁が郗超、何充などの諸名士と交遊した状況を簡潔に表現したものである。しかも「方外の交り」を結んだのであるから超俗の交際をしたことになる。……また東晉においては王室を中心とする貴族の一群が仏教を理解していた。

（『中国仏教史』第二巻　二〇〇二年　東京大学出版会
受容期の仏教　第一章東晉の仏教　第一節東晉諸帝と仏教　八頁）

沙門は俗外の人という認識は、支遁に認められなかった王坦之が書いた論文の「沙門は俗外と云うと雖も……」の一文からも窺える（『世説新語』軽詆篇収載）。俗外つまり「方外の士」（沙門）への憧れは、曹茂之の五言四句から成る「蘭亭詩」に次のように詠われている。

時來誰不懐　時来れば誰か懐はざる　春になれば皆思う
寄散山林間　山林の間に寄せ散ぜんと　山林の中に身を寄せ気散じをしようと
尚想方外賓　尚ほ想ふ方外の賓　それでも尚お方外の賓を羡ましく想う
迢迢有餘閑　迢迢として余閑有るを　かれらは世俗から遙か遠くあり余る閑暇が有るので

この詩は、王羲之が永和九年（三五三）の暮春に、会稽（浙江省紹興市の西南にある山）の別荘蘭亭で開いた「蘭亭の集い」の席上での作。(2) 孫統、孫綽、許詢らはもちろん四十名近くの群賢（「狂士の類）が宴集した。この時に「蘭亭詩」と題する詩が三七首作られ（『先秦漢魏晉南北詩』所収）、そのうちの一首庾蘊の「蘭亭詩」には、「方外の賓」に対する「世上の賓」（世俗の人）の羨望も詠われている。

仰想虛舟說　仰ぎて想ふ虚舟の説　仰いでは無為の世界に漂う話を羨ましく想い
俯歎世上賓　俯して歎ず世上の賓　俯しては世上の賓であることを歎く

虚舟は『荘子』列禦寇篇に典故のある語で、繫がれず水上に漂う舟。
曹茂之ら「世上の賓」が「方外の賓」を憧憬し羨望したのは、曹茂之の「蘭亭詩」からも窺えるように、「方外の賓」は俗世間から遠く離れた深山幽谷にある寺院で、「余閑有る」生活が可能だったから、と推察される。「世上の賓」が嘆いたのは、「世上の賓」には勤務態度はともかく世俗の柵に拘束され、役所の仕事があるのである。『世説新語』政事篇に、王濛と劉惔が当時の仏教界で最も人気のあった名僧は支遁と連れ立って、丞相に次ぐ重職の驃騎将軍職にあった何充をたずねた時の逸話がある。

王濛と劉惔が支遁と共に何充を訪ねた。何充は文書を見ていて、彼らの相手をしなかった。王濛が何充にいった「今日、私達が支遁様と一緒にわざわざ君に会いに来たのは、君が日常業務をふりすてて、哲学談義に参加するはずだと期待していたからだ。それなのになぜ頭を垂れて文書を見なければならないのだ」、何充はいった「私がこれを見なかったら、君らはどうやって生活できるのだ」と。人々は（何充の言を）「佳」とした。

この逸話は、「方外の交わり」とは、いかなる役職にあろうともその日常業務を打ち捨て哲学談義に耽ることだ、という認識があっことも伝えている。当時「方外の交わり」は沙門と名士に限らず、貴族や名士同士にもあった。例えば「方外の士」を気取っていた羅含と謝尚である。『晉書』羅含伝に次の記載がある。

羅含は後に郡の功曹となり……太守の謝尚は羅含と方外の好をむすび、「羅含こそ湘中（今の湖南省）の琳琅（美玉）だ」と称賛した。……（羅含は）官舎暮らしは交際が煩わしいからと、城西にある池の小洲の上に茅屋を建てた。立ち木を切って建築材料とし、葦を織って敷物として居し、布衣蔬食の暮らしに安んじ落ち着いていた。

羅含も出仕拒否はしていない。羅含の住居は前掲論文の「蕭條方外」や「一丘一壑」を当世風に実現したものと思われるが、羅含の生活態度や振る舞いには、阮籍の癡（愚か者）といわれた「方外の士」（「佯狂」）ぶりの面影も、「八達」らの「放達」ぶりも無い。出家こそしないものの、沙門の影響を受けて洗練されてきた姿といえよう。出仕を大前提とする引き換えに、「世を避け」「身を全うする」ための「狂」（佯狂）の表現様式を全て愚かを意味する狂の観念に取り込まれた東晉貴族は、山水自然の中で、老荘玄学的仏教談義に耽る生活を方外、世俗の外と聖域視し、そこに遊ぶ生き方を「狂」（佯狂）の新しい表現様式とするようになったのである。(3)

しかしこの「方外」に対して、東晉も末ころには、田園詩人、隠逸詩人の宗と称される陶淵明が「桃花源記」の詩で、より高い境地を提示している。

借問遊方士　借問す方に遊ぶ士
焉測塵囂外　焉ぞ塵囂の外を測らん
願言躡輕風　願言す軽風を躡み
高擧尋吾契　高挙して吾が契を尋ねん

さて「方に遊ぶ士」におたずねしますが、皆さんは俗世間の外の世界に思いを馳せることがありますか、ないでしょうね、しかし私は何とかして軽やかな風に乗り、高く世俗に超然として「吾が契」（私の意にかなった所、桃源境）を尋ねたいと願っているのです。

「方に遊ぶ士」は、沙門や出仕しながら「方外の士」気取る人々を含めて「方内の士」の意味と思われるが、(4)彼らに本当の「方外」は塵囂の外つまり「桃源境」にこそあるのだ、といっている。或いは「遊方」は僧侶の行脚をいう語で、支遁の「五月長斎詩」にも「亹亹維摩虚、徳音暢遊方」（亹亹維摩虚しく、徳音は遊方に暢ぜん）とあり、「遊方の士」と読めば沙門を指している。高挙は、『楚辞』卜居に「寧ろ超然として高く挙がり、以て真を保たんか」とあることから、人間性の「真」なるものを保持し得る俗世間を高く超越した境地。いずれにしても陶淵明が「桃花源記」

及び詩により描き出した方外観は、陶淵明とほぼ同時期の孔欣に支持されている。(5) 孔欣の「相逢狭路間」詩に次のようにある。

未若及初九　未だ初九に及ぶに若ざれば
攜手歸田廬　手を携へ田廬に帰らん
躬耕東山畔　東山の畔に躬耕し
樂道詠玄書　道を楽しみ玄書を詠ず
狹路安足遊　狭路安んぞ遊ぶに足らん、
方外可寄娯　方外こそ娯しみを寄す可し

まだ世に出る時期でないからには、手を携えて田舎に帰り、東山のほとりで自ら田を耕し、道を楽しみ老荘の思想書を朗詠しよう、俗世間（色街を含む）はどうして心慰め楽しむに足りようか、方外こそ心安らかな楽しみを寄せることができるところだ

「帰田廬」は陶淵明を、「躬耕」は『論語』微子の「長沮、桀溺耦して耕す」つまり隠者を、「東山」は謝安の隠棲を暗示する語でいずれも隠逸を象徴する。隠逸世界こそ本当に「方外」を楽しめる場所だという。これは、出仕しながら俗外を気取る「方外」の概念が、出仕せず山水自然の中に遊ぶ「隠逸」世界へと移行することを示している。「隠逸」した陶淵明は、年六十三まで生きて、その生命を全うした（『宋書』陶潜伝）。王羲之も病を口実に官職を辞し、山水に遊びつくして、年五十九で卒し、金紫光禄大夫を贈られている（『晉書』王羲之伝）。山水詩人として有名な謝霊

運と顔延之については、前掲論文で既に述べた。

これらの事例は、「世を避け」「身を全うする」ためには、狂（愚か者）とみなされるような上手な辞職（潔い隠逸）が有効となったことを示していよう。

二、斉梁以後の「狂」と庾信の「狂花」について

斉、梁以後は、「狂」の具体的な事例や変容はなく、観念化された展開となる。前の論で掲げた江淹や袁宏の文章から、「身を全うする」お手本は、潔く跡を晦ました（辞職、隠逸した）人にある、という見方が定着していたと窺える。また六朝時代に於いても楚狂接輿が引用されているところに、「狂」者としての見られ方、「世の避け方」へ美意識の追求が加わったことが看取される。楚狂接輿が楚王の招きを逃れ、跡を晦ました経緯や狂者を象徴する人としての暮らしの様子は、劉向の『列女伝』賢明伝の「楚接輿妻」（『韓詩外伝』にも一部掲載）から、特に六朝貴族や皇族の女性を通じて周知されていた。また左芬（左九嬪、西晉の左思の妹）は、武帝の後宮で美貌ではなく文才で重用された才女であるが、(6)「狂接輿妻賛」（『全上古三代秦漢三国六朝文』全晉文所収）を書いて、「接輿高潔　懐道行遙」（接輿は高潔にして、道を懐ひ行ひ遙かなり）、接輿は高潔だと賞賛している。これらに拠り作られた楚狂接輿のイメージは洗練されており、古来の孔子をからかった「狂」ぶりのイメージとともに、六朝貴族の好みや美意識にも充分適うものであったと思われる。洗練され、高潔のイメージを付加された接輿は、初唐から盛唐のころには、先に陶淵明が提示した「方外」（隠逸世界）に配されて、官職を得てない者、隠者の比喩に用いられている。(7)例えば、王維の「輞川の閑居、裴秀才迪に贈る」詩に次のようにある。

寒山轉蒼翠　　寒山転た蒼翠　　　寒々しい山はますます常緑樹が濃い緑にみえ
秋水日潺湲　　秋水日に潺湲　　　秋の川は日々さらさらと流れている
倚杖柴門外　　杖に倚る柴門の外　杖にすがって柴門の外に立ち
臨風聽暮蟬　　風に臨み暮蟬を聴く　風に吹かれて夕暮れの蟬の声を聞く
渡頭余落日　　渡頭　落日を余し　渡し場のあたりは晩照に染まり
墟里上孤煙　　墟里　孤煙上る　　村里には一筋、炊飯のけむりが上がっている
復値接輿醉　　復た値ふ接輿の酔ひて　また出会ったことだ、楚狂の接輿が酔って
狂歌五柳前　　五柳の前に狂歌するに　五柳先生の家の前で狂歌するのに

五柳は陶淵明の自伝「五柳先生伝」にちなみ、王維が自分の輞川荘を隠者の家とみなした表現。王維は早熟の詩人で、若くして科挙の試験に合格し、初唐末から盛唐のころ宮廷詩人として活躍する一方で、都の郊外、輞川のほとりに輞川荘という別荘を建て、休暇のときはここで隠者のように暮らした。裴迪は、科挙になかなか合格しない王維の年下の友人。

以上のことを踏まえて、庾信の「小園賦」の狂花を見てみるに、まず、まず名詞を修飾する狂の先例から検討すると次の二例がある。張衡の「思玄賦」（『文選』巻十五）に「凌驚雷之砊磕、弄狂電之淫裔」（驚雷の砊磕を凌ぎ、狂電の淫裔を弄す）とあり、六臣注は「驚狂砊磕淫裔は皆雷電の貌」という。また班固の「西都賦」（『文選』巻一）に、「窮虎奔突、狂兕觸蹶」（窮虎奔突し、狂兕觸蹶す）とあり、六臣注は「爾雅に曰く兕は牛に似る」として、狂の注は無い。この二例はいずれも狂の字義の一つ、勢いの激しいさまをいうもので、狂花の前例とは思えない。そこで次に「狂

花」の語の先例を求めると、『斉民要術』の、棗を収穫するまでの作業を述べた部分で、不実〔大きい実〕を生成するために振り落とされる花、つまり仇花、無駄花を狂花といっている。

杖を以て其の枝の間を撃ち、狂花を振り去る〔打ざれば花繁り、不実成らず〕全て赤めば即ち収む

字形の異なる「狂華」は、『捜神記』に初出し、『晉書』五行志にまとめた形の記載があるので引用すると

元帝の太興四年、王敦が武昌にいる時、部下の儀杖に蓮華のような華が咲き五六日で萎み落ちた。この木はその本性を失ったのだ。干宝（『捜神記』の著者）は狂華が枯木に生じたと思った、又、将帥のいる所でどんなに威儀を整え、栄華を盛んにしても皆狂華が開いても長くはもたないのと同じだと言った。其の後、王敦は終には命令に逆らったとしてその死体に辱めを加えられた。

儀杖に咲いて数日で散った蓮華のような花を「狂華」という。つまり本性を失った木（杖）に咲く華、通常では考えられない所に咲く花の意味。また王敦が無残な最期を迎えたことから、虚栄の栄華、はかなさのイメージがついたと思われる。『抱朴子』外篇 循本では、「狂華」を次のように使っている。

村里での評判もまだ周知されない者が遠方からの招きを望み、役人としての評価もまだ低い者が大抜擢を望み、少しばかり名を挙げたとしても、それは狂華が霜をおかして咲いても一朝にして凋落し散ってしまうようなものだ。

また庾信の「竹杖賦」は、北周の宇文泰を比喩した桓温と庾信を比喩した楚丘先生の問答体で、北周への出仕の強要

とそれを拒否する庾信の気持ちを詠じた作品だが、そこには北周から出仕の見返りの品として、「狂華」の咲く竹の杖が提示されている。

寡人に銅環の霊寿、銀角の桃枝有り、木瓜を開き而して未だ落ちず、蓮花を養ひ而して萎へず……先生将に以て老を養ひ、将に以て危を扶けん

霊寿、桃枝は倪注の引く『華陽国志』に「巴地の竹木の貴なるもの」とある。蓮花の句は倪注も先引の『捜神記』や『晉書』五行志を引き、霊寿、桃枝は「狂華」の咲く杖、とする。寡人（桓温）即ち北周の宇文泰が与えようとする「竹杖」は、蓮華（「狂華」）が咲いて萎まない霊験灼かな杖で、老を養い、危を扶けることができる、つまり老後までの生活と生命の安全の保障を比喩したもの。庾信は梁朝滅亡とともに、北朝に囚われの身となり、実際に異朝で「身を全う」せねばならない事態に追い込まれ、出仕拒否も隠逸もできず、羈旅の臣として、まさに破格の優遇を受けて六十九歳の天寿を全うした（『周書』庾信伝）。「狂華」の咲く竹杖を貰ってしまったのである。こうみると、「小園賦」の「狂花屋に満つ」の句は、部屋の中一杯に北周の生活保障、恩恵がある、という北周へのお世辞と、節を屈した自身の処世を、異常な所に咲く儚い仇花のようだと自嘲する気味を詠じた句、と思われる。また庾信は北朝の宮廷詩人として精励勤務しつつも、作品の中では、陶淵明を想起させる「酒」や仙人の酒を詠うことで、世を韜晦する「狂」ぶりや「隠逸」志向を示している。(8)「小園賦」も所々に陶淵明の園田の居や「帰去来兮辞」に倣った表現を用いて、隠棲に相応しい脱俗、超俗性を詠じた作品だが、庾信の住む小園を愚公の住む谷つまり愚か者（「狂」者）の住む谷にあり、そこの家は野人の家つまり隠者（出仕しながら「方外」を気取る士）の家としている。これは上述した六朝時代に展開された「狂」の観念を凝縮、集約して想定した小園の描写と思われる。だからここに点描された「狂花」は、

六朝時代の新しい「狂」の表現様式、つまり、観念化され言語化された「狂」であり、「世を避け」「身を全う」することを象徴している花、ともいえると思われるのである。

五、結　び

古代中国で、孔子が偏った者としながらも「狂」者を認めたので、その象徴的人物の楚狂接輿と佯狂箕子の「世を避け」「身を全うした」処世は一種の敬意をもって「被髪佯狂」として容認され、漢代に、「狂」者は殺されず罪せられないという狂の観念の部分に、官民共に有益な機能があることが認識され「狂」(佯狂)が公認された。この「狂」の観念が、政変が多発する六朝時代に活用され、様々に具現化し変容して「隠逸の士」へと収斂し、象徴化、言語化されたものとして庾信の「狂花」に集約された。つまり門閥貴族制社会が確立していく中で、出仕か否か政権との距離のとり方、密着の度合いを絶えず検証されることでその存在を保持し得た六朝貴族にとって、孔子が認めた「狂」の観念、特に殺されず罪せられない、という側面は「身を全うする」ために大いに機能するものであった、と結論できよう。

なお、本稿で見た六朝時代の「狂」(「佯狂」)の観念や表現様式が、六朝詩文の影響を強く受けた『懐風藻』に伝わっている。例えば、藤原朝臣万里の「暮春於弟園池置酒、并序」(暮春に弟が園池に置酒す并《あわ》せて序)に、自分を「狂生」として次のようにいっている。

僕は聖代の狂生ぞ、直《ただ》に風月を以て情と為し、魚鳥を翫と為す、貪名狥利は、未だ冲襟に適はず、酒に対して当に歌ふべきは、是れ私願に諧ふこの「狂生」は六朝の「狂士」に重なる。詩には次のように詠う。

城市元無好　城市元より好無く　都会には元来　好しとするところは無いが
林園賞有余…　林園賞するに余り有り…　この林園の景色は賞するに余りある
寄言禮法士　言を寄す礼法の士に　「礼法の士」に一言申し上げる
知我有麤疎　我に麤疎《そそ》有るを知れと　私には粗雑なところがあることをご承知おきください、と

「礼法の士」は、先に引用した『晉書』阮籍伝に「礼法の士は阮籍を仇敵のように憎んだ」とある。藤原万里が阮籍を起源とする「方外の士」、「狂士」、「方達」といった流れ汲み取り、その風を気取っていることが窺えよう。『懐風藻』には「佯狂」も伝わっている。「釈智蔵伝」に、釈智蔵は唐国に留学生として派遣されたが、学業優秀で同伴の僧侶に嫉妬され、身の危険を感じた。そこで身を処すのに「被髪佯狂」したとある。

軀を全うするの方を計り、遂に被髪佯狂し、道路に奔蕩す。密に三蔵の要義を写し、盛るに木筒を以てし、漆を著して秘封し、負担遊行す。同伴軽蔑し、以て鬼狂と為し、遂に害を為さず

同伴の僧侶が被髪佯狂を蔑視したのは西晉の貴族が「「狂狷」を愚蒙としたのと同じ見方であり、「鬼狂」を害さなかったのも「狂」は殺されない、という観念の影響がみられる。また『懐風藻』には、僧侶は「方外の士」である、と詠う詩も収載されている。僧侶の道慈がめでたい宴会に招かれたが出席を断り、後から送った辞退の詩「初春在竹渓山寺於長王宅宴追致辞幷序」（初春、竹渓の山寺に在り、長王が宅に宴するに、追ひて辞を致す。幷せて序）詩で、そこに次のように詠われている。

僧既方外士　僧は既に方外の士　僧侶は世俗の外の者であるからには
何煩入宴宮　何ぞ煩はしく宴宮に入らん　どうして煩わしくも宴会の宮殿に入れよう

注

（1）「古代中国人の狂の観念――「佯狂」の変遷を中心に――」（『亜細亜法学』第四十一巻第二号　法学部四十周年記念号　二〇〇七年一月　亜細亜大学法学研究所発行）。
（2）『晉書』王羲之伝に「羲之雅好服食養生、不樂在京師、初渡浙江、便有終焉之志。會稽有佳山水、名士多居之、謝安未仕時亦居焉。孫綽、李充、許詢、支遁等皆以文義冠世、竝築室東土、與羲之同好。嘗與同志、宴集於會稽山陰之蘭亭……」。また「蘭亭の会」の出席者の名前や人数、作品などについては、森野茂夫氏の『王羲之伝論』（一九九七年　東京　白帝社）の第四章　会稽内史の時期　四、「蘭亭の会」に、宋の張淏の『雲谷雑記』を引用して詳述されている。ここに羅含は載っていない。
（3）鎌田茂雄氏は先引の書『中国仏教史』第二巻　第二節　貴族と沙門との交遊　四二頁で、
東晉の貴族が仏教の沙門と密接に交遊した理由は何かについて述べておきたい。……現実の政治権力の闘争の場で闘うか、あるいは山林に隠棲して傍観者となるか、どちらかの道を歩まねばならなかった。このような政治情況のなかで東晉の貴族が選んだ道は身を官僚世界に置きながら、精神だけを山林に遊ばす方法であった。

という。
（4）逯欽立は「游方士、游於方外士、即方士。《莊子》太宗師……這裏指道士和尚」（『陶淵明集』逯欽立校注　一九七五年　北京　中華書局）と注している。
（5）『先秦漢魏晉南北朝詩』逯欽立輯校（一九八三年　北京　中華書局）の孔欣の注に、「會稽山陰人。仕晉。入宋爲國子博士。景平中、會稽太守褚淡之以爲參軍」とある。
（6）『晉書』左芬伝に、「左貴嬪、名芬。……芬少好學、善綴文、名亞乎思。武帝聞而納後宮……姿陋無寵、以才德見禮。……

帝毎遊華林、輒回輦過之、言及文義、辭對清華、左右侍聽莫不稱美。及元楊皇后崩、芬獻誄……納悼后、芬平座受詔作頌……帝重芬詞藻、毎有方物異寶、必詔爲賦頌、以是屢獲恩賜焉」。『世説新語』排調篇には、「楚狂接輿」を意識した「古の遺狂」の語を使用した逸話がある。「袁羊嘗詣劉恢、恢在内眠未起、袁因作詩調之曰、角枕粲文茵、錦衾爛長筵。劉尚晉明帝女、主見詩不平、曰袁羊、古之遺狂」。

（7）ほかにも陳子昂の「感偶」其三十五に「念與楚狂子　悠悠白雲期……」。また「度荊門望楚」に「今日狂歌客　誰知入楚來」。高適の「封丘県（作）」に「我本漁樵孟諸野　一生自是悠悠者　乍可狂歌草澤中寧堪作吏風塵下……轉憶陶潛歸去來」などがある。

（8）拙稿「庾信の蒙賜酒詩について」（『日本中国学会報』第三四集　昭和五十七年十月初載、拙書『庾信研究』第三章第一節載録、明治書院出版　平成十二年東京）に詳述した。

付記　本論文は『六朝学術学会報』第九集（二〇〇八年）に掲載されたものである。今回の収録にあたり、引用文は訳文を載せ、引用箇所も若干の移動を行い、本文は重複部分を削りまた多少の加筆修正を施し、本書前掲論文（「六朝人の「狂」の観念の由来と変遷」）との調整を行った。原論文も併せて参照いただきたい。

盛唐詩人と「狂」の気風
――賀知章から李白・杜甫まで――

谷口真由実

盛唐時代の初め、賀知章（六五九～七四四）は自身を「狂客」と称した。彼より少し遅れて文壇に登場した李白（七〇一～七六二）や杜甫（七一二～七七〇）らは、そのような賀知章の「狂」の気風から大きな影響を受けた。彼らが共有した価値観「狂」とはどのようなものだったのかを考察し、さらに彼らの「狂」がその文学とどのような関わりを持っていたのかを探りたい。

盛唐詩人の「狂」

本論で、論じようとしているのは、盛唐の文化的気風の一つとして、「狂」という語でくることのできる一つの価値観があったということである。盛唐の詩人たち、少なくともその一部に共通の「狂」という語でしめされる価値観があり、それが盛唐の詩人やその時代の文化に大きく関与していたのではないかと思われるのである。

「狂客」としての賀知章

盛唐の「狂」の伝統の出発点に立ち、またその中心でもあったのは、賀知章ではないだろうか。賀知章が年齢の点で盛唐の士人に先行していたことは別としても、「狂」の気風を先駆的に示し、みずから「狂客」と名のる自己認識の大胆さによって盛唐の士人に大きな影響をあたえたことは否定できない。

賀知章の伝記は、『旧唐書』巻一百九十中、文苑中、および『新唐書』一百九十六、隠逸伝、『唐才子伝』巻三に見える。ここでは、『旧唐書』に主としてよりながら、彼の生涯をみておきたい。

賀知章は会稽永興の人で、太子洗馬徳仁の族孫である。少い頃より文詞を以って名を知られ、証聖の初め（六九五）に進士。超抜群類科に擢げられ、国子四門博士を振り出しに官途についた。礼部侍郎兼修賢院学士を初めさまざまな官職についた後、太子賓客、銀青光禄大夫兼正授秘書監に遷る。知章は性放曠で、善く談笑し、当時の賢達は皆これを敬慕した。工部尚書の陸象先は知章の族姑の子だが、知章と甚だ親しく、常に人にこういっていたという。「賀兄の言論はとらわれがなく真に風流の士と謂ふべきである。……一日賀兄を見なければ、こころにいやしさが生じる」と。知章は晩年さらに縦誕を加え、規検がなかったという。自ら「四明

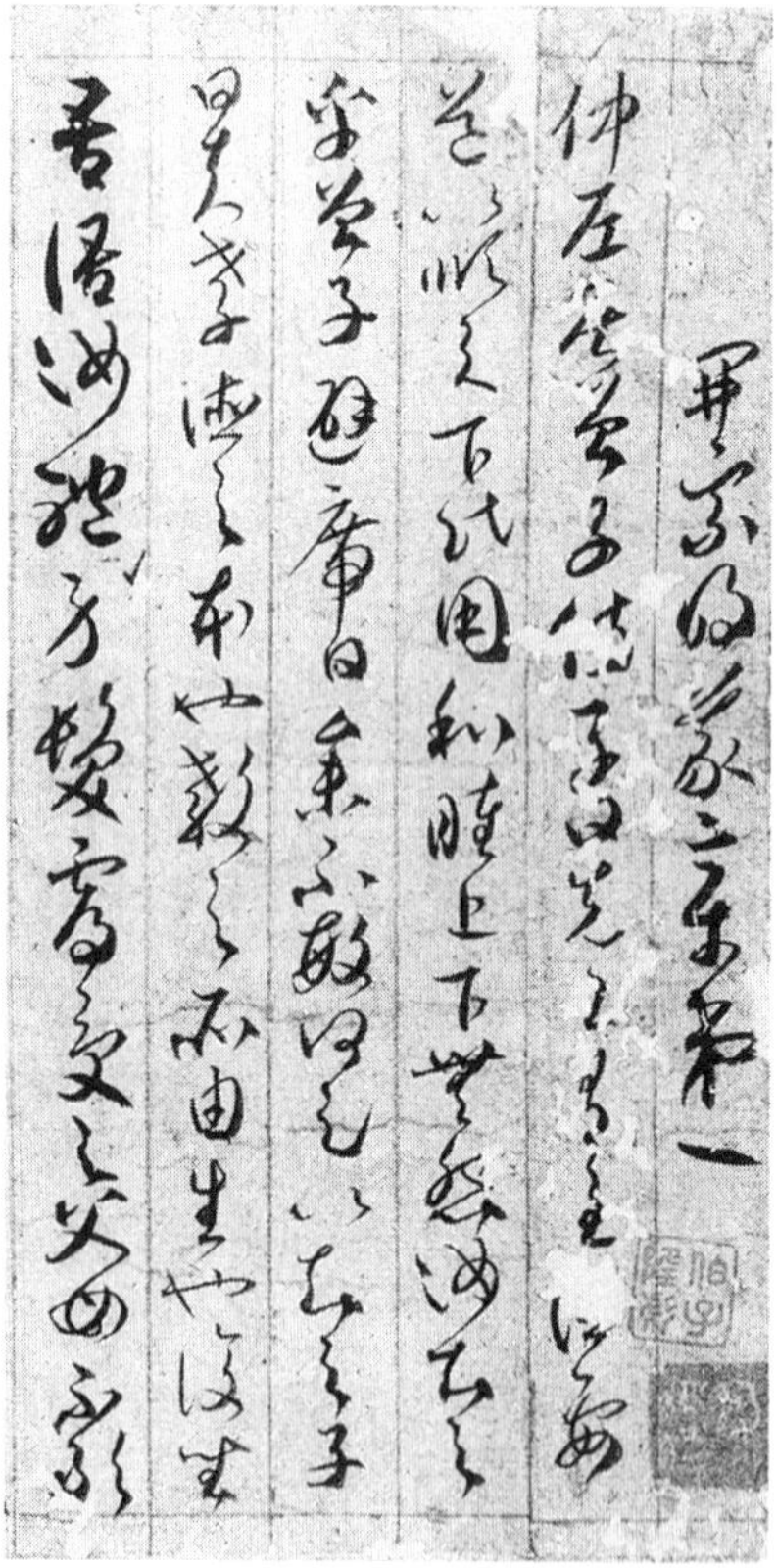

賀知章『孝経』（宮内庁三の丸尚蔵館）
（『書の宇宙』⑧、二玄社 より）

狂客」と号し、又「秘書外監」と称して、里巷に遨遊した。酔後に文章をつづれば、筆はとどまることなく、文は点を加えることがなかった。又、草・隷の書を善くし、呉郡の張旭《ちょうきょく》（六七五〜七五〇）と親しんだ。張旭も書を善くして、酒を好み、酔後号呼して狂走し、筆を索めて揮毫した。時人は号して張顚《ちょうてん》と呼んだという。天宝三載、知章は病に因って、上疏して度して道士となることを請い、郷里に還ることを求めたところ、勅許を得た。年八十六。

　このように賀知章は自ら「四明狂客」と号し、また「秘書外監」と称していた。「四明」とは、山の名で、浙江省にある道教の霊山。賀知章の故郷会稽に程近く、東方にそびえる山である。「狂客」とは、放誕でとらわれのない人物、常軌を逸した奇行のある人をいう語である。この熟語は「客」の漢字を含み持っていることから、「侠客」「墨客」「仙客」の「客」がそうであるように、固定された社会体制からはなれた人士というニュアンスがあり、高踏的な響きが感じられる。「秘書外監」も、反骨精神とユーモアにあふれる呼称である。彼は、実際は秘書監の職にあったわけだが、しかし、いわば自分はその職の埒外にあり、その枠にとどまらないと宣言したのである。

　『旧唐書』の右の伝記には、賀知章の生涯とその「狂客」たる所以が遺憾なく記されている。ところで、これら伝記の記述に先立ち、賀知章の「狂客」たる姿が活写されているのは、有名な杜甫の「飲中八仙歌」である。「飲中八仙歌」は、八人の酒飲みの狂態を詠じた詩であり、詠じられている八人は賀知章をはじめ、汝陽王李璡《りしん》、左丞相李適《りてき》之《し》、崔宗之《さいそうし》、蘇晉《そしん》、李白、張旭《ちょうきょく》、焦遂《しょうすい》のいずれも豪放な人物たちである。この詩は酒を飲んでの酔狂を詠じてはいるものの、当時の文人が共通して抱いていた「狂」という価値観が、この酒という存在を媒介として、如実に表われている点が興味深く思われる。

飲中八仙歌

知 章 騎 馬 似 乗 船　　知章の馬に騎るは船に乗るに似たり

眼花落井水底眠
汝陽三斗始朝天
道逢麴車口流涎
恨不移封向酒泉
左相日興費萬錢
飲如長鯨吸百川
銜杯樂聖稱避賢
宗之蕭灑美少年
擧觴白眼望青天
皎如玉樹臨風前
蘇晉長齋繡佛前
醉中往往愛逃禪
李白一斗詩百篇
長安市上酒家眠
天子呼來不上船
自稱臣是酒中仙
張旭三杯草聖傳
脱帽露頂王公前

眼に花さき井に落ちて水底に眠る
汝陽は三斗にして始めて天に朝す
道に麴車《きくしや》に逢はば口に涎《よだれ》を流し
恨むらくは酒泉に移封されざることを
左相は日興に萬錢を費やす
飲むことは長鯨の百川を吸ふが如し
杯を銜《ふく》んで聖を樂しみ賢を避くと稱す
宗之は蕭灑《しようしや》たる美少年
觴《さかずき》を擧げ白眼もて青天を望む
皎《きよう》として玉樹の風前に臨むが如し
蘇晉は長齋《ちようさい》す　繡佛《しゆうぶつ》の前
醉中　往往逃禪を愛す
李白は一斗　詩百篇
長安市上　酒家に眠る
天子呼び來たれども船に上らず
自ら稱す　臣は是《こ》れ酒中の仙と
張旭は三杯にして草聖傳わる
帽を脱ぎ頂を露《あら》はす　王公の前

揮毫落紙如雲烟　　毫《ふで》を揮《ふる》いて紙に落とせば雲烟《うんえん》の如し
焦遂五斗方卓然　　焦遂は五斗にして方に卓然《たくぜん》たり
高談雄辯驚四筵　　高談雄辯　四筵《しえん》を驚かす
（『杜詩詳註』巻二）

この詩の冒頭の第一・第二句は、賀知章を詠じている。

知章騎馬似乗船　　知章の馬に乗るは船に乗るに似たり
眼花落井水底眠　　眼に花さき井に落ちて水底に眠る

賀知章が酔って馬に乗っているさまは、ゆらゆらとまるで舟に乗ってでもいるかのように前後左右にゆれている。そして、挙句の果てには、眼に花が咲いたように眼を回し、井戸の中に落ちて、水底で眠っている。第一句は泥酔して乗馬するさまを描いているが、賀知章が、呉の出身で船には慣れていても乗馬は不得手であることを踏えたユーモラスな表現である。井戸の水底で眠るという行為は、実際には危険極まりない愚劣な行為のはずである。しかし、賀知章の姿は、酔態を通り越して、放誕で、また滑稽だが愛すべき逸脱・脱俗の姿として描き出されている。ここに、洒脱な賀知章への作者杜甫の敬愛、また親愛の情を読み取ることができる。とともに、この詩句を同時代の人々が共感をもって受け止めたであろうことが想像される。この詩に描かれた賀知章は、まさしく盛唐時代の「狂」の代表的存在であったのである。そして、この詩に杜甫は、先の賀知章の伝記にも言及されていた張旭の「顚狂」ぶりを詠じている。また、後述のように「狂客」賀知章にもっとも共鳴していた李白も詠じられていることから、この詩は賀知章を代表とする「狂」の価値観を共有していた人々への共感を歌うものということができるのである。

このように賀知章の「狂客」の気風は、周囲の文人や芸術家達に影響を及ぼし、またその気風に同調する人々をひきよせずにはいなかった。先に見たとおり、友人の一人に張旭がいた。（1）「狂草」という極度に自由な草書をはじめた書家として知られる人物である。彼は「張顚」と呼ばれていたという。「顚」とは、気が違うことであり、『急就篇』四の「疝瘕《せんか》顚疾狂失響」の顔師古の注に「顚疾、性理顚倒失常」（顚疾は、性理の顚倒して常を失ふなり）とあるように、やはり常軌を逸しているさまをいう語である。その張旭と賀知章が好を結んでいたというのは、互いに自由奔放な生き方を共有し、あるいは影響を与え合っていたからであると考えられる。

賀知章の詩にみる奔放さ

ところで、賀知章は『唐才子伝』巻三に「少《わか》きより文詞をもって名を知らる」（少以文詞知名）とあるように詩文に秀で、若い頃から相当数の詩を制作したと考えられるが、現存するものは二十首と少ない。『全唐詩』巻一百十二にはわずかにその詩一巻を収めている。また、たとえば唐、芮挺章《ぜいていしょう》撰の『国秀集』には、「偶游主人園」（偶《たま》ま主人の園に游ぶ、『全唐詩』では「題袁氏別業」に作る）が選ばれており、賀知章の詩の中でも有名なものといえる。

偶游主人園　　偶ま主人の園に游ぶ

主人相不識　　主人　相識らず
偶坐爲林泉　　偶坐するは林泉のためなり
莫謾愁酤酒　　謾《みだ》りに酒を酤《か》ふを愁ふるなかれ
囊中自有錢　　囊中《のうちゅう》　自ずから錢有り

詩題に、「偶」然この主人の庭園に遊んだとあり、第一句には、この主人とは互いに面識が無いという。全く見ず知らずの家に、庭園の林泉の景観に心ひかれて立ち寄ったというのである。主人は突然の来客にふるまう酒の心配をするが、賀知章は酒代の心配などなさるなと歌っている。この詩から、「林泉」をこの上なく愛好し、金銭に頓着のない風流人賀知章の面目躍如たるものがうかがわれる。

また、『回郷偶書』の第一首には、若くして郷里を離れ老年になって帰郷した賀知章の複雑な心情が飾らずに詠じられている。

回郷偶書　二首其一　　郷に回《かえ》りて偶ま書す　二首其の一
少小離郷老大回　　少小にして郷を離れ　老大にして回る
郷音無改鬢毛衰　　郷音改まること無く　鬢毛《びんもう》衰ふ
兒童相見不相知　　兒童　相見て相知らず
笑問客從何處來　　笑つて問ふ　客は何處《いずこ》より來るかと

呉の方言は改まっていないが、いつしか鬢の毛も白くなっている。郷里の子どもらは自分のことを誰か知らず、屈託なく「お客さんはどこから来たの」とたずねると。都で秘書監を勤め、玄宗をはじめ百官に見送られて帰郷した彼ではあったが、郷里では一介の旅人にすぎないと、竜宮から戻った浦島太郎のような心情を諧謔交じりに描いている。

また「答朝士」（朝士に答ふ）にも賀知章の高逸ぶりが表われている。

鈒鏤銀盤盛蛤蜊　　鈒鏤《きゅうろう》の銀盤に蛤蜊《こうり》を盛り
鏡湖蒓菜亂如絲　　鏡湖の蒓菜《じゅんさい》　亂れて絲の如し
郷曲近來佳此味　　郷曲近來　此の味を佳しとす
遮渠不道是呉兒　　遮《さもあらばあれ》渠　是れ呉兒なりと道《い》はず

詩題に「答朝士」（朝士に答ふ）とあることから、帰郷後自身の自由な境涯を朝廷にある人々に答えた詩であろう。

ここには、都から郷里に帰った賀知章が、鏡湖名産のはまぐりやじゅんさいを賞味するさまや、呉の出身でありながらどこか呉児らしからぬ自分を自覚するユーモラスさが歌いこまれている。この詩に見える自己を客観的に捉える姿勢は、自身を「狂客」と第三者的に捉える覚醒感や諧謔性と通底しているように思われる。

このほか、柳を擬人化して、巧みな機知で描く「詠柳」（柳を詠ず）などにも、闊達自由な賀知章の精神が息づいている。(2)

このように賀知章自身の現存する詩においても、賀知章の自由奔放さが垣間見られる。賀知章は、自由な文化人として、当時の人々から敬われ、さまざまな分野の人々と交流があった。なかでも、詩人李白は、そのような賀知章を敬慕していた。次に李白の詠ずる賀知章の「狂」をみたい。

賀知章への李白の共感

賀知章は自ら「狂客」と号していたのだが、それを賀知章への呼称として、つまり対称（二人称）として用いたのは李白だった。『全唐詩索引　李白』(3)によれば、李白の「狂」字の用例は二十八例である。ちなみに杜甫が二十七例であり、盛唐詩人の中では、他の詩人より詩数そのものが多いということもあるがこの両者の用例の多さが際立っている。さて、その李白の用例の中で、賀知章について詠じるものは、次の三首であり、ほかの人物についての言及において、「狂」という評はこれほどみられないことから、李白の賀知章の「狂」に対する共感の深さがうかがわれる。

（ア）送賀賓客歸越（賀賓客の越に歸るを送る）

鏡 湖 流 水 漾 清 波　　鏡湖の流水　清波を漾《ただよ》はせ

狂 客 歸 舟 逸 興 多　　狂客の歸舟　逸興多し

（『李白集校注』巻十七）

（イ）對酒憶賀監二首　其一（酒に對して賀監を憶ふ二首　その一）

四明有狂客　四明に狂客有り
風流賀季眞　風流なる賀季眞
長安一相見　長安にて一たび相見て
呼我謫仙人　我を謫仙人《たくせんにん》と呼ぶ
昔好杯中物　昔は杯中の物を好みしに
今爲松下塵　今は松下の塵と爲る
金龜換酒處　金龜を酒に換へし處
却憶淚沾巾　却《かえ》つて憶へば　淚　巾を沾《うるお》す

（『李白集校注』巻二十三）

（ア）には、賀知章が玄宗の許しを得て、朝廷を去り、故郷の越に帰るときの情景が詠じられている。(4)「鏡湖」とは、今の浙江省紹興県にある湖で、玄宗が退隠する賀知章に賜った景勝地である。賀知章を「狂客」と称するのは、もちろん賀知章自身が「四明の狂客」と称していたからであるが、それだけでなく、その自由不羈な生き方への共感が込められているからだろう。「逸興」は、世俗を脱した風流な興趣、超俗の豪放な意興をいう語であり、李白を初め、唐代の詩人に愛された語である。(5)第二句で李白は、官界を離れ、故郷の自然の景物に心を遊ばせている賀知章の心中を想像して表現しているのである。静かな鏡湖に「狂客」が帰って行く。長安においては「狂」は規範からの逸脱というばいわば奇矯な行動にいろどられていたが、今はそれは静かな自然の中に帰り、本来の自由な空間のなかに溶け込んで行くのである。超俗の心が本来の場にもどってゆくことへの讃美が感じられる表現である。

（イ）では、賀知章の没後に、その人を偲《しの》んでいるのであるが、「風流」という賞賛の語をもちいていることが注目される。(6)「風流」には、時代によりいくつかの意味があるが、ここでは文学や芸術を愛する自由で闊達な精神活動・

態度をいう。『旧唐書』の賀知章伝では、陸象先が、賀知章を「風流之士」と評したとする。賀知章の自由不羈なさまを当時の人々が「風流」と捉え、そしてその処世のあり方に共感し、かつ敬愛したことがうかがわれる。「狂客」と「風流」との間には非常に密接な関係があるということができる。李白がそれを確実にとらえて表現していることに注意しなければならないと思われる。

（イ）の詩には序文があり、運命的な出会いを物語る有名なエピソードを伝えている。

太子賓客賀公、於長安紫極宮一見余、呼余爲謫仙人。因解金龜換酒爲樂。歿後對酒、悵然有懷。而作是詩。

太子賓客の賀公は長安の紫極宮にて余を一見し、余を呼びて謫仙人と爲す。因りて金龜を解きて酒に換へ樂しみを爲す。歿後に酒に對せんとするに、悵然として懷ふ有り。而してこの詩を作る。

いわば賀知章は李白の才能を最初に見出した人物であった。賀知章が李白を「謫仙人」と評したのは、李白の詩人として抜群の才能を、仙界から地上に流されて来た仙人のようだ、と最大級の賛辞でたたえたものである。この序から、賀知章によるこの評語を李白が誇りにしていたことがうかがわれる。李白にとって、賀知章は自分の詩才を認め、見出してくれたかけがえのない人物であり、またそれだけでなく、賀知章自身の「狂客」としての自由不羈な言行と生き様は敬慕と憧憬の対象であったのである。ともあれ、李白は賀知章の「狂」を風流に接近したものとしてとらえていることが分かる。賀知章の内面にある文化的な闊達さ、自由さを、彼の奇矯な行動の中に一貫しているものとして感じ取っていたのであろう。そこに、行為の中に流れる豊かな芸術性を重んじる盛唐の気象、美意識を見ることができる。

杜甫の詩にみる賀知章

次に、杜甫の詩にみえる賀知章に対する「狂」の用例をみてみたい。先に揚げた「飲中八仙歌」においては、「狂」の語句こそみえないものの賀知章の逸脱と奔放さへの共鳴がみられた。そして、杜甫の詩には二十七例の「狂」がみえるが、このうち、二例が賀知章を詠ずるものである。

（ア）　寄李十二白二十韻　　李十二白に寄す二十韻

昔年有狂客　　昔年　狂客有り
號爾謫仙人　　爾《なんじ》を謫仙人と號す
筆落驚風雨　　筆を落とせば風雨を驚かし
詩成泣鬼神　　詩成りて鬼神を泣かしむ
聲名從此大　　聲名　此れより大なり
汨没一朝伸　　汨没《こつぼつ》　一朝伸ぶ
文彩承殊渥　　文彩　殊渥《しゅあく》を承く
流傳必絶倫　　流傳は必ず絶倫なり

（『杜詩詳註』巻之八）

（イ）　遣興五首　其四　　興を遣《や》る

賀公雅吳語　　賀公は雅なる吳語
在位常清狂　　在位　常に清狂

（『杜詩詳註』巻之七）

（ア）では、李白の詩作のすばらしさを賞讃している。しかし、その詩はまず、「狂客」賀知章を登場させ、その才能が認められる契機となった先述のエピソードに言及しているのである。「狂客」、すなわち賀知章が「謫仙人」と評した通り、李白が筆を落とせば風雨を脅かすかと思われ、また完成した詩は、鬼神をさえ感激で泣かせるほどのできばえである、と。この詩は賀知章没後に制作されたと思われるが、杜甫の中では、賀知章を「狂客」と親しく捉えているのであり、李白の先の用例と同じ趣向といえる。ただ注目されるのは、李白の詩の異常な力を「驚風雨」「泣鬼神」ととらえる、その感覚が賀知章を「狂客」と呼ぶことから連動している点である。[7]「狂客」に見出された李白の詩が「泣鬼神」であるというとき、遡行して、「狂客」に、凡俗を超えた異常な力を感じとっている、といえるだろう。それは主に賀知章の芸術性であるとはいえ、その芸術創造に傾斜する異様なまでのエネルギーの方を感得しているといえるだろう。

また、（イ）では、賀知章の出身が古代の呉の地方であり、その方言があったことを詠じ、官職に在った当時から「清狂」であったと評している。[8]

「清狂」は、ここでは奔放不羈のさまをいう語である。官僚世界に身を置きながら、詩人や画家、書家などと親しく交流し、影響を与え、また才能を見出した賀知章に対して、杜甫は李白と同様に、憧憬・敬慕を抱いていたのだった。だが、杜甫は、李白とはやや違って、「清狂」の人として賀知章をとらえる。それはひとことで言うならば、官僚世界とは別次元の価値観、反俗・超俗の姿勢、奔放不羈の精神を表す言葉であった。杜甫は、ここでも賀知章の行為の中にある異様な力に注目していることがみえよう。朝廷に連なりながらも標準語ならぬ「呉語」で通した賀知章[9]に、中央の官僚体制におさまらない反骨性を見ていることと、対応する。

盛唐の初め、開元の治と称され天下泰平を謳歌していた時代において、反俗・超俗の「狂客」賀知章は、天下に広く崇敬された。すなわち、「狂」が積極的に捉えられる一つの価値観として、根付いていたのである。そしてそれは、李白がとらえていたような、自由・闊達な超俗的な芸術性と、杜甫が感得したような、官僚世界に対する反俗的な行動性が結びついたものだった。

杜甫詩にみる鄭虔《ていけん》

賀知章は、いわば盛唐を代表する「狂客」であった。一方、賀知章ほどには有名ではないものの、杜甫が「狂」と称した親友が鄭虔であった。杜甫には、鄭虔について詠じた詩が数多く見える。「陪鄭廣文、遊何将軍山林　十首」（鄭廣文に陪して、何将軍の山林に遊ぶ。十首『杜詩詳註』巻二）以下八首に及ぶ。その中に「狂」字を使ったものや、鄭虔を「狂」と詠じた以下の作が見えることは注目するべきであろう。

（ア）陪鄭廣文遊何将軍山林十首　其八　　鄭廣文に陪して何将軍の山林に遊ぶ十首　其の八

憶過楊柳渚　　憶ふ　楊柳の渚《なぎさ》を過ぎり
走馬定昆池　　馬を定昆池に走らせしを
酔把青荷葉　　酔いて把る　青荷葉
狂遺白接䍦　　狂して遺《のこ》す　白接䍦《はくせつり》
刺船思郢客　　船を刺すには郢客《えいきやく》を思ひ
解水乞呉兒　　水を解すには呉兒を乞ふ

（イ）有懐台州鄭十八司戸　　台州の鄭十八司戸を懐ふ有り

天台隔三江　　天台　三江を隔て、
風浪無晨暮　　風浪　晨暮無し
鄭公縱得歸　　鄭公　縱《たと》ひ歸るを得るも
老病不識路　　老病　路を識らず
昔如水上鷗　　昔は水上の鷗の如きも

今爲罝中兎　今は罝中《しょちゅう》の兎と爲る
性命由他人　性命は他人に由《よ》る
悲辛但狂顧　悲辛　但だ狂顧するのみ
山鬼獨一脚　山鬼　獨《た》だ一脚
蝮蛇長如樹　蝮蛇《ふくだ》　長きこと樹の如し
呼號傍孤城　呼號して孤城に傍《そ》ひ
歲月誰與度　歲月　誰とともにか度《わた》らん
從來禦魑魅　從來　魑魅《ちみ》を禦《ふせ》ぐは
多爲才名誤　多く才名の爲に誤まらる
夫子嵇阮流　夫子は嵇《けい》・阮《げん》の流
更被時俗惡　更に時俗に惡《にくし》みを被《こうむ》る

（『杜詩詳註』巻之七）

（ア）では、鄭虔が何将軍の山林に遊ぶのに杜甫が従ったときの様子を詠じている。第三・四句は、酔って青い蓮の葉を手に取り、ふざけて白接䍦を忘れたりする、奔放な遊びを詠じている。特に第四句は、『晉書』山簡《さんかん》の故事を踏まえる。山簡は、竹林の七賢の一人山濤《さんとう》の子。太子舎人を始め、様々な役職を歴任したが、非常に酒好きで、赴任先によい園池があれば、常に遊びに出かけ、池のほとりで酒を飲んだ。山簡は酩酊すると、さかさまに乗せられて帰ってきたり、また馬に騎っては、白接䍦という頭巾をさかさまにかぶっていた、と。「白接䍦」は、白鷺の羽の飾りのついた白い帽子。山簡の酔態・狂態ぶり、礼教にこだわらぬ放逸さを伝えるエピソードである。(10) ここでは、鄭虔と杜甫との自然の中での自由気ままな遊びを山簡になぞらえて詠じたものである。つまり、この詩の「狂」は、何ものにも捉われない精神、奔放不羈の姿勢を表しているのである。これは、先に取り上げた賀知章の「狂」と同じ系譜のものであるといえよう。

一方、（イ）の詩では、台州に左遷された鄭虔への思いを詠じている。鄭虔は安祿山の乱時、賊軍に捉えられ、偽官を受けたため、乱収拾後、罪に問われた。結局は、死刑はまぬがれたが、台州に左遷されたのである。その鄭虔が台州の地で、悲辛のあまり落ち着きなく、左右をふりかえっているだろうと杜甫はその心痛を推し量っている。「狂顧」は、『楚辞』九章、抽思の乱に「長瀬湍流、泝江潭兮、狂顧南行、聊以娯心兮」（長瀬湍流、江潭を泝《さかのぼ》り、狂顧して南行し、聊《いささ》か以て心を娯しましむ）と見えることばで、漢北に左遷された屈原が南方の都、郢《えい》を恋い慕うさまである。屈原は懐王に直諫したことがもとで左遷されたのであり、その悲憤を表わす語を用いることで、杜甫は鄭虔の真意が当路の人々に理解されず左遷されたことを傷み、憤る気持ちを込めているのである。「夫子嵆阮流」の句は、「先生の反俗的な生き方は嵆康や阮籍の流れに連なる」の意である。魏末の嵆康や阮籍がそうであったように権力との激しい衝突を辞さない鄭虔を深く理解しているのだが、左遷による煩悩の中で「狂顧」しなくてはならないことを、また深く洞察している。

このように、（ア）の例は、安祿山の乱勃発以前の平和で自由を謳歌していた時代に、その自由奔放さ・脱俗ぶりを表す語としての「狂」であり、一方（イ）の例は、安祿山の乱後、左遷された鄭虔の悲痛な心情を捉えた表現といえよう。杜甫が「狂顧」という語を使った背景には、かの屈原がそうであったように、鄭虔が要路の人にその真情を理解されないことへの憤懣を込めているように思われる。また、一方、「狂顧」の語は魏の嵆康も用いている語である。詩の文脈から明らかなように、杜甫は強く嵆康・阮籍を意識している。

○此由禽鹿少見訓育、則服従教制、長而見羈、則狂顧頓纓、赴踏湯火。

此れ由《な》ほ禽鹿少くして訓育せらるれば、則ち教制に服従し、長じて羈《つな》がるれば、則ち狂顧し纓《えい》を頓《す》て、湯火に赴き踏むがごとし。

（『文選』巻四十三、嵆康「与山巨源絶交書」）

○一旦迫之、必發其狂疾。

一旦之に迫れば、必ず其の狂疾を發せん。

（同右）

この嵆康の「狂顧」がそうであったように、世俗に束縛されることを忌避しながら、現実には世俗に束縛され逆境にある鄭虔に対して同情する思いが込められている。

鄭虔の人生には、二つの危機があったようだ。一つは、国史を私撰したとかどでとがめられたこと、そして、二つ目は、安祿山の乱時に偽官を受けたという理由で罪に問われたことである。その一方、彼の名声は高かった。学問でも同時代には彼にならぶ者がないほどで、広文館博士に任ぜられたこともあり、「鄭広文」と称されていた。反面、いつも貧しく、それでいて彼はいつも淡々としていた。『唐才子伝』では「高士」としている。こうした鄭虔の高雅な行為を「狂」と呼んだ杜甫の意識には、その自由闊達な芸術性への共感があるだろう。しかしまた鄭虔の逆境での苦しみを「狂顧」と表現したところには、世俗への同調を拒んで生きるものの抱えなくてはならない異様な力と孤独とを理解している杜甫の認識があったに違いない。

鄭虔と蘇源明

鄭虔を陰で支え、また杜甫の親友でもあった蘇源明についても、みておきたい。『新唐書』巻二百二、文芸中、蘇源明伝に、

源明雅善杜甫、鄭虔、其最稱者元結、梁肅。

源明は雅にして杜甫・鄭虔と善し。其の最も稱する者は、元結・梁肅なり。

とある。源明は杜甫・鄭虔と親しかったというのである。[11]

では、蘇源明自身は、どのような人物だったのだろうか。字は弱夫。若くして孤児となり、徐州・兗《えん》州に寓居した。文辞に巧みで、すでに天宝年間に名が知られていたという。そして進士に及第、更に集賢院に試用され、太子諭徳に累遷し、東平太守に出された。在任中に生じた郡県の整理についての上申が納れられ、天宝十二載（七五三）七月、源明は東平太守から国子司業に召されることとなり、離任の宴会のときに「秋夜小洞庭離讌詩幷序」（秋夜　小洞庭、離讌の詩　幷びに序）を作った（『全唐詩』巻二百五十五）。この序文の中に次のようなエピソードが記されている。宴席で酔った蘇源明が「所不與君子及四三賢同恐懼安樂。有如秋水」（君子及び四三の賢と恐懼・安樂を同にせざる所なり。秋水の如き有り。）と言ったところ、酔いが醒めたときある人がその言葉を持ち出したので、次のようにくすくす笑って答えたという。

（蘇）源明局局然笑曰、狂夫之言、不足罪也。

源明　局局然として笑ひて曰く、「狂夫の言にして、罪するに足らざるなり」と。

「狂夫」とは、常軌を逸した男の意。蘇源明は、「酔って常軌を逸した者の言うことだから、罪にはならないよ」と、軽くいなしているのだが、「狂客」でも「狂生」でもなく、一介の常軌を逸した男「狂夫」だと、自分を醒めた眼差しで捉えている。この「狂夫」の言葉には、反俗的で放誕な、しかし醒めた精神を持つ蘇源明の姿勢が垣間見える。

蘇源明が、鄭虔や杜甫と親しかったことは先に述べたが、蘇源明という人物も、やはり「狂」の精神を持つ人だった。蘇源明は尊敬していた鄭虔の「狂」的な性格からおそらく影響をうけているだろう。蘇源明が自身を「狂夫」と称したのは、先の事件のとき、即ち天宝十二載（七五三）七月のことである。ところで、蘇源明と親しかった杜甫には「狂夫」と題する詩があるが、蘇源明の影響をうけて、自身を「狂夫」と称したことが推測される。

いずれにせよ鄭虔・蘇源明、そして杜甫は、世俗とあわず不遇な状態であったが、その中で自らや友人を「狂」と評していたのであり、自らを「狂夫」と呼んだ蘇源明の表現には、一抹の覚醒感があり、杜甫はそれを踏まえて、「狂夫」の詩をつくった可能性がある。

まとめ

杜甫は先述の「有懐台州鄭十八司戸」（台州の鄭十八司戸を懐ふ有り）詩の中で、鄭虔を「夫子は嵆・阮の流」と詠じ、反俗の生涯を送った嵆康や阮籍の流れを汲むものと位置づけている。また、「題鄭十八著作丈故居」（鄭十八著作丈の故居に題す）の中では、東方朔になぞらえてもいる。東方朔は漢の武帝に仕え、滑稽と博識・雄弁で知られた人物である。(12)『文選』に収められている東方朔の「非有先生論」には、接輿《せつよ》や箕子《きし》の「佯狂《ようきょう》」を積極的に評価する姿勢が見える。

○先生曰、接輿避世、箕子被髪佯狂。此二子者、皆避濁世、以全其身者也。

先生曰く、接輿は世を避け、箕子は被髪して佯狂す。此の二子は、皆濁世を避け、以て其の身を全うせる者なり。

（『文選』巻五十一、東方朔「非有先生論」）

「佯狂」は、いつわって狂人を演じることである。東方朔は接輿や箕子の「佯狂」を濁世を避け、我が身を保全するためのものであったと捉えている。

このように、嵆康や東方朔における「狂」は、自分の生を貫くためのぎりぎりの選択と捉えられるが、杜甫が鄭虔の「狂」を描くとき、嵆康・東方朔に似た非常に切迫した状況を見据えているのである。一方、賀知章の「狂客」は、もっと自由奔放な生き様をむしろ楽しむゆとりがある。それらは鄭虔・賀知章の個性によるのだが、時代の変化も背景にあったのだろう。賀知章のゆとりは、彼が玄宗の開元の治の頃に宮廷にあったことが背景として考えられる。しかし、そのようなゆとりは、安史の乱後急速に失われていった。杜甫はそうした変動の荒波をかぶりながら、またその荒波を正視していたのだと思う。

杜甫が自分自身を、そして李白を「狂」と称した例を次にあげたい。

狂夫

厚祿故人書斷絕　　厚祿の故人　書斷絕し
恆飢稚子色淒涼　　恆《つね》に飢えたる稚子　色淒涼
欲塡溝壑惟疏放　　溝壑《こうがく》に塡《うず》めんと欲するも惟だ疏放なるのみ
自笑狂夫老更狂　　自ら笑ふ　狂夫老いて更に狂なるを

（『杜詩詳註』巻之九）

不見

不見李生久　　李生を見ざること久し
佯狂眞可哀　　佯狂　眞に哀れむ可し
世人皆欲殺　　世人　皆殺さんと欲するも
吾意獨憐才　　吾が意　獨り才を憐れむ

（『杜詩詳註』巻之十）

「狂夫」は、杜甫が蜀の成都に家族とともに客遇していた時期に制作された。ここで杜甫は世俗に合わず、家族を満足に養うこともできず、世間から次第にはじき出されていく自分を外から客観的に見つめている。若い頃から「狂夫」のような激しさをもっていたが、年とともにいよいよ「狂夫」じみてきた、と自嘲的に詠じた詩である。「狂客」

ではなく、「狂夫」であるところに、杜甫の自己に向けられた辛辣で鋭い眼差しが感じられる。杜甫の「狂夫」は、蘇源明の中にあった醒めた感覚を引き継ぎつつ、現実の中で更に重い体験を経た自己の異様な孤独と内面の力を突きつめてとらえた語というべきだろう。[13]

一方、「不見」は、永王璘《えいおうりん》の幕下に参加したかどで、李白が左遷されたことをいたんだ作品である。杜甫は「佯狂」―狂ったふり―という語で、李白を捉えている。そして「世人皆殺さんと欲す」と詠じていることから、杜甫には、李白が粛宗によって罪人とされたことに対する憤懣があったと考えられよう。もちろんやはりそのことを直言することははばかられ、それゆえ「佯狂」と表現したと考えられる。しかしそれにしても、「佯狂」という語を脱俗性・超俗性の象徴として用いていた用例とは比べものにならない重々しい表現である。東方朔の「非有先生論」においては、名君にめぐり合えなかった接輿や箕子が「佯狂」したと捉えられている。杜甫は、李白がやはり要路の人々に真意を理解されず「佯狂」していると、捉えたのであるが、それは接輿の自由さよりは箕子の切迫感をにじませているといえるだろう。

盛唐時代の「狂」は、その前半の開元の治における賀知章を代表とする文化的・芸術的に自由奔放で不羈の生き方を表わすものから、安史の乱を経て、玄宗治世の崩壊、粛宗の治世へと大転換を経る中で、より深刻な内容を持つものへと変化した。それを先取りし、またそれをもっとも重く受けとめたのは、杜甫だった。こうして詩人の「狂」に対する見方・考え方も変化したように思われる。安史の乱以降、特に李白や杜甫においては時代に対する鋭い眼差しが「狂」に込められている――ことに杜甫にそれが明らかである――と思われるのである。しかしまた、それとともに、盛唐を通じて、杜甫と関係の深かった人々――賀知章・鄭虔・李白・蘇源明ら――に自称・他称を含め、「狂」の認識が通底していたことは、杜甫の文学、ひいては盛唐の文学を考える上で、重要であると考えられる。杜甫は

「狂」においても時代の激動と向き合った表現を生み出したが、しかしそれを可能にしたのは、賀知章以下の「狂」の精神の気風が根底にあったからだといえるのである。

注

（1）源川進「張顛素狂の優劣論」（『二松学舎大学人文学論叢』第二十三輯、一九七八）に、張旭の顛狂についての言及があり、また同氏の「狂の思想」（『二松学舎大学論集　昭和六十年度』一九八五）において、賀知章・張旭・李白・杜甫・蘇軾などを挙げて、その狂の思想に言及している。特に、杜甫・蘇軾に「狂の思想のめざめ」を指摘する点は示唆に富む。

（2）　詠柳　　　　　　　　柳を詠ず
　碧玉粧成一樹高　　碧玉　粧成りて一樹高し
　萬條垂下綠絲縧　　萬條　垂下す　綠の絲縧
　不知細葉誰裁出　　細葉　誰か裁《き》り出だしたるかを知らず
　二月春風似剪刀　　二月の春風は剪《せん》刀に似たり

（3）『全唐詩索引　李白』（現代出版社、一九九五）

（4）賀知章を詠じた李白の作品にはこのほか「送賀監歸四明應制」（賀監の四明に歸るを送る應制）（『李白集校注』巻十七）がある。この詩も（ア）の詩とほぼ同時の詩であるが、（ア）が個人的な思いを詠じているのに対して、こちらは応制（天子の命に応じて作った詩文）であり、公的な性格を持っている。

（5）李白が、「宣州謝朓樓餞別校書叔雲」（宣州の謝朓樓にて校書叔雲に餞別す）（『李白集校注』巻十八）に「倶懷逸興壯思飛、欲上青天覽明月」（倶に逸興を懷きて壯思飛び、青天に上りて明月を覽《み》んと欲す）と、飄逸で捉われのない意興を詠じていることが思いあわされる。

（6）李白は、やはり尊敬する孟浩然に対しても「贈孟浩然」（孟浩然に贈る）の中で、「風流」と評している。
　吾愛孟夫子　　吾は愛す　孟夫子

風流天下聞　風流　天下に聞こゆ

ここでの「風流」は、俗事にこだわらず自然や芸術の世界に遊ぶさまをいう。

（7）孟棨『本事詩』（高逸第三）には、李白が賀知章に見出された前掲のエピソードの次に、賀知章が李白の「烏棲曲」を見たときのエピソードとして、次のように記している。

賀又見其烏棲曲、歎賞苦吟曰、「此詩可以泣鬼神矣」。故杜子美贈詩及焉。

賀　又其の烏棲曲を見て、歎賞し苦ろに吟じて曰く、「此の詩以て鬼神を泣かしむべし」と。故に杜子美の贈詩は焉《ここ》に及べり。

これによれば、杜甫は賀知章の「烏棲曲は鬼神をも感激のあまり泣かせるだろう」という言葉を踏まえて、詩に「泣鬼神」と表現したことになろう。

（8）「清狂」の語は『文選』所収の左思「魏都賦」に見え、それを踏まえ、杜甫は「壮遊」（『杜詩詳註』巻十六）詩の中でも用いている。

放蕩齊趙間　放蕩たり　齊趙の間
裘馬頗清狂　裘馬《きゅうば》　頗《すこぶ》る清狂

（9）前掲のように、賀知章の「回郷偶書」（郷に回りて偶ま書す）詩には、呉の方言を老年にいたって官を辞するまで、直すことのなかったことが詠じられている。

少小離郷老大回　少小にして郷を離れ　老大にして回る
郷音無改鬢毛衰　郷音改まること無く　鬢毛衰ふ

（10）李白はこの山簡の故事を大変好み、次のように詠じている。

襄陽曲四首　其二（『李白集校注』巻五）

山公酔酒時　山公　酒に酔ふ時
酩酊高陽下　酩酊す　高陽の下

頭上白接䍦　頭上には白接䍦
倒著還騎馬　倒著して騎馬もて還る

このほか「襄陽歌」にも山公の放誕さを共感をもって描いている。李白もまた山簡の自由奔放さ・反俗ぶりを敬愛していた。

(11) 杜甫「戯簡鄭廣文兼呈蘇司業」（戯れに鄭廣文に簡し、兼ねて蘇司業に呈す）詩には、鄭虔・蘇源明への杜甫の友情が溢れている。才を抱きながら不遇な鄭虔の狂態と、それを助ける蘇源明への杜甫の温かいまなざしがうかがわれる詩である。

廣文到官舎　廣文　官舎に到り
繫馬堂階下　馬を繫ぐ　堂階の下
酔則騎馬帰　酔はば則ち馬に騎りて帰る
頗遭官長罵　頗る官長の罵りに遭ふ
才名三十年　才名　三十年
坐客寒無氈　坐客　寒くして氈《せん》無し
頼有蘇司業　頼《さいわ》ひに　蘇司業有り
時時乞酒銭　時時　酒銭を乞《あた》ふ

（『杜詩詳註』巻之三）

(12) 東方朔自身、宮廷に仕える人々から狂人と見られていたことが『史記』巻百二十六、滑稽列伝に収める東方朔伝（漢の褚少孫による補筆部分）に見える。

人主左右諸郎半呼之「狂人」。（人主の左右の諸郎、半ば之を「狂人」と呼ぶ。）

(13) 杜甫が宰相房琯《ぼうかん》を弁護し、粛宗の逆鱗に触れたいわゆる房琯事件（七五七）の際、粛宗は三司（司法機関。御史台・刑部・大理寺をいう）に杜甫の罪を問わせた。その時、韋陟《いちょく》は「甫言雖狂、不失諫臣体」（甫の言は狂なりと雖も、諫臣の体を失はず）と奏上し、そのため粛宗は杜甫を許したという（『新唐書』巻百二十二、韋陟列伝）。また、この時、杜甫が感謝を述べた「奉謝口勅放三司推問状」（口勅もて三司の推問を放《ゆる》さるるに謝し奉る状）にも「不書狂狷之過、復解網羅之急」（狂狷《きょうけん》の過《あやま》ちを書せず、復た網羅《もうら》の急なるを解かる）とある。「狂狷」は、中庸からははずれているが、態度の方向が一貫している行いをいう。ここで杜甫は自身の房琯を弁護した行為は、世間から非難されようとも誤りではなかった、との思いを抱いていたことを示しているだろう。

江南の倦客、狂言す――周邦彦

村越貴代美

唐の杜甫―白居易から北宋の柳永―蘇軾へ、唐宋の詩人（詞人）と「狂」に関する先行研究を追っていくと、自らを「狂」者と規定して生きること、すなわち「詩人」や「詞人」あるいは「文人」としての覚醒であったように見える。これらの先行研究に導かれながら、詞には「狂」の意識を詠むことはなかったのに他者から「詞人」として仰がれた北宋の周邦彦、かつての楚の地域で屈原に思いを馳せながら「楚狂子」となった南宋の辛棄疾、終生「離騒」に親しみつつ風流文人として生きた姜夔、南宋の滅亡を見て詞の理論を体系化した張炎の「狂逸」、彼らの「狂」を点描し、歌辞文芸としての詞の流れに「狂」の系譜が重なる可能性を探る。

詞人と「狂」

鶴沖天

黄金榜上、偶失龍頭望。
明代暫遺賢、如何向。
未遂風雲便、争不恣狂蕩。

柳永

黄金榜上、偶たま龍頭の望みを失ふ。
明代　暫く賢を遺す、如何向《いかん》せん。
未だ風雲の便を遂げず、争《いか》でか恣《ほしいまま》に狂蕩せざる。

何須論得喪。　何ぞ須《もち》ひん　得喪を論ずるを。

才子詞人、自是白衣卿相。　才子詞人は、自づから是れ白衣の卿相。

煙花巷陌、依約丹青屏障。　煙花の巷陌、依約たり　丹青の屏障に。

幸有意中人、堪尋訪。　幸ひに意中の人有り、尋ね訪《おとな》ふに堪ふ。

且恁偎紅翠、風流事・平生暢。　且くは恁《か》く紅翠に偎《したし》み、風流の事　平生暢びやかならん。

青春都一餉。　青春は都《た》だ一餉。

忍把浮名、換了淺斟低唱。　浮名を把《と》り、淺斟低唱に換へ了るに忍びんや。


タイトルの「鶴冲天」は「鶴が天に冲《いた》る」という意味で、科挙の進士及第の比喩として用いられる。この詞牌の元になっている前蜀・韋荘の「喜遷鶯」詞では、「鶯は已に遷り、龍は已に化し、一夜にして満城の車馬。家家の楼上に神仙簇《あつ》まり、争ひて鶴の天に冲るを看る」と詠まれている。

柳永の「鶴冲天」では、首席及第もあるかと自負していたのに結果は落第、聖明な天子は野に賢者を遺そうとされているようだ、ならばしばらくは科挙制度の善し悪しを論ずるのはやめて、感情のおもむくまま遊びたわむれよう、どのみち才子・詞人は無官の大夫、と状況が逆転している。この詞の中に、「狂蕩」の語が見える。「狂蕩」は、士人として生きる望みが打ち砕かれた時、別の生き方として詩歌・風流の中に「才子」「詞人」として狂奔埋没する姿を示している。

「詞人」は「文辞をよくする人」だが、南宋の趙長卿「水調歌頭（月を賞づ）」に「節を撃つ詞人の妙句」、呉泳「賀新郎（西湖に遊び李微之校勘に和す）」に「祕館の詞人　能く曲を度す」などがあるので、「詞を作る人」という意味がその頃までには現われていたようだ。「才子」は「才徳ある人」だが、ここでは後段にある「風流の事」をする人である。白居易が「楊柳枝二十韻」で、「樂童　怨調を翻し、才子　姸詞を與ふ」とうたった「才子」であろう。欧陽修「玉樓春」にも「靑春の才子　新詞有り、紅粉の佳人　重ねて酒を勸む」の句がある。

北宋の柳永（九八五?～一〇五三?）は、唐五代に主流だった短めの詞（小令）を長い詞（慢詞）にアレンジし、その作品は楽工が争って求め、「井戸のあるところ、どこでも柳永の詞がうたわれた」と伝えられるほどに流行した。「鶴沖天」には面白すぎるエピソードがあり、「浮名を把《と》り、淺斟低唱に換へ了るに忍びんや」と歌ったような奔放な生き方を時の仁宗にうとまれて、殿試で「且く去りて淺斟低唱せよ、何ぞ浮名を要《もと》めん」として落とされた、と伝えられる（『能改斎漫録』巻十六「楽府」）が、それでも反省するどころか、自ら「聖旨を奉じて塡詞す柳三變」と称していたという（胡仔『苕渓漁隠叢話後集』巻三十九）。

この柳永が杜甫を崇拝し、杜甫と同じく「狂」字を多用したこと、とくに「自分自身の心情の表象として」「遊興に耽る自分の心理状態を」表すときにこの字を用いたことを、宇野直人「詩語としての『狂』と柳耆卿の詞」（『中国文学研究』第九期、一九八三年）は指摘している。宇野氏によれば、杜甫に始まる「歌や歌舞に引かれる自己の心情を『狂』と規定する倫理性」は当時の文学界にあっては例外的な現象であり、詞人としてはほとんど最初に「狂」字に執着したのが柳永で、柳永にも士人としての意識が備わっていたことを示すとともに、柳永によって「狂」が持ち込まれたことで詞も生々しい士人の生活感情を表白する場となり、詞に対するこの態度は蘇軾を経て以後の詞人にも継承され、南宋の陸游や辛棄疾らの政治詞、社会詞の出現を導く基盤にもなった、とする。

蘇軾（一〇三六～一一〇一）に関しては、横山伊勢雄「詩人における『狂』について――蘇軾の場合――」（『漢文学会会報』三十四号、一九七五年）があり、保苅佳昭「蘇東坡の詞に見られる『狂』について」（『漢学研究』第二十七号、一九八九年）がある。蘇軾が自己を「狂」とする表現は、熙寧三年（一〇七〇）から八年（一〇七五）の王安石が新法を推進した時期に現れる。蘇軾は旧法党として新法党と対立し、熙寧四年（一〇七一）には杭州通判として望んで中央を離れる。横山氏は、杭州での蘇軾を「まさに宋代士大夫の一典型となる全人的な文化活動の開始」と位置づける。持続的に詩作し、文壇に参加して詩の贈答が増え、次韻の詩が増える。さらに以前から有名だった書画にも磨きがかかる。一方では官僚として政務を執り、新法への政治批判も続ける。そうした中で、蘇軾にとっての「狂」の意識が大きく変化する。持論たる「積極的な求楽」の思想に支えられながら、「政治活動に集中していた自己」も「狂」、「人生の充実を求めて生きている喜びを積極的に追求する自己」もまた「狂」、これが蘇軾にとっての新しい生き方、すなわち「文人」としての生き方であった、と。蘇軾が詞の制作を始めたのも杭州時代である。

いま紹介した柳永と蘇軾に関する論考や、南宋の陸游について論じた西岡淳「『剣南詩稿』における詩人像――「狂」の詩人陸放翁」（『中国文学報』第四十冊、一九八九年）等におそらく刺激を受けて、宋代の文人と「狂」について総合的に論述したのが張海鷗「中国文化的〝疏狂〟伝統与宋代文人的〝疏狂〟心態」「狂者進取――宋代文人的淑世情懐」「蘇軾外任或謫居時期的疏狂心態」の一連の論考（『宋代文化与文学研究』、中国社会科学出版社、二〇〇二年、所収）である。

張海鷗氏の論考でとりわけ興味深いのは、宋代の官僚文人にとって、政治の場もまた「狂」の発露の場であった、という指摘である。『論語』子路篇にいう「中行を得て之に與《くみ》せんば、必ずや狂狷か。狂者は進みて取る。狷者は爲さざる所有り」のうち、狂者も狷者も宋代にはいた。ただ、科挙制度により、文官となって政治に参画し、天下を治める補佐となることが主たる活動の場になった宋代の官僚文人にとっては、政治の場にいながら「狂」であることを促すような社会的背景、システムがあった。宋代の皇帝は総じて直言や諫言に耳を傾けたし、ひとたび皇帝や権勢を持つ大臣などの怒りに触れれば流謫や死罪などの目に遭うこともしばしばではあったが、簡単には殺されない点が、外患を有しながらも国内的には太平繁栄を長く保った宋代ならではの特徴であった。政治状況の変化により再び返り咲く例もまた、しばしばだったのである。身を賭して直言、諫言する「狂直の士」が、時にはグループとして（范仲淹や欧陽修など）存在した、と張海鷗氏はいう。

士人としての生き方を志向してかなわなかった時、詩歌に自己を埋没していく。その心情を自ら規定して「狂」となす。杜甫から柳永、蘇軾を経て、宋代の詞人の中にも士人としての「狂」の意識が垣間見えると同時に、士人か文人（あるいは詩人、詞人）か、政治か文学か、という二項対立では、もはや宋代の「狂」をとらえきれないのかも知れない。

周邦彦の「倦客」意識

宋代の詩人、あるいは「詞人」「文人」に関するこうした先行研究を踏まえた上で、これから紹介するのは、詞ではあまり「狂」の心情を表さなかったが、「狂」の精神を持っていた「詞人」である。「北宋詞の集大成者」（周済『宋四家詞選』目録序論）とも称される周邦彦（字は美成、号は清真居士、一〇五六～一一二一）は、現存する約百八十首の詞の中で、三首に「狂」の語が見えるが、「倦」は十三首に使用され、うち四首は「倦客」でとくに深い印象を残す。周邦彦の作品に見える「倦客」については拙著『北宋末の詞と雅楽』（慶應義塾大学出版会、二〇〇四年）で触れたことがあるが、ここでは周邦彦が終生持ち続けた「倦客」意識を、「狂」の視点からもう一度考え直してみたい。

周邦彦は、都の太学生時代に献上した「汴都賦」を認められて、文人官僚としての道を歩み始めたが、すぐに政治状況が変わって地方に出された。元祐八年（一〇九三）から紹聖三年（一〇九六）、三十八歳から四十一歳までを知溧水（江蘇省溧水）として過ごしていた時、次の詞を作っている。

満庭芳　夏日、溧水無想山の作

風老鶯雛、雨肥梅子、午陰嘉樹清圓。
地卑山近、衣潤費鑪煙。
人靜烏鳶自樂、小橋外・新綠濺濺。
凭欄久、黃蘆苦竹、擬泛九江船。

年年、
如社燕、
飄流瀚海、來寄修椽。
且莫思身外、長近尊前。
顦顇江南倦客、不堪聽・急管繁絃。
歌筵畔、先安簟枕、容我醉時眠。

風は鶯の雛を老いしめ、雨は梅の子を肥やし、午陰　嘉樹は清く圓《まろや》かなり。
地は卑《ひく》く山は近く、衣は潤ひて鑪煙を費やす。
人は靜かに　烏鳶自づから樂しみ、小橋の外　新綠濺濺たり。
欄に凭りて久し、黃蘆　苦竹、九江の船を浮かべんと擬す。

年年、
社燕の如く、
瀚海に飄流し、來りて修椽に寄す。
且くは身外に思ふこと莫く、長に尊前に近づかん。
顦顇たり　江南の倦客、聽くに堪へず　急管と繁絃とを。
歌筵の畔、先づは簟枕を安《お》き、我が醉時の眠りを容《い》れよ。

前片、溧水の「地は卑く山は近く」、湿った衣類を燻じながら過ごす江南の初夏の風景を、白居易が「琵琶行」で

「住まいは湓江に近くして地は低濕、黄蘆　苦竹　宅を繞りて生ふ」とよんだ九江（今の江西省九江）になぞらえる。白居易は客を見送る船上で琵琶の音を聞き、船を近づけて数曲弾かせた後、左遷されたここ「潯陽は地　僻にして音樂無く、終歳　絲竹の聲を聞かず」と自分の境遇を語り、「今夜　君が琵琶の語を聞き、仙樂を聽くが如く　耳暫く明らかなり。辭する莫れ　更に坐して一曲を彈くを」と頼む。一方、周邦彦の後片は、音楽さえも遠ざけたいほど、いまは「頽顇した江南の倦客」である。

この作品は、情景全体としては白居易の「琵琶行」をふまえているが、典故として最も多く使用されているのは杜甫の詩である。南宋・陳元龍が周邦彦の詞に注した『片玉集』で指摘しているものに、

○雨肥梅子　「鄭廣文に陪して何将軍の山林に遊ぶ」十首之五の「紅は綻び雨は梅を肥やす」

○地卑山近　「北風」の「爽《あきら》かに卑濕の地に攜ふ」

○衣潤　「閬州より妻子を領して却つて蜀山の行に赴く」三首之二の「衫裛　翠微に潤ふ」

○人靜烏鳶自樂　「人は靜かに　烏鳶は樂しむ」（佚詩と思われる）

○擬泛九江船　「絶句」九首之七の「聞道《きくなら》く　巴山の裏《うち》、春船　正に行くに好し。都《すべ》て百年の興将《も》て、一たび望む　九江城」

○來寄修椽　「櫂を回《めぐ》らす」の「茅茨　短椽に寄す」

○且莫思身外、長近尊前　「絶句漫興」九首之四の「思ふ莫れ　身外無窮の事、且くは盡くせ　尊前有限の杯」

があり、また近人の兪平伯『唐宋詞選釈』（人民文学出版社、一九七九年）や羅忼烈『周邦彦清真集箋』（三聯書店香港分店、一九八五年）は、

○地卑　「興を遣す」の「地卑く荒野大なり」

○不堪聽急管繁絃　「促織」の「悲絲と急管と、感激　天眞を異にす」、「王使君に陪して晦日　江に泛び黃家の亭子に就く」二首之二の「須ひず　急管を吹くを、衰老　悲傷し易し」

などにも杜甫の句の影響を認める。兪平伯は「須ひず　急管を吹くを、衰老　悲傷し易し」の典故を指摘した後に、「ここでようやく本意が明らかになる。上片は景色に寓して情を述べ、江南の初夏の風景を描いて、褒とも貶ともいえず、感情が抑えられていたが、下片の『年年』から一気に最後まで述べる」という。

眼前に広がる初夏の風景は、生命が育まれる季節である。鶯が雛を育て、梅の実がふくらみ、新緑はみずみずしい。軒下に戻ってきた燕も、子育てに忙しいことであろう。しかし「衰老」した作者は、「飄流」する燕に自身の運命を重ね、尊前に身を寄せる。「身外無窮の事」をこの「倦客」は忘れてしまったのであろうか。忘れられないから、いましばらくは「我が酔時の眠りを容れよ」というのであろう。

その後の政局の変化により都へ呼び戻された周邦彦は、新法政策を支持する徽宗と宰相蔡京らのために礼楽の整備に関わるのだが、ほどなく再び金との国境に近い真定府（河北省正定）に赴任することになる。都を離れる際に作ったとされる「蘭陵王」には、「登臨して故國を望む。誰か識らん、京華の倦客を」とあり、「江南の倦客」は再び今度は「京華の倦客」を自認することになった。さらに、周邦彦の絶筆となった「西平樂」でも、自らを「倦客」と呼んでいる。周邦彦は金の侵攻を目前に各地で政情不安定な中、地方の反乱を避けて一家で居を転々としながら、最後の官職として提挙を任じられた南京鴻慶宮に身を寄せようとする。その途上で作ったのが「西平樂」で、見送ってくれた友人に感謝し、「共に芳時を過ごし、翻って倦客に家を思はしむ」と故郷を懐かしむ。「滿庭芳」で自称していた「江南の倦客」（周邦彦は銭塘、今の浙江省杭州の人）は、最後まで「倦客」として故郷を懐かしみつつ、北宋滅亡まで数年を残して南京にて病のため卒した。

詞にはこのように「倦客」が人生の節目で印象的に現れるのだが、周邦彦の場合、詩文は南宋時代に編纂を許されなかった経緯がある。周邦彦が関係した徽宗らの礼楽整備が北宋滅亡の一因として批判され、周邦彦の作品も意図的に排除されたのである（羅忼烈「擁護新法的北宋詞人周邦彦」、『詞曲論稿』所収、中華書局香港分局、一九七七年）。詞人としての名声は高かったので、詞の作品ばかり後世に伝わっているが、散逸を免れた詩文には、詞とは異なる姿もうかがえる。

周邦彦の詩文に見える「狂」の精神

まず、周邦彦が地方に出される際によんだとされる「元夕」詩に云う、

翠華臨闕巷無人、
曼衍魚龍觸眼新。
羽蝶低昂萬人醉、
木山綵錯九城春。
閑坊厭聽粻粿鼓、
曉漏猶飛轣轆塵。
誰解招邀狂處士、
摻撾驚倒坐中賓。

翠華　闕に臨んで　巷に人無く、
曼衍たる魚龍　眼に觸れて新し。
羽蝶　低昂し　萬人醉ひ、
木山　綵錯す　九城の春。
閑坊　聽くを厭ふ　粻粿の鼓、
曉漏に猶ほ飛ぶがごとし　轣轆の塵。
誰か解《よ》く狂處士を招邀し、
摻撾して坐中の賓を驚倒せしめん。

末二句の「狂處士を招邀す」とは、後漢の禰衡の故事である。曹操がその才能を聞いて会いたがったが、「衡　數《しばし》ば輕疾に相《あ》ひ、自ら『狂病』と稱して、往くを肯んぜず」、諦めきれない曹操が撃鼓を得意とする禰衡を鼓史として

招聘した。賓客を招いて盛大な宴席を主催することになり、禰衡の撃鼓（摻撾）は、「容態に異有り、聲節は悲壯、聴く者の慷慨せざるなし」で、その後、命じられるがままに裸身になって鼓史の衣服に改め、さらに撃鼓を打ち終え、曹操をして「本より衡を辱しめんと欲すれど、衡反《かえ》つて孤《われ》を辱しむ」と苦笑せしめた（『後漢書』禰衡伝）。禰衡が自称する「狂病」は病理的な側面も多少は現れていたのか、あるいはそのように見せていただけか、日常の規範から逸脱した異能の存在として生き、それ故に苦難の時代にも敬意を以て受け容れられたのが禰衡である。

　周邦彦は、この詩で元宵節の夜の都の賑わいを描写する。宮城の南、宣徳門から南へのびる大通り（御街）は、灯籠が龍のように長く連なり、変幻の出し物が並ぶ。轆轤で水をくみ上げて滝のように見せる大掛かりな山車も、明け方近くまでしぶきをあげている。街中の人々が御街へ集まり、見物に夢中になっている時、大通りから奥へ入った横町では、太鼓型の飴を売る声がいつまでも聞こえる。まるで都全体が盛大な宴会を繰り広げる中、あの「狂処士」のように撃鼓して人々を驚かせようとしても、誰もその心中を知る者はいない。絶望的な孤独のまま、地方へ出たのである。

　次に、都に呼び戻されて「汴都賦」を重進するに当たって、「先帝　其の『狂愚』を哀れみ、賜ふに首領を以てす」と記している（「重進汴都賦表」）。「汴都賦」は、太学生ながら神宗の新法政策の素晴らしさを謳いあげた渾身の作であったはずだが、それを指して「狂愚」とは一体どういうことか。新法と旧法の両党が熾烈な政争を繰り広げる時代、うまく立ち回って安逸な生き方をすることもできたかも知れないのに、敢えて自らの立場を鮮明にした結果、この賦が新法党攻撃の道具として利用された。これを「狂愚」なる振る舞いと嘲う人もいるかも知れない。しかし「汴都賦」は「一賦を以て三朝（神宗・哲宗・徽宗）の譽れを得たり」（南宋・楼鑰「清眞先生文集序」）と評された名作で、政治的蹉跌を経た後に重ねて献上する際の言葉であるから、「狂愚」にこそ周邦彦の自負がこめられていると言ってもいいだろう。

周邦彦は晩年の二度目の地方暮らし、赴任地の真定府で作った「續秋興賦序」では、「將に終身の憂ひ有りて、意を秋に託して其の『狂言』を發せんや。將に幽憤の心に滿ちる有りて、戚醮《なや》んで景に遇ひ劇《はげ》しさを增さんや。然らずんば、則ち秋を悲しむ所以は果たして焉に在りや」と自問を重ねている。楼鑰は「清眞先生文集序」で、「續秋興賦の後序を見れば、然る後に平生の安んずる所を知る」といい、晩年の号「清真」からも、長年の政争に倦んで最後は枯淡の境地に至ったように見える。だが、この「後序」を改めて読めば、「終身之憂」「幽憤滿心」を「狂言」として表出せずにはいられない情念が、終生、周邦彦をとらえていたのだ。同時に、周邦彦は本来「賦」の人であったのだ、と改めて思う。胸中の「狂」なる部分は、賦によってこそ表出できる人だったのだろう。地方官時代の詞では、自らを司馬相如になぞらえる作品も目立つ。

「續秋興賦」に云う、

豈知夫衰樂榮盛、相尋反衍、
伊四時之去來、猶人事之展轉、
來兮不可推、去兮不可挽、
知已毀者不完、故甑墮而不覩。
胡用逃江湖而長逝、啜糟粕而沈湎。
乃欲銷日而忘憂、可嗟除患而術淺。

豈に知らん　夫れ衰樂榮盛は、相ひ尋ねて反衍《くりかへ》し、
伊の四時の去來は、猶ほ人事の展轉のごとく、
來れば推すべからず、去れば挽くべからず、
已に毀れし者は完からざるを知る、故に甑《こしき》を墮《おと》して覩《かへりみ》ず。
胡ぞ用《も》つて江湖に逃れて長逝し、糟粕を啜つて沈湎せん。
乃ち日を銷《すご》して憂ひを忘れんと欲すれど、患を除くに術の淺きを嗟くべし。

めまぐるしく反転する栄枯盛衰を、人間はどうすることもできない。壊れてしまった物はもう元の完全な姿には戻らないと知っているから、甑を落としても見ることすらしない（後漢・孟敏の故事）。野に逃れて酒粕をすすりながら生

き長らえることに、どんな意味があるのだろう。時間をつぶして憂いを忘れようとしても、その方法もない、と。

杜甫は房琯事件で都を去り、三年後の成都時代に「狂夫」と題する詩で、「自ら笑ふ　狂夫の老ひて更に狂なるを」と自らの生き方を「狂夫」と規定することになる。この詩の冒頭には「萬里橋西の一草堂」とあるが、横山伊勢雄氏は中央を逐われ成都にたどり着いて浣花渓に草堂を築いたことを以て、「ここにおいて杜甫は『一小伎なる文学』に自己の存在をかける生き方を確立したのである。それは当時の知識人の常識からすればまさに『狂夫』であった」とする。文学者として生きる、という選択は当時の知識人にとっては有り得ないもので、「狂夫」と称して文章にでも吐露せずにはおれない思いが、杜甫を捉えて離さなかったということであろう。

杜甫の後、「狂」を多用した詩人に白居易がいる。二宮俊博「洛陽時代の白居易――『狂』という自己意識について」（『中国文学論集』第十号、一九八一年）によれば、白居易は士人間の党争と宦官の専横を避けて洛陽に閑居した時期に「狂夫」を自任し、晩年に至るまで「狂」者として振る舞うことをやめなかった、という。『旧唐書』では白居易を指して「詩人」と冠していることを二宮氏は指摘し、「たしかに、この時代の白居易は『詩人』そのものに他ならず、且つ詩酒琴書に喜びを表明する以外の何者でもなかった」という。「酒を縦《ほしいまま》にし歌を放《ほしいまま》にして聊か自ら樂しむ」（「又た戯れに答ふる絶句」）その姿は、柳永が「才子詞人」と自任する原型とも言えるだろう。

白居易は「狂夫」を自任する以前から、「狂」的な心性を示していた、という。江州に左遷されるより前の詩「陶潜の體に效ふ　十六首」の序に、「醉中の狂言、醒むれば輒ち自ら哂ふ」とあり、二宮氏は「彼の言う『狂言《たわけごと》』とは、十六首の中で披瀝される飲酒の娯しみを指すに他ならない」という。もちろん、単なる「たわけごと」ではなく、「自己のおかれている現実と理想との乖離から来る、一種の照れ隠し」でもあるのだが、いずれにせよ周邦彦にとっては、飲酒や歌曲に没頭する方法では「終身の憂ひを忘れる」ことはできないから、「狂夫」として振る舞わず、「倦客」としてやり過ごすことになるのだ。周邦彦が「狂言」として表出せずにおれないものは、他にある。周邦彦は「満庭芳」詞で、杜甫の詩句をふんだんに下敷きに使い白居易の「琵琶行」の情景を借りながらも、「狂夫」ではなく「倦客」として自らを規定し、晩年までその意識を持ち続けるのである。自らの「狂」なる部分を十分に認めながら、なぜ「倦客」としてやり過ごすことになるのか。

哀楽得喪は平らかならず

周邦彦の詞では、「長相思慢」「氏州第一」「玉樓春（玉匳收起新妝了）」の三首に「狂」が使われている。うち「長相思慢」は、毛晉汲古閣本『片玉詞』の注に「『清眞集』に載せず」とあり、偽作が疑われていることと、「遊絲 蕩絮、輕狂し相ひ逐ひて牽縈するに任す」と直接には柳の風に舞う様子を述べたものなので、いまは除く。

制作年代が推測できるのは「玉樓春」で、後片に、

裁金簇翠天機巧。　金を裁ち翠を簇《あつ》む　天機の巧。
不稱野人簪破帽。　野人の破帽に簪するに稱《かな》はず。
満頭聊挿片時狂、　満頭　聊か挿して片時狂ひ、
頓減十年塵土貌。　頓《にわか》に十年の塵土の貌を減ず。

とあり、地方から都に呼び戻された時の作と思われる。「玉楼春」詞では、妓楼で片時「狂い」、地方暮らしの垢が振り落とされるようだ、という。「江南の倦客」として十年を過ごし、都に戻ってはじめて、歌曲に没頭する「狂」態を見せることができたのだ。

「氏州第一」は、周邦彦の始調で、氏州は唐の西辺六州郡（伊州・梁州・甘州・石州・渭州・氏州）の一。宋代の鼓吹

曲に「六州」があり、詞牌「六州歌頭」にもなっている。「氏州第一」は、前片の「波は寒汀に落ち、村は向晩《ゆうぐれ》に渡り、遙に數點の帆の小さきを看る」風景からみても地方時代の作品だが、北方に赴任した晩期の作であろう。後片に、

漸解狂朋歡意少。　漸く解す　狂朋の歡意少なきを。

奈猶被・思牽情繞。　奈《いかん》せば猶ほ思牽情繞せらる。

坐上琴心、機中錦字、覺最縈懷抱。　坐上の琴心、機中の錦字、最も懷抱に縈《まつは》るを覺ゆ。

也知人・懸望久、薔薇謝・歸來一笑。　也《ま》た知らん　人　懸望して久しく、薔薇謝《あ》せて歸來に一笑するを。

欲夢高唐、未成眠・霜空又曉。　高唐を夢《ゆめみ》んと欲すれど、未だ眠りを成さず、霜空又た曉《あ》けぬ。


という。「坐上の琴心」は漢の司馬相如が卓文君に琴を弾いて聞かせた故事、「機中の錦字」は晉の竇滔が妻の蘇氏から回文詩を書いた錦を贈られた故事、いずれも夫婦の愛情を示す。来年の夏の終わり、薔薇の花が色あせる頃には、自分は妻のもとに帰れるだろう、妻は自分を見てにっこり笑うだろう。いまは高唐に遊んだ先王のように夢で「巫山の女」に会いたいと思うが、眠りにつく前に晩秋の空は明けようとしている。「狂朋」が「歓意少ない」理由は、愛する人と離れ離れになっているからで、宴席で歌曲に耽溺する態度が「狂」であると認識していたことがここからうかがえるのだが、いまは没頭できない。愛する人（天子を示唆？）のいる場所、都に戻らないと「狂」にはなれなかったのが、周邦彦である。蘇軾が自らを「疎狂」（「子由の初めて陳州に到り寄せらるに和す」二首之二）、「病狂」（「潁州で初めて子由に別る」二首之一）と認めたのは、中央から去って通判として杭州へ赴く途中、中央にいた頃の自分を振り返ってのことである。都で政治の渦中にいる時にこそ「狂」態を示す周邦彦は、その点が異なる。

ここで触れておかなければいけないことが一つある。詞における「狂」の観念は柳永から蘇軾を経て後の詞人へ継承されるというが、蘇軾と周邦彦の間には、明確な文学的な継承関係は見えない。周邦彦の「汴都賦」は神宗の新法

政策を称賛したもので、この賦のために新法党と目され、旧法党であった蘇軾とちょうど相反する浮沈した生涯を送る。世代としては蘇軾より一つ下で、周邦彦の叔父の周邠は蘇軾とかなり親しく交際し、周邦彦と周邠の間にも親戚として交流があったのだが、蘇軾と周邦彦はほとんど互いに無関心に見える。むしろ、周邦彦が地方に出されたのは、旧法党の蘇軾が政権側についた際に積極的に自分の門下生を都へ集め、周邦彦が当時就任していたポストを取り上げた経緯もある。蘇軾が周邦彦の存在にどれほど注意を払っていたかはともかく、周邦彦が蘇軾の文学的業績を知らないはずはないが、少なくとも詞においては、作風が異なるというだけでない政治的な事情が働いて、二人の間に「狂」の伝承関係も存在しなかった可能性がある。

しかし、「狂」が知識人としての強烈な自己認識であるならば、周邦彦が詩文においては率直に見せる「狂」が詞に現れにくい理由は、周邦彦の内面、思想や心情にこそ求めるべきであろう。「續秋興賦」の最後の部分に云う、

彼物之枿者復茂、而黃者復靑、　彼の物の枿《きりかぶ》は復た茂り、黄《もみじ》は復た靑し。
唯汝豐膚改而憔悴、美鬚變而星星。　唯だ汝のみ豐膚は改まりて憔悴し、美髭は變はりて星星たり。
知彫年急景之易盡、　年を彫《きざ》めば急景の盡き易きを知るに、
何以銜哀懷恤、撐腸柱腹而塡膺。　何を以て哀を銜《ふく》み恤《うれ》ひを懷き、腸に撐《つか》え腹に柱《たた》せて膺《むね》に塡《うづ》めん。
吾將倘佯乎馮閎、盱衡乎太淸、　吾れ將に馮閎に倘佯《さまよ》ひ、太淸に盱衡《にら》まん。
開衿延佇、　衿を開いて延佇し、
冒秋氣而嘗秋風、觀物色而聽秋聲、　秋氣を冒して秋風を嘗め、物色を觀て秋聲を聽けば、
豈知有哀樂得喪之不平。　豈に知らん　哀樂得喪の平らかならざる有るを。

今は枯れていても再び青々と茂る秋の樹木と違って、自分は憔悴した老いた身を哀しみや憂いで充たしている。そ

依蘭県（ハルピンの北東250キロ）の
五国頭城跡

金の捕虜として徽宗らが
「井に坐し天を観」ていた

こで荘子のように、広々とした世界（馮閎）を彷徨し、高々とした天（太清）からこの世界を怒りで睨みつける。そうして秋をしみじみ味わうと、「哀しみ」と「楽しみ」のプラスマイナスは決してイコールではない、「哀しみ」のほうが多いものだ、と思い知ったのだ。横山伊勢雄氏は杜甫の「狂夫」詩を評して、「厚禄や名声の社会と無縁となったこの詩人が貧窮と孤独につつまれながら、自己を疎外する下界を睨み付けている眼が認められよう」という。周邦彦は「太清」から下界をしかと睨み付けて気がつく。反転を繰り返す陰陽、そして人事は、結局はマイナスのほうが大きく、それに翻弄される（使役される）自分という存在がいかに哀しいものか、と。

周邦彦は、晩年まで悲哀を解消しきれず、政治活動を行うチャンスがある時にしか「狂」にはなれなかった。「才子詞人」としては「狂」になりきれず、積極的に選び取ったのは厳しい闘争の中でも政治活動に集中するほうの「狂」だった。なのに没後、その政治的な背景から詩文を後世に残す機会を奪われ、「詞人」として名を残した。南宋の時代に語られていた遊里での面白おかしいエピソード、徽宗と当時評判の名妓李師師を争った、などのエピソードも含めて、音楽にすぐれた風流な詞人としての姿ばかりが強調され、後に「北宋詞の集大成者」とまで評されるようになった。いわば本人が望んでいなかった「狂」者として他者に認定されたようなもので、何とも皮肉で哀しいことではないか。

我が楚狂の声を聴け

南宋の詞人では、蘇軾の詞風を受け継ぐと評される辛棄疾（一一四〇～一二〇七）が、詞に「狂」字を多用し、十六例を数える。紹熙三年（一一九二）、十年ほど閑居した後に再び起用されて福建にいた頃の作、「水調歌頭」の前片に云う、

長恨復長恨、　長恨　復た長恨、
裁作短歌行。　裁ちて短歌行を作す。
何人爲我楚舞、　何人ぞ我が爲に楚舞し、
聴我楚狂聲。　我が楚狂の聲を聴かん。
余既滋蘭九畹、　余　既に蘭を九畹に滋《う》え、
又樹蕙之百畝、　又た蕙を百畝に樹《う》えり。
秋菊更餐英。　秋菊　更に英を餐《くら》ふ。
門外滄浪水、　門外　滄浪の水、
可以濯吾纓。　以て吾が纓を濯ふべし。

辛棄疾は、さらに十年ほど後の嘉泰二年（一二〇二）作の「賀新郎」でも「歌ひ且つ和す楚狂子」といい、自らを楚狂接輿になぞらえているが、この「水調歌頭」では洞庭湖畔を放浪した憂国の屈原を強く意識している。「離騒」の「余既に蘭を滋《う》うること之れ九畹なるに、又た蕙を樹《う》うること之れ百畝なり」、「朝に木蘭の墜露を飲み、夕に秋菊

の落英を餐《くら》ふ」、「漁父」で漁父が歌う「滄浪の水清まば、以て我が纓を濯ふべし」をほぼそのまま踏襲し、世俗を離れて高潔を守る志を述べる。

辛棄疾の後半生は閑居の時期が長かった。淳熙八年（一一八一）、四十二歳の冬に弾劾されて上饒（江西省上饒）に壮大な邸宅を構え、後に上饒からさほど遠くない鉛山に移り、そこで生涯を終えた。だが閑居していても「纓を濯ふ」気概を持ち続けていたし、実際、最晩年の嘉泰四年（一二〇四）、祖地奪回の夢を果たさんと、六十五歳の身で金軍との戦いの準備に積極的に関わった。

辛棄疾は宋室が南遷した後に金の支配下にある山東省済南で生まれ、二十二歳で武装蜂起して金軍を襲撃し、南下して南宋朝廷に迎えられた。かつての楚の地に身を寄せて屈原に思いを馳せる時があっても、ごく自然なことかも知れない。「狂」者と自認しながら、「詩人」や「詞人」あるいは「文人」としても覚醒した（と後世の目からは見える）杜甫―白居易―柳永―蘇軾の系譜があるとすれば、辛棄疾に至って、詞においては歌辞文芸としての歴史をさらに遡って、賦の屈原をも楚の狂者（楚狂）として系譜の中に位置づけたと言えるであろうか。

開禧元年（一二〇五）秋、辛棄疾が思いむなしく知鎮江府の職を解かれて再び鉛山に帰った頃、辛棄疾と交流のあった姜夔（字は堯章、号は白石道人、一一五五年?～一二二〇年?）は、辛棄疾が鎮江の北固山で作った「永遇樂（京口北固亭懷古）」詞に次韻して、「永遇樂（稼軒の「北固樓」詞の韻に次す）」詞を作った。その次韻詞で辛棄疾の志と才略を「前身は諸葛」と評した姜夔は、辛棄疾よりは周邦彦の詞風を受け継ぐとされる詞人である。詩詞に「狂」の語を用いることもなかったが、「離騷」については、杜甫の「鹽亭縣に行次し、聊か四韻を題し、簡嚴を遂州・蓬州兩使君咨議の諸昆季に奉ず」詩中の句を踏まえた五言古詩『長歌意無極、好爲老夫聽』を以て韻と爲し、沔鄂の親友に奉別す」十首之十に、士生有如此、儲粟不滿瓶。　士生　此の如く、儲粟の瓶に滿たざる有り。
著書窮愁濱、可續離騷經。　書を窮愁の濱に著し、離騷經を續ぐべし。

の句があり、陶淵明「歸去來辭序」の「幼稚　室に盈ち、缾に儲粟無く、生を生む所の資《かて》、未だ其の術を見ず」を典故にした貧窮のさま、そうした困窮した生活にあっても屈原と同じ志を以て「離騷」を継承する著作をものせんと、意気軒昂である。王炎「堯章の「九日　菊を送る」に和す」二首之二には「秋英の餐罷《や》みて清思を含む、曾て離騷の續筆有りや無しや」の句があり、周文璞の「堯章を弔ふ」詩にも「相ひ逢ひし蕭寺は已に累然たり、自ら離騷を詠み太玄を講ず」と言い、姜夔が終生「離騷」に親しんでいたことがうかがわれる。

姜夔は番陽（江西省波陽）の人。幼年の頃は父に連れられて、成長してからは知遇を得た蕭徳藻に伴われて、江南の各地を訪ねながら過ごした。嘉泰元年（一二〇一）、四十七歳の作「昔遊詩」は、洞庭湖に遊んだ思い出を語る長篇の古詩だが、序に「夔　蚤歳より孤貧にして、川陸を奔走す。數年以來、始めて寧處を獲たり。秋日　無謂にして、舊遊の喜ぶべき愕くべき者を追述し、吟じて五字古句を爲す」とある。『楚辞』の句をところどころ踏まえるが、屈原の憂国の情よりは、洞庭湖の壮大さを詠った作品である。夏承燾『姜白石詞編年箋校』（上海古籍出版社、一九八一年）によれば、姜夔が洞庭湖に遊んだのは三十二歳の頃で、思い出を「昔遊詩」にまとめる少し前の慶元三年（一一九七）には布衣の身分で雅楽を論じた「大樂議」を上奏し、慶元五年（一一九九）には「聖宋鐃歌鼓吹曲」十四首を作って国威発揚を主張している。士大夫として政治に参画することなく、風流な社交場に出入りして生計を立てていたとされる姜夔であるが、決して国家を案じていなかったわけではなかった。だが結局、積極的に野に在って風流に生きた姜夔もまた「狂」者であり、周邦彦とは違って自覚的な「詞人」だったとも言えるのではないか。

『詞源』で周邦彦と姜夔を高く評価した張炎（一二四八～一三二一？）は、南宋の「中興の名将」に挙げられる人物を祖先に持つ名門の出自だが、三十二歳の時に南宋が滅亡した。元の大都に北遊して『金字蔵経』を書写する仕事をしていた時期もあるが、江南に戻ってからは遺民として生涯を終えた。「狂」字の使用は辛棄疾に迫る十二例を数える。ここでは、小序に「如心翁　酒を桂下に置く。花晩くして香り益々清《すがすが》し。坐客　俗事を談ぜず、惟だ文を論ず。主人　懽《よろこ》ぶこと甚し、余　美成詞を歌ふ」とある張炎「桂枝香」詞を引いて、結びに代えよう。美成は、周邦彦の字である。

琴書半室。
向桂邊偶然、一見秋色。
老樹香遲、清露綴花疑滴。
山翁翻笑如泥醉、笑平生・無此狂逸。
晉人遊處、幽情付與、酒尊吟筆。

任蕭散・披襟岸幘。
歎千古猶今、休問何夕。
鬢短霜濃、却恐浩歌消得。
明年野客重來此、探枝頭・幾分消息。
望西樓遠、西湖更遠、也尋梅驛。

琴書　室に半ばす。
桂邊に向ひて偶然、秋色を一見す。
老樹は香り遲く、清露　花を綴りて滴を疑らす。
山翁　翻って泥醉するが如きを笑ひ、平生此くも狂逸なる無きを笑ふ。
人の遊ぶ處に晉《すす》み、幽情を酒尊と吟筆に付與す。

蕭散として襟を披き岸幘するに任す。
歎かはし　千古は猶ほ今のごとし、何夕か問ふを休《や》めよ。
鬢は短く霜は濃く、却って浩歌の消得《たのし》むを恐る。
明年　野客重ねて此に來たり、枝頭に幾分か消息を探さん。
西樓の遠く、西湖の更に遠きを望み、也《ま》た梅驛を尋ぬ。

「山翁」は、酒好きで有名な晉の山簡。周邦彦「齊天樂」詞に、「醉倒せし山翁、但だ斜照の斂《おさ》むるを愁ふのみ」の句があるのを踏まえる。「浩歌」は高らかに歌うことだが、『楚辞』九歌・少司命に、「美人を望めども未だ來らず、風に臨んで怳として浩歌す」とあり、屈原につながる。窓辺の桂の老木、若い樹より遅れたほんのり秋を感じさせるその香りに、狂うほどに酔いしれる寂しさ。そして千古の昔と同じ憂いを抱く老いた旅人。宋という時代が滅びてしまった後、旅人が尋ねる駅はどこへ繋がるのだろう。規範となる拠り所を失った「狂」の意識が向かうところなど、あるのだろうか。

鄭思肖「蘭図」（1306年 大阪市立美術館蔵 阿部コレクション）

忠臣か狂士か

――鄭思肖の執着と南宋遺民――

大西 陽子

鄭思肖（一二四一～一三一八）は終生元朝の存在を認めることなく抵抗し続けた狷介孤高の南宋遺民である。その言動の奇矯ぶりを示すエピソードには事欠かず、宋末元初の数々の遺民の中でも異色の存在であると言えよう。正史には名を留めないが、『宋遺民録』(1)に附録として小伝および詩文が抄録されている。元代に入って名を思肖、字を憶翁、号を所南と改める。原名は不明。同世代の画家・趙孟頫（後述）が元朝に帰順したと知るや絶交する。またモンゴル語が聞こえると耳を塞ぎ、座す時には必ず南面したと言われる。文人画家である鄭思肖はまた「一片の中国の地、夷狄の得る所と為る、吾画くに忍びんや。」と異民族の領土と化してしまった国土への抵抗を、根土のない墨蘭を描くことで遺恨を示した。そしてまた激越な口吻で宋朝への忠誠と元朝への憤怒の思いを綴った詩文集『心史』を鉄函に封印し自ら井戸に沈めた。明末の崇禎十一年（一六三八）蘇州の承天寺狼山中房の井戸の中から『心史』手稿本が発見されたことから、明末清初という共通する時代感覚も手伝って注目され、遺民として高く評価される。その抵抗姿勢はストイックなまでに徹底しており、詩文は「奇僻」と評されている。(2)

宋末元初という時代――亡国と異民族支配

十三世紀初頭から中葉にかけての中国は、モンゴル（蒙古族）が強大な軍事力を武器に西夏・金国を皮切りに次々に征服範囲を拡大していき、遂には南宋征服を敢行する。その蒙古軍の攻撃は征服した土地の人々を殺戮あるいは拉致するという残忍な方法であった。一二七一年にクビライ・ハンが元を建国し、一二七六年には文天祥ら義勇軍の抵抗もむなしく、南宋の都臨安が陥落し、一二七九年遂に中国全土がモンゴルの支配下となる。

これまで官僚として支配する立場にあった士大夫たちは、一転して亡国と異民族支配という屈辱を受ける。宋代士大夫の理念として、殿試を経た科挙進士は「二朝に仕えず」を旨として、皇帝に「天子門生」として忠誠を誓ったはずである。その精神的根幹にある科挙さえもが、延祐二年（一三一五年）に復興するまでは実施されることはなかった。士大夫たちにとっては、忠義を死守して遺民となるか二朝につかえて弐臣となるか、士大夫として節義を問われることとなる。いやが上にも時代精神と対峙し、自らの価値観の再構築を余儀なくされたであろう。この狂瀾の時代の中で人々はどのように生きたのであろうか。

元朝の統治支配は従来、「蒙古人・色目人・漢人・南人」という四階級制や「一官・二吏・三僧・四道・五医・六工・七猟・八民・九儒・十丐《かい》」（鄭思肖『心史』「大義略叙」）と称されるような、漢人・南人に対して差別冷遇措置を採るモンゴル至上主義[3]が行われていたとされてきたが、近年再検討がなされ、実際には元朝は漢文化を尊重し、有能な漢人・南人を交えて採用する「参用」[4]などを積極的に推進し、必ずしも南宋文人の活路が途絶えてしまった訳ではなかったことが定説となりつつある。また村上哲見氏の指摘によれば、宋末元初のいわゆる文人は士大夫としての使命感とは無縁であり、必ずしも一人の君主に忠誠をつくさなければならないという偏狭な価値観にはとらわれていなかったという[5]。

しかし実際には士大夫だけでなく、無官の文人たちの中にも遺民にこだわり続けたものが数多いたこともまた事実である。価値観が激変する時代の潮流の渦中で、彼らが依拠した精神的軌範と逸脱の境界は一体どこにあったのであろうか。ある一人の文人画家と同時代の遺民群像の行動様式にスポットを当てながらその時代精神の核心を探っていきたい。

忠義を全うすることの難さ

元朝の統治は決して南人を一律に圧服するという蔑視政策ではなく、有能な南人は元官に任用し、相応の待遇によって招聘した。そのため科挙士大夫であっても元官に推挙されることを名誉と受け取った者も少なからずいたようである。程鉅夫（一二四九～一三一八、名は文海、元官では集賢学士）[6]や留夢炎（生卒年不詳、淳祐四年の状元進士、元官では翰林学士）[7]は南人でありながら元朝に有能な南人を推薦する任に当たっていた。また方回（一二二七～一三〇七、字は万里、号は虚谷、『瀛奎律髄』の編者）の何ら憚ることなく帰順して蒙古式服装で意気揚々と帰還したような例もある。

だが無論、元朝に帰順し出仕した者がみな一様に罪悪感を持たなかったわけではない。士大夫という自負が強いほど、弐臣となることへの葛藤や屈辱感はあったであろうし、やむなく元朝に任官せざるを得なかったケースも多々あったであろう。

元朝に仕えた人物として筆頭に挙げられる趙孟頫（一二五四～一三二二、字は子昂、号は松雪道人。元官は翰林学士承旨に至る）は宋の宗室の血を引く一流文人画家である。しかしクビライに召されて以降は、三十年余りの長きに渉って元の皇帝の宮廷絵師として歴任し、書画の才能を遺憾なく発揮する。彼は宋姓「趙」の名を持ちながら異民族王朝に仕えただけでなく、「海上　春深く　柳色濃し、蓬萊　宮闕　五雲の中、半生　落魄　江湖の上、今日　釣天　一夢同じ」(「初めて都下に至る即時」『松雪斎集』巻五)などの詩を詠んで、大都(現在の北京)での暮らしを肯定したことにより、抵抗派の遺民たちから佞臣・弐臣のそしりを免れなかった。だが彼のような由緒正しき士大夫が元の官位に就いたことが逆に先例となり、それに伴って元朝の招きに応じることへの抵抗感も次第に薄れていき、南人の元朝での任官も増加する。そのため「遺民」の存在は、一目おかれながらも必然的に社会的マイノリティーへと移行していったと考えられる。

「遺民」と一口に言っても実際には様々な行動形態があり、義勇軍に参加して抗元闘争を行った者や、宋滅亡の知らせを受けて殉死したような実際行動によって抵抗を表明した者から、入元以後は隠居して任官せず教学や著作に従事した実質的逃避に等しい者など、その抵抗の有り様は千差万別である。元朝に出仕したことのある者であっても、その後の生き方次第では遺民の扱いを受けている場合もある。

張炎(一二四八～一三二〇?、字は叔夏、号は玉田、『詞源』の著者)や劉因(一二四九～一二九三、原名は駰、字は夢吉、夢驥)等のように元朝に一度は任官するものの、結局辞して郷里に帰り、帰郷後は仕えようとしなかった者もまた遺民の例にあたる。

こうした元官の経歴を持つ遺民の代表として、汪元量(一二四一～一三一七?、字は大有、号は水雲、別号は楚狂、江南倦客。詩詞集に『湖山類稿』がある)について些か言及しておく必要があろう。汪元量は身分こそ低いものの、幼い頃から琴師であった父に連れられて後宮に出入りし、二十歳の頃には後宮のお抱え琴師となり、また詩画にも秀でた才能を開花させるようになる。しかし徳祐二年(一二七六年)三十三歳の時に、元軍が臨安を陥落し、幼い恭帝や謝皇后を俘虜として連行するのに同行し、そのまま大都に十三年間抑留される。そしてその間は元朝に仕え、黄金臺上翰林士という高官の地位にまで至った。だがその一方で二度獄中の文天祥を見舞い、文天祥に義に就くことを勧め、また互いに唱和詩を交わすなど深い親交があったことが知られている。三度の上書でようやく南帰を許されて以降は、元・世祖クビライが任官を求めても固辞し、在野で詩社を結集し詩作に専念している。また一説には文天祥との誓約を果たすべく抗元闘争を起義したとも、はたまた道士となったともいう。

汪元量は元朝に任官しながらも宋臣としての気概を持ち続けていたことから『宋遺民録』にも収録され、忠義に厚い遺民として人々に認知されている。しかし彼自身にとって元の官員となったことは儒者を自認する自身の経歴上における汚点として払拭できなかった。彼は後にしばしば自省追悔の念を詩文にしたためている。

北行すること十三載、癡懶の身は羈孤《きこ》たり……偶爾《たまたま》生還し、相對するは眞に夢の如し……
向來誤りて儒冠たるも、今や壮圖無し、且つ願はくは王師を休め、努力して飯蔬を加へん。
（汪元量「南帰対客」、『湖山類稿』巻四）

不本意ながらも異民族に仕えてしまった身で平然と遺民の名誉を受けるにしのびないという良心の表明なのであろう。汪元量が自らを楚狂と呼び、倦客と呼ぶ心の深層は、心ならずも元官に任じてしまった自己矛盾に対する自責とも読み取ることができよう。

久謂儒冠誤　窮愁方棄書　　久しく謂へり 儒官 誤れり、窮愁 方に書を棄てん
十年心不展　萬里意如何　　十年 心 展《の》びず、万里 意《おも》いは如何ばかり
（汪元量「酬方塘趙待制見贈」抄録、『湖山類稿』巻三）

無處告訴只欲死　　処として告訴する無く 只だ死なんと欲す
有時顛倒忽成狂　　時として顛倒する有り 忽ち狂と成る
（汪元量「唐律寄呈父鳳山提挙」十首の第九首 抄録、『湖山類稿』巻四）

ようやく念願かなって元都を離れて帰郷したものの、より一層自己矛盾に苦悩し自嘲的になっていることが看取できよう。宋朝にあっては一介の宮廷琴師という立場から、元朝になって官位についた彼は常にコンプレックスと戦っていなければならなかったのであろうか。彼が臨安のかつての繁栄ぶりや北に連行された時の様子を苦しみもがきながらも詩の形で記録に留めた背景には、任官したことへの呵責の念を必死で振り払う苦渋の姿が投影されていたのかも知れない。

彼らのようにやむを得ず元朝に任官してしまった者の中には、紆余曲折なく一途に遺民を貫いている者に負い目を感じて生きていた者もまた皆無ではなかったことを窺い知ることができよう。

遺民という生き方——さまざまな抵抗と葛藤

では一方元朝に抵抗して遺民の意志を貫いた者はどうだったのであろうか。「弐朝に仕えず」を大義とする科挙出身者にとっては、やはり遺民として生きることこそが建前としての理想であり、実践者はそれゆえ士大夫としての誇りを維持できたことであろう。しかし時代の趨勢は「遺民」として生き続けるには名を隠し孤独に耐えるか、或いは同じ境遇の者同士で徒党を組み、相互依存していなければ、現実社会からの疎外感は埋まらなくなっていたようである。(9)

元朝からの招聘を受けながら任官を拒否したとされる士大夫の筆頭に挙げられるのが抗元闘争の旗頭である状元宰相・文天祥（一二三六～一二八三、字は宋瑞、号は文山、宝祐三年の状元進士）である。宋亡国後自決の時期を逸してしまった文天祥は、身を賭して征服王朝に抵抗することを誓う。そのため大都に抑留され、宰相の地位を保証されても頑なに拒否し死を賜わんことを乞い、辞世の歌「正気歌」を懐中に残して刑死するが、元帝クビライをして義士であると言わしめた英雄である。宋遺民たちの精神的支柱として文天祥の存在が如何に大きな意義を有していたかは言うまでもないであろう。(10)

死を以て宋朝に殉じて命を落とした者も数知れない。最後まで元軍に徹底抗戦するが敗れ、幼帝衛王を抱いて入水投身した宰相・陸秀夫(一二三六〜一二七九、『宋史』列伝二一〇 忠義六)、不満分子三千人を募って元軍の迫撃に対抗するも万事休し、ついには集団自決した李芾(?〜一二七六、『宋史』列伝二〇九 忠義五)など、殉死の道を選んだものもまたこの狂乱の時代の逼迫が為さしめた異常な行動様式として見逃すことはできない。彼らの殉死行為はみな称揚され『宋史』忠義列伝に収められている。中でも謝枋得(一二二六〜一二八九、字は君直、号は畳山、宝祐四年の進士、『文章軌範』の編者、著に『畳山集』がある)の生き様は壮絶である。

慷慨死に赴くは易く、従容義に就くは難し　(謝枋得「上丞相留忠斎書」、『畳山集』巻二)

とは謝枋得の書簡中に見える言葉である。この言葉が彼の人生を暗示するかのように、彼が選んだのも自ら死に赴く道であった。博学にして忠義の人徳者として知られていた謝枋得もまた亡宋後は一途に抵抗の意志を貫いた一人である。彼の生涯は南宋遺民の中でもとりわけ狂瀾怒濤の時代の波を真正面から被ってしまったと言えよう。

謝枋得は少壮より反骨漢であり、時の宰相・賈似道の方針に逆らって意見し流罪にあっている。後に許されて知信州(江西省信州の長官)となり、臨安の危機を知るや義勇軍の結集を呼びかけ元軍と戦うが敗れる。宋亡後しばらくは改名して隠居していたが、建陽(福建省建陽)の地に移ってからは講学を生業とし、当地の遺民達に多大な信頼と影響を与えた領袖的存在であったとされる。(11)

何度も元に出仕を求められるも最後まで固辞し、人質として母親が連行され、それだけではなく家族は皆俘虜となり、二人の子供以外はみな残殺されるか自殺するという凄惨極まりない目に遭う。家族を失い精神錯乱状態になった

謝枋得は、人々から気がふれたと見なされた。(12)

苦役に服していた息子たちが帰還すると次第に平静を回復し、その後先述の程鉅夫によって南人の逸材二十数名の筆頭に推挙されるが固辞した。更に翌年留夢炎に推挙されたが、その際傲慢無礼な態度で接したため、無理矢理北に連行される。野菜だけしか食べずに病に伏しているところへ、薬と称して米を差し入れられたが、「自分は死のうとしているのになぜ生かそうとするのか」と怒って地面に放り投げ、終に絶食して死に至ったという。まさしく「周の禄は食まず」と首陽山に立てこもって蕨を食べて餓死するに至った伯夷・叔斉の逸話を彷彿とさせよう。

ここに挙げた文天祥と謝枋得はともに進士出身の士大夫という官僚の立場であったが、いわゆる在野の文人たちの中にもまたさまざまな形で独自の抵抗方法を模索した者は決して少なくなかった。その手段の一つとして詩社の存在は見逃すことはできない。遺民の同志による結集は、元初にあっては政治色の濃厚な抵抗集団であり、また実施されなかった科挙の代替としての意義を存していた。先述の汪元量のように、元に任官しながら帰還した遺民たちが結成した例も多かったようである。(13)

積極的に何らかの政治的行動を起こすのではなく、林景熙（一二四二～一三一〇、字は徳暘、号は霽山。亡国後は故郷で著述に専心）や真山民（生卒年不詳、名は或いは桂芳、宋末の進士。戦乱を避けて隠棲し遊歴）のように世俗を避けて隠遁したり、周密（一二三二～一二九八、『武林旧事』『癸辛雑識』の著者）、曾先之（生卒年不詳、字は従野、『十八史略』編者）、馬端臨（一二五四?～一三二三?、『文献通考』の著者）、胡三省（一二三〇～一三〇二、『資治通鑑』の注釈者）、王応鱗（一二二三～一二九六、字は伯厚、宝祐四年一二五六博学宏辞科及第。引退後は深寧老人と号して著述に専心。著に『困学紀聞』『玉海』）、白樸（一二二六～?、元曲四大家の一人）などのように在野で執筆活動や教育（書院・私塾）に携わるという、いわば逃避もまた遺民の生き様の一つに含むことができよう。彼ら個人的抵抗による遺民は、任官しないという一点でかろうじて自尊心を保っていたのかも知れない。元に仕えなかったことだけが宋に対する忠誠心ではなく、また逆に仕えなかったのは必ずしも宋への忠誠の表明ではなかったかもしれないが、少なくとも知識人としての自負までも貶めることは耐え難かったに相違ない。

英雄か狂士か——在野の文天祥

鄭思肖という奇才の文人画家もまた亡宋後は遺民を全うした人物である。彼の残した詩文はその逃避的行動とは裏腹に極めて激越で、慷慨悲憤に満ちたその口吻は、あたかも死を以て国に殉じた忠臣かと錯覚させるほどである。しかし実際は決して文天祥のような科挙進士ではなく、儒者を自認するものの官位も持たない一介の布衣、いわば平民に過ぎない。南宋の太学上舎生で博学宏詞科に応ずるが、宋・元両朝いずれにも官位には就いていない。それにも関わらず彼の抵抗への気概はまさに文天祥にも勝るとも劣らない。後世「鄭所南（思肖）は在野の文天祥、文天祥は在位の鄭所南」[14]と併称された例もあるほどに、彼の抵抗姿勢は極めて潔癖かつ激烈なのである。

だがそのあまりに過剰にすぎる抵抗への執着ゆえに、どこか異様な雰囲気を漂わせてやまない。かたや文天祥は鄭思肖にとっても「人にして皆な公（文天祥を指す）なれば、天下何ぞ憂へんや」（鄭思肖「文丞相叙」、『心史』雑文）と崇敬する人物であり、誰しも賞賛を惜しまない名実ともに忠義一徹の真の英雄であるのに対し、鄭思肖は「人其の偏僻を知るも、以て異と爲さず」（元・鄭元祐『遂昌雑録』）との風評もあったように、当時の周囲の人々にとっても風変わりな人物と認識されていたようである。だが誰も彼の一途な忠誠心を真正面から否定できず、英雄的側面を持ち合わせていたこともまた事実なのであろう。

私は不幸な時代に生まれ、たまたまこの逆境に遭遇しているのだ。国の存亡は古来度々あったが、亡国の際には必ず国君が徳を失い、民心も離れていったのだ。

我生大不幸、適焉逢此逆境。國之興亡、自古有之、其亡也必國君有失德、民心乃離散。

（鄭思肖『大義略叙』冒頭部分）

彼が自身について述べる時、時代の不幸を呪わずにはいられない。南宋滅亡の年（一二七九年）は、鄭思肖は三十九歳。先述の汪元量と同年の生まれである。もしもこの時点で科挙に登第していたならば全く違う選択をしたかも知れない。しかし世に科挙は行われず、栄達の道が途絶えた彼は学問も人生も全ては父の残した教えに学び従う。私は三十六歳で科挙が廃止されて以来全く学校には行っていないが、その後三十一年間儒者であることを忘れたことはない。

我自三十六歳科擧既斷之後、絶不至於學校。又三十一年、終不能忘其爲儒也。

（鄭思肖「早年遊学泮官記」一名「儒家大義」、『鄭所南先生文集』）

彼にとってアイデンティティーの依りどころは儒者であること、あり続けてきたことに他ならない。しかし宋朝にあっては科挙及第の夢を果たす前に科挙廃止となり任官するに至らず、元朝に入ってからは推薦されることもなく士大夫という立場になれなかったことが、かえって皮肉にも純粋に遺民の生き方を遂行できた所以であったのかも知れない。汪元量が元に任官してしまったばかりに、「儒生」「書生」である自分の身を卑下し続けたのと対照的である。

彼が忠義のためには死をも懼れない理由は父の教えによると言う。（父鄭震（一一九九〜一二六二、宋滅亡後「鄭起」と改名、号は菊山先生）は道学者であり、任官はせず教学（和靖書院の館長）に従事していた。鄭思肖は父が四十三歳の時の子である。七歳の時に父が丞相鄭清之の誤国の罪を責めた咎で捕らえられ入獄し、家族も連行される。その後転々と居を移し、二十二歳の時に父を亡くす。父もまた忠臣であり、この父の薫陶が深く鄭思肖の信念に影響を与えていたことは作品随所から窺い知ることができる。鄭思肖は自らの前半生をこう語る。

二十二歳にして父無く、三十五歳にして君無く、三十六歳にして母無く、又た三十八歳にして子無し。今君無く、父無く、母無く、子無きの人、傷ましきかな哉。我又た我が父に問ひて曰く、「生死は事小、失節は事大なり。臣の君に於けるや、死有るも二無し」と。且つ謂へり、「我が祖父、家に傳えしは惟だ忠孝のみ、庸くんぞ汝に授けん、父の言を忘るる勿かれ」と。

（鄭思肖「後臣子盟檄」、『久久書正文』所収）

ここに言う「三十五歳にして君無し」とは徳祐元年十二月に、父と移り住んでいた呉中（蘇州）の地が元軍に攻め落とされ元の支配下となった事実を指す。この時の衝撃を「陥虜歌（別名、断頭歌）、『大義集』」と題して「徳祐初年臘月二、逆臣我が蘇城の地に叛く。……足は大宋の地、首は大宋の天、身は大宋の衣、口は大宋の田なり。今我が三十五歳にして父母玉成の身を棄て、一旦氓と爲りて虜塵を受く。我 我が父の我に敎えし者を憶ひ、日夜血を滴らせて哭し顚と成る」と記している。

これを機に蒙古軍の侵略以来すっかり失せていた詩文への創作意欲が再び湧出してきたようである。この時点から四十三歳までの約八年間に、こみ上げる悲憤慷慨を一気呵成に詠み上げて作品化した詩文集が『心史』である。

まさしく天地顚覆のこの屈辱的体験が彼にもたらしたパトスこそ彼の最大の創作モチベーションとなっているといっても過言ではない。翌年には患っていた母の死にも直面し、天涯孤独となった絶望感を味わうこととなる。地位もなく、家族もなく、これ以上失うものがなくなった鄭思肖は、この時自分自身を捨てて身を忠義に賭す覚悟ができたのであろう。自らの生き方への宣誓の意味を込めた血盟書「二盟」（「前・後臣子盟檄」）を書き、「思肖已に此の身を舍て大宋の爲に賊を討ち、中興の大業を開くこと久し矣」と決死の覚悟を表明している。

封印された『心史』

遺民という生き方は明末清初の文人たちによって再評価される。それは同じく異民族支配の屈辱を味わう羽目になった境遇の人が、歴史から何かを学びまた何らかの精神的支柱を得たいがためであろうことは容易に推測できる。そしてまさにその時代に鄭思肖の『心史』は発見されたのである。この激越な表現で埋められた奇書は驚きと賞賛をもって迎えられた。

『心史』の発見がなければ、鄭思肖は一人の風変わりな文人画家という評価に甘んじていなければならなかったかも知れない。『心史』は作品の制作年代毎にまとめられた詩集「咸淳集」「大義集」「中興集」「久久集」四編、全二百五十首および「雑文」と「大義略叙」からなる詩文集である。しかし鄭思肖はこの作品を上梓することはせず、自ら鉄函に封印して蘇州承天寺の井戸に埋めた。『心史』は彼の在命中には知られることはなく、三百年余りの年月を経て初めて日の目を見た。そのため『心史』が鄭思肖の作か否かは久しく論議されてきたところである(15)。鄭思肖の作品としては当時好事家の手によって刊行された晩年の俗謡調の連作詩『錦銭餘笑』や『一百二十図詩集』など、必ずしも文学的評価が高いとは言えない数編の詩文が知られていたに過ぎなかった。彼にとって『心史』は、闇に向かって孤高に咆吼したところで封印した自叙伝のタイムカプセルにも等しい。

『心史』を紐解いた者は、誰しもその寸鉄人を刺すばかりの激しい憤怒と攻撃の表現に少なからず衝撃を覚えるであろう。元朝への抵抗姿勢は自分に対してストイックであるのみならず、他人に対しても一切の妥協をも許さない。時代も世間も容赦なく一刀両断に糾弾する。

夷狄は素より禮法無く、絶えて人類に非ず。昔 中國之を外に限り、但だ衣冠禮樂の盛んなるを見、干戈膻臭の毒に染まらず。一旦莽《おお》われて夷域と爲り、盡《ことごと》く醜惡を見る。

(鄭思肖「大義略叙」)

聖人や、正統たり、中國たり。彼の夷狄や、犬羊なり、人類に非らず、正統に非らず、中國に非らず。……今犬羊愈ます恣しいままに横逆し、畢力南入す。吾は吾が此に在るを指し、賊は吾が手を滅せんと決す。苟《いやしく》も夷狄の大亂を容れれば、當《まさ》に復た生きるべからず。

（鄭思肖「久久書正文」前臣子盟檄、『久久書』）

鄭思肖の抵抗の有り様は極めて個人的な情念による抵抗であり、まさしく筆を武器としてその刃を研ぎ澄まし、表現することが唯一の抵抗手段であったと言っても過言ではない。

彼はまず自分自身を言葉の鎧で武装する。宋滅亡後は自分自身の名前すら全て抵抗を寓意するものに改名する。(16) 思肖の名も由来は「趙（肖＝趙氏の宋王朝）を思う」を表し、また字の「所南」は終生北面することはなかったというエピソードの持ち主ならではの命名と言えよう。更には居室名の「本穴世界」は、前二文字を分解結合すれば「大宋世界」となるのである。

更には詩文執筆にあたって年号を用いる時も、決して元朝の元号を使うことはせず、滅亡後も宋朝の元号を使い続けた。(17)

德祐八年壬午冬、手ずから心史を定め畢へ、贅《つづ》るに五十六字を以てし、寫して懐ひ盡きず、誓誓たる其の誓ひは、國家の罔極に與へ、父母の罔極に與へ、日月の罔極に與へ、天地の罔極に與へ、道の罔極に與へん。……

維れ大宋德祐甲甲甲甲甲甲甲(18)の壬午の歳　冬至日、三山の所南鄭思肖億翁自ら跋す。

（鄭思肖「自跋」、『大義略叙』所収）

思肖已に此の身を舍てて大宋の爲に賊を討ち、中興の大業を開くや久し。……蓋し其れ天は一なり、今強いて我の誠を執りて、我を不變の天に盟うのみ。

大宋德祐甲甲甲甲甲甲甲甲甲の癸未の歳　三月二十六日庚辰、孤臣三山所南鄭思肖億翁敬んで盟す。

（鄭思肖「盟言」、『大義略叙』所収）

この『心史』盟言の署名が為されたのは一二八三年（実際の元号では至元十九年）のことである。彼は自らをしばしば「孤臣」「孤忠」と称し、世間に理解されない悲劇の忠臣を気取っている。

蚤夜以て思ひ、狂ひて寧らかならず、涙は苦く流膾《りゅうせん》し、心は赤く凝血し、挺然として孤忠を語り、孑然として大義を立て、世相と相ひ背き、獨り立ちて涯無し。

（鄭思肖「久久書正文」、『久久』所収）

天命尙屬漢　大夫空美新　　天命尙ほ漢に屬すも、大夫空しく新を美しとす。

三宮猶萬里　一念只孤臣　　三宮猶ほ萬里のごとく、一念只だ孤臣のみ。

淚盡眼中血　心狂夢裏身　　涙は盡きて眼中の血、心は狂ひて夢裏の身。

忽云今已矣　擧首卽蒼旻　　云ふ勿かれ今已みたりと、首を擧げれば卽ち蒼旻。

（鄭思肖「写憤四首」其一、『大義集』所収）

自分自身が次第に時代の流れに遡行し、周囲と乖離してきていることを自覚しているからこそ、敢えて自らを孤高の英雄と位置づけて絶対善化し自己肯定せずにはいられなかったのであろうか。

衆人の行くところ吾行かず、衆人の行かざる所吾行く。固より罵りを世に取るを知るも、然れども卒に之を能く改むる莫し。

（鄭思肖「試筆漫語」、『雑文』所収）

我凡そ人と語るも、人皆な我が意を解さず。我が心中了了として疑ひ無し。（鄭思肖「責謬」、『雑文』所収）

決して倶に抵抗する同志を求めようとはせず、他人に理解してもらうことも求めず、それどころか自ら周囲の全てを敵にまわすような発言をして挑発している。いやが上にも実感させられる周囲との違和感や疎外感を振り払うためには、自ら「孤僻」を誇示することで自己暗示にかける必要があったのだと言えよう。

「不変」「無窮」への執着

では鄭思肖がこれほど執拗に追い求めたもの、しがみついていたものは一体何であったのだろうか。彼にとって、元朝の支配は屈辱であり、決して認めることのできない事実であるが、それ以上に憤慨やるかたない状況は、むしろ安易に時代に流されていく周囲の人々、とりわけ士大夫達の日和見的動向であったと思われる。「卑しいかな、今の人高見無し。」（鄭思肖「語戒」、『雑文』所収）と毒舌をふるう。

彼は周囲が時代の波に流され節を曲げておもねっていくことを歯がゆく思い、憤りを感じずにはいられなかったのであろう。周囲が変わっていけばいくほど、現状を容認するようになればなるほど、自身だけは頑なに不変であることに執着し、他者との差異を誇示するようになる。

王道がひとたび崩れてしまうと、風俗もどんどん卑近になり、読書人に至っては、利益があると見るやありがたがる。誰かが高論を述べても、みなで笑いものにして変わり者扱いするのだ。誰が一体教え導くというのだ、次第に無知な者が増えてきている。

王道一陵夷、風俗愈卑溢、至於讀書者、見利直下拜、

一或持高論、聚笑議爲怪、誰其振木鐸、與世開聾聵
（鄭思肖「十三礪十首」其九、『中興集』巻二）

元賊が南下して中国を支配すると、犬さえもほとんど食べ尽くしてしまった。今いる犬は、皆な元が侵略してから生まれたものだ。……犬でさえも役人に吠えることができるというのに、人は役人を憎むことができないとは、人であって犬にも及ばないではないか。この役人というのは元朝にかしずいた輩のことである。

元賊南破中國、至於犬亦殺食幾於盡。今之犬續屬有、皆元賊南破中國後漸生者也。……犬尙能吠頂笠者、人乃不能惡頂笠者、人而不如犬乎。頂笠者、韃賊也。
（鄭思肖「犬徳」、『雑文』）

元朝で任官した者、目先の利益を求める周囲の者を情け容赦なく犬にも劣ると見下している。さしずめ先述の汪元量や趙孟頫などが聞いたら形無しであろう。自らに少しでも疚しさや負い目があれば、これほどまでに人を批難することはできないであろう。しかし彼が刃を向けて正論を吐けば吐くほど、正論であるが故に彼の主張は誰も否定できない強固なものとなるのである。彼の傲慢とも言える自尊心は、他者へ挑発的発言に留まらず、自らを天下を救う英雄であるかの如くに盲信する。もはや恐れるもののない彼は、自らの姿を世塵にまみれることのない一羽の霊鳥にも喩えている。

読書陋巷中　愚直與時忤　　読書す　陋巷《ろうこう》の中、愚直　時と忤る
一鶴仰天鳴　志不在塵土　　一鶴　天を仰ぎて鳴き、志　塵土に在らず
（鄭思肖「詠懐三首」其一　抄録、『咸淳集』）

鳳爲百鳥王　孤飛無其友　　鳳は百鳥の王たり、孤り飛びて其の友無し

覽德而來儀　千載不一有　　德を覽て來儀するは、千載 一に有らず
云胡德之衰　囚身狎鶏狗　　云胡《なん》ぞ德の衰え、囚身 鶏狗に狎れん
我當愁來時　散髮狂叫走　　我當に愁いの來たる時、髮を散じて狂叫して走る
歷歷訴此苦　太空亦肯首　　歴々として此の苦を訴へなば、太空も亦た肯首せん

（鄭思肖「詠懐二首」其一、『中興集』巻一）

そのような鄭思肖が最後までこだわり続け、また自らに厳しく課していたこと、それは「不変」「無窮」への追求であったと言えよう。

宋滅亡直後に書かれた頃の詩では「此の心不変ならんことを期し、曾て血を灑《そそ》ぎて盟を為す。世を挙げて人の識る無く、終年獨り自ら行へり」（「此心」『大議集』）と血盟によって決意が頓挫することのないようにと自らを戒しめていた。しかし『心史』編集に当たった頃には、自分自身は絶対不変の存在であるという確信へと変わっている。

変わらない、永遠に変わらない。何があろうと死んでも忠義に背くまい。

不變不變不不變、萬挫以死無二心　（「徳祐六年歳旦歌」、『中興集』巻二）

詩題の「徳祐六年」とは、元の至元十七年（一二八〇）に当たる。年頭に当たっての宣誓には並々ならぬ決意の程が伺える。

彼が思いの全てを託した『心史』は、どの詩文をとっても激越この上ない表現で埋め尽くされている。当時刊行されていればおそらく衝撃を与える作品となったであろうことは想像に難くない。一見向こう見ずなようでありながら、そのことは自覚し計算した上で井戸に沈めるという行為に及んだのである。

私はこの書を誰に見せたらよいのか。世の中全てはなにもかも皆なまやかしだ。この書物を伝えるのにいったい

どうすれば良いのだろうか。

我此書示之誰耶。世間萬事、一一皆幻妄、此書傳之奚以。

（鄭思肖「自跋」、『大義略叙』）

しかし私は天涯孤独の身、『心史』を誰に託せばよいのか。さらには様々な思いが切迫して、改めて清書する時間もない。そこで原稿本を鉄の箱に厳重にしまって、呉の地の古い井戸に沈めた。志が果たせないうちに『心史』が世の中に出てしまったならば、手にした者はきっとこの文を誹り、私自身も世の中を騙す詐欺師の汚名を被るだろうが、国家君主への反逆の罪状を甘んじて受けよう。しかしもし志が成就した後に『心史』が世に出たならば、どうか後世の人々の手によって私を忠臣孝子であると証明していただきたい。さすれば何も思い残すこともあるまい。

然我素以獨爲天、心史奚託。又意緒荒迫、不暇別書淨本、敬以藁本鐵函重匱、沈之古呉古井中。大事未成、心史先出、得者當毀其文、我又決不肯耀誑世盜名之空辭、坐欺君欺父之實罪。大事成、心史出、願擧天下後世、一化而爲忠臣孝子之歸、則我終始無遺憾矣。

（鄭思肖「盟言」、『大義略叙』）

敢えて自ら封印して井戸に沈めた時、満を持して開封される時が来るのを如何ばかりの思いで待ったのであろうか。鉄函の『心史』の外箱の封題には以下のように記されている。

大宋世界無窮無極　大宋鐵函經　德祐九年佛生日封　此書出日一切皆吉

「この書出づる日一切皆な吉」という言葉に、彼が内心どれほど『心史』が日の目を浴び人々の耳目を驚かせる日が来ることを期待していたかが看取できよう。

『心史』という作品を作り上げることによって、鄭思肖という一人の抵抗に屈しない忠義を全うする完璧な自画像を描くことができたのではなかったかと考える。彼の吐露はもはやどこに向けられたものかわからず、現実から逸脱して自己完結してしまっている感がある。

彼は『心史』を完成させると、その後二十余年の間はまた詩文の創作活動を中断している。晩年は「三外野人」「三外老父」などと自称し、禅などの宗教にも傾倒し(19)、世を捨てて隠棲する日々であった。その間の詳しい経緯は分からない。しかし生涯娶ることなく子供もいなかった彼は、年齢を重ねるにつれてより頑迷さを増し、七十八歳で死ぬ直前には「私が死んだら位牌は〈大宋不忠不孝鄭思肖〉と書くように」と友人に遺言を託し生涯を宋朝に捧げ、自ら「不変」を貫き通す人生に有言実行の終止符を打った。

鄭思肖はかくも執拗なまでに「不変」の観念にこだわり続けた。彼の信念である宋朝への忠義は時代精神においてまぎれもなく潜在的正義であり、誰も否定することができないものである。もし彼の過剰にすぎる盲信に何物も歯止めをかけることができなかったとすれば、それこそが絶対善である忠義という名の狂気が為さしめたのではないであろうか。

仮面の中の笑い——苦吟顚笑

こうして『心史』の中で一つの鄭思肖像は完成されたと見なすことができよう。しかし彼にとって理想像であろう忠臣鄭思肖の自画像には、また別の側面を持つ姿を見て取ることができる。

先述の汪元量が自らを卑下して狂と称していたのとは全く違った意味で、鄭思肖もまた自らを狂者と認識している。彼にとっては狂ってしまったのは世間の人々であり、元朝に帰順した士大夫への失望と怒り、時代に流されしまうものへの不信は募るばかりである。彼一人自らの行動は間違いないと確信していたはずである。にもかかわらずその上で自分自身を「佯狂」と称しているのである。

佯狂全性命　守死混樵漁　佯狂して性命を全うし、守死して樵漁に混じる
道否懐才老　心高渉世疎　道否にして才老を懐かしみ、心高くして世疎を渉る

（鄭思肖「即事八首」其四、抄録『大義集』）

佯狂眞佯狂、踏碎東風影　佯狂 眞に佯狂、東風の影を踏碎す
一任東風吹、花意亂不定　一たび東風の吹くに任せば、花の意 亂れて定まらず
鬧鬧人叢中、人人喚不應　鬧鬧として人は叢中、人人喚べども應へず
借問老先生、莫敎是姓鄭　借問す 老先生、敎へる莫かれ 是れ姓は鄭なるを

（鄭思肖『錦銭餘笑』第六首）

一人憤りを強くする鄭思肖の心底では、抵抗に執着すればするほど、周囲との乖離を実感し疎外感を強め、自らを狂信者と感じざるを得ない状況に陥っていったのであろうか。あるいは自らを「佯狂」と見なしてしまうことで、あらゆる世間の常識的価値観の束縛から解放され、誰からも否定されることのない特異な立場を獲得できたと言えるかも知れない。

以此大恣縱　罵人笑吃吃　此を以て大いに恣縱、人を罵り吃吃と笑ふ

（鄭思肖『錦銭餘笑』第三首）

從此開笑面　惱殺天下人　此より 笑面を開き、天下の人を惱殺す　（鄭思肖『錦銭餘笑』第八首）

彼が自らを「狂」と称する時、同時に奇妙なことに「笑い」が併存していることも看過できない。

道不嫌清苦　清苦を嫌はずと道《い》へども、
人皆笑獨狂　人皆な笑ひ獨り狂へり
（鄭思肖「即時八首」其二、『大義集』）

開口大笑說不得　口を開けば大笑して說ふを得ず
一日一夜獨自顚　一日一夜獨り自ら顚たり
（鄭思肖「後雪歌」、『咸淳集』）

我來濯形白雲鄉　我來たりて形を濯ぐ白雲の鄉
大笑世上生顚狂　大笑す 世上 顚狂を生ずと
（鄭思肖「春歌」、『咸淳集』）

実際には世間の容赦ない嘲笑と批難を浴び、常に「笑われている」「狂っている」と思われていることへの屈辱を、逆にとことん狂った振りをし、狂人になりきり、人々を「笑い」返すことで自己肯定し自分の思い通りに振る舞うことができるようになったのだと言えよう。

頑絕絕頑絕　以笑爲生業　頑絕 絕えて頑絕、笑いを以て生業と爲す、
剛道黑如炭　誰知白似雪　剛道 黑きこと炭の如し、誰か知る白きこと雪に似たるを
（鄭思肖『錦銭餘笑』第二十二首）

「笑いを以て生業と爲す」という自己認識は、頑迷固陋な鄭思肖のイメージからすると少々意外である。この詩が収められている詩集『錦銭餘笑』は、俗語を多用した五言古詩二十四首の連作であり、『心史』発見以前に知られていた数少ない彼の晩年の代表作である。作品の大半は自分自身を暗喩し、その詩句は罵詈嘲笑で埋め尽くされている

感がある。同じく晩年の連作詩『一百二十図詩集』の自序においても「笑ひを無窮に垂《のこ》さん。無窮、無窮なるかな」と結んでいる。彼が最後に行き着いた「笑い」とは一体何であったのだろうか。

「一是居士伝」と題する一文の中で居士の人物像をこう描いている。

一是居士、大宋の人なり。宋に生まれ、宋に長じ、宋に死す。今天下の人悉く以て趙氏の天下に非らずと為す、愚なるかな。……

獨り往き獨り來たり、獨り處り獨り座し、獨り行き獨り吟じ、獨り笑ひ獨り哭き、貧を抱き居を憂へ、時と仇讎たり、或ひは癡なること哆口の如く語らず、瞠目高視して僵立し、衆環りて指して笑ふも、良く顧みず。常に獨り山水の間に遊び、絶頂に登り、狂歌浩笑し、氣は霄碧を潤し、手を擧げて掀舞し、其の形を空しくして去らんと欲す。……奚《なに》をか以て其の精神笑貌を識り、然る後に一是居士を識ると謂へるや。……

（鄭思肖「一是居士伝」、『心史』雑文）

一是居士とは恐らく架空の人物像であり、自らの思いを仮託させた彼の自叙伝と捉えても良い作品である。孤高に振る舞い、他者を寄せ付けず、狂ったように歌い大笑する姿は鄭思肖の存在そのものを想起させよう。

先に取り上げた汪元量の「自ら笑ふ 儒衣 世法に疎《うと》まれ、窮愁 何れの日か 伸舒を得ん「唐律寄せて父鳳山提挙に呈す」」（十首の第十首、『湖山類稿』巻四）や趙孟頫の詩句「自ら笑ふ 平生 宦情少なし、龍鐘 四十二専城（「初めて済南に到る」、『松雪斎集』巻四）などの「自笑」は自嘲的冷笑で、内省的に自己を見つめるもう一人の自分によるものであった。それに対して鄭思肖の「笑い」はどうであろうか。彼が「笑い」を発する時、それは高所から世間を俯瞰し、嘲るかのように時に大笑し、時に冷笑する冷めた「笑い」なのである。だが他者に対して常に挑発的な態度をくずさない彼にも、仮面の中にもう一人の「佯狂」鄭思肖を冷ややかに嘲笑する自分を自覚していた気がしてならない。山之内氏は「彼には、罵倒と自尊、そしてその裏側に生じるシニシズムしか残されていない。世は逆しまで、価値が完全に逆転している世人と作者の間にあるものは、嘲罵と冷笑を投げるという関係のみ（『宋詩鑑賞辞典』一三三五頁注釈）と分析している。鄭思肖の「笑い」は、激しい憤りの先にたどり着いた、誰とも共有することができない孤独な哄笑だったのであろう。

最後に

宋末元初という時代は、二朝にまたがって生きた全ての南宋知識人たちにとって、あたりまえの存在として無意識に脈々と受け継がれてきた漢民族文化の価値が、始めて根底から覆されるという体験を共有する。この予想だにしなかったであろう事態の襲来に、各人がそれぞれに生き方の選択を迫られたのである。

鄭思肖という決して自分自身を曲げようとしなかった一人の文人画家もまた、時代精神の束縛から逃れようともがきながら、逆に時代精神にしがみついていくことが自身の存在意義を確認できる唯一の手段であったのかも知れない。

注

（1）明・程敏政輯『宋遺民録』十五巻に所収の遺民は以下のようである。巻一：王炎午（鼎翁）、巻二～五：謝翶、巻六：唐珏（玉潛）、巻七（以下附録）：張毅父、巻八：方韶卿（方鳳）、巻九：呉子善（思斉）、巻十：龔開、巻十一：汪元量、巻十二：梁棟（隆吉）、巻十三：鄭思肖、巻十四：林景曦（徳暘）、巻十五：宋遺事

（2）明・劉廷鑾『井中心史』に「詩文は甚だ奇僻、議論は極めて慷慨」と評されている。

（3）色目人とはウイグル人・チベット人などの西域出身者、漢人は金国の遺民、南人は南宋（江南）の遺民を指す。この「大義略叙」を例に挙げた職業階級区分については諸説あり、階級の順序その他に多少の違いが見られる。

（4）松田義之「「色目人」の実像――元の支配政策」、森田憲司「中華の伝統文化とモンゴル」（いずれも『しにか』二〇〇一十一月号「特集◎モンゴルの衝撃」所収）などにわかりやすく解説されている。

（5）村上哲見「武臣と遺民――宋末元初江南文人の亡国体験」（『中国文人論』一九九四年 汲古書院）参照。

（6）程鉅夫はある時クビライに、賈似道がいかなる人物かを問われ具に返答したため、クビライは大いに喜び、最年少にして程鉅夫を翰林文字に昇格させた。クビライの信頼に応えて「自分はもともと関係の薄い臣下であったのに、陛下の知遇を得られたのであるから、どうして全力で恩に報いないことがありましょうか。」と謝意を述べ忠誠を尽くした。（『元史』巻一七二 程鉅夫伝）

（7）状元宰相であった留夢炎があっさり元に帰順したことは、元の世祖クビライでさえも首をかしげた行為であったという。（『元史』世祖紀）また、王積翁が文天祥を道士になることを交換条件に保釈を請うた時に、留夢炎は自分の身を案じて許可しなかった。（『宋史』巻四一八 文天祥伝）

（8）汪元量はこの拉致連行される間の北行の様子を「酔歌」「湖州歌九十八首」「越州歌二十首」などの連作詩として描写しているが、これらの連作詩はその実録としての重要性を以て、杜甫の「詩史」に匹敵するとの評価を得ている。

（9）方勇『南宋遺民詩人群体研究』（二〇〇〇年 人民出版社）に、遺民が生きていくためには、孤独に名を隠して隠棲するか、或いは地域コミュニティーの同志で集団を結成して相互に依存していたという指摘とその地域ごとの具体的状況の詳細な分析研究がある。

（10）前野直彬編『宋詩鑑賞辞典』（一九七七年 東京堂出版 一一三頁 謝翺「哭所知」鑑賞（山之内正彦注）に「王朝と運命を共にしたあまり大勢でもなかった忠臣たちの中でも、その生と死の完璧さよって、忠誠の観念を純粋に肉体化した（少なくとも、そのようなものとして受け取られた）文天祥が、民族的抵抗のシンボルとして遺民たちから仰がれることになる。天祥に忠誠を依託することによって、彼らは励ましとともに安堵をも得た、と見ることもできる」との指摘がある。

王炎午（一二五二～一三二四、字は鼎翁、号は梅邊、亡宋後に炎午と改名。『宋遺民録』収録）は文天祥の生前に「生祭文丞相文」の祭文を認め、文天祥に義に就くことを催促したことで知られる。

また謝翺（一二四九〜一二九五、字は皐羽、晞髪子と号す。『宋遺民録』収録）は文天祥が義勇軍を起こすと数百人を集めて参軍し、文天祥死後は各地を巡る度に野に哭した。文天祥の死後は名を替えて僧に身をやつして放浪し、元朝への参加を拒否したとされる。彼の散文「登西臺慟哭記」および「哭所知」「西臺哭所思」「寄所知」「送人還蜀」「十日菊寄所思」などの詩題の「所思」「所知」は文天祥を寓意している。その他文天祥に心酔する遺民は枚挙にいとまが無い。

(11) 前掲注（9）の方勇『南宋遺民詩人群体研究』参照。

(12) 『宋史翼』巻三十四「宋亡ぶに及び、衰服深居し三年言はず、……後に言ふと雖も、嘗て病狂の如くにして不可なり」との記述がある。

(13) 中でも最も有名な遺民詩社が呉渭が主宰した月泉吟社である。考官には謝翺・方鳳・呉思斉といった名士が当たっている。詩題を課して作詩させ第一名から順位がつけられ、まさしく私的機関による科挙さながらであったことが知られている。

(14) 陳福康『井中奇書考』（二〇〇一年 上海文芸出版社 六四頁）に明・姚広孝の言葉として引用されている。原典は未見。

(15) 上記の陳福康氏の考証により鄭思肖の真作であると認められることから、拙論においても偽作説には従わず、鄭思肖の作品と見なして論を進める。

(16) 元兵が南下してきたときに法律を破って上訴したことで衆目の注意を浴びてしまったことから改名したとある（元・陶宗儀『輟耕録』巻二十「狷潔」）。父もまた亡国後改名している。

(17) 龔開（一二二六〇〜一二六四、景定年間の両淮制置司監、抗元闘争に参加したこともあり、陸秀夫とも親交があった画家）もまた元以後は隠遁し、詩文書画には元朝の年号を用いないことで抵抗を示した。彼の絵画作品『中山出遊図』や『痩馬図』などは伝統的絵画とは一線を画した手法で抗元の寓意を示している。

(18) この年号を示す「甲」の畳字については年号と合致せず何を意図するのかは不明。

(19) 「我れ幼歳より、世々其れ儒、中年に近く、仙に閴《はい》り、晩境に入りて禪に遊ぶ。今老いて死至るに、悉く之に委ぬ」（鄭思肖「三教記序」『鄭所南先生文集』）とある。

人見卜幽軒の学問と『荘子』の狂

王　廸

『史記』に荘子のことを「其言洸洋自恣以適己、故自王公大人不能器之（其の言は洸洋として自恣し、以て己に適《かな》ふ。故に王公大人より之を器とする能はず）」と述べている。(1) 即ち、荘子の言論は奔放で恣意的に広がっていっている、だから諸国の実力者は、彼の才能を活用することができない。また、郭象は荘子のことを「夫荘子可謂知本矣。未始藏其狂言（夫れ荘子は本を知ると謂う可し。故に未だ始めて其の狂言を藏さず）(2)」と言う。後述のように、「狂言」とは大言である。つまり、荘子は根本を知っているに違いない。だから、始めからその優れた言葉を隠さないという。他に、宋濂の「諸子辨」に荘子を「古之狂者」と批判しているようなものもある。(3) このように、『荘子』は代々読まれ、(4) 様々な見解が示されて来た。中国のみならず、海外にまで広められ、特に、日本では遅くとも平安時代にはすでに伝来し、江戸時代の漢学者ないし現在の老荘研究者もなおその研究を続けている。

本論文は主に荘子の狂が江戸時代の漢学者人見卜幽軒にどんな影響を与えたか、つまり、人見卜幽軒の生涯、師承、学問を含めて、彼は狂者と称されている荘子の狂をどう受け止めているかについて考察を試みようと思う。

一　人見卜幽軒の生い立ち

人見卜幽軒は江戸時代の儒者で、老荘思想についても頗る興味を示した学者である。

『儒林源流』には人見卜幽軒の略伝があるが、卜幽軒の先祖については、彼の侄人見節の「林塘集叙伝」に詳しく記載されている。

人見卜幽軒の先祖は嵯峨天皇朝の参議である小野篁に遡ることができる。嘗て遣唐副使として派遣された小野篁は、後に天皇の意志に叛いて官位をしばしば下げられ、ついに足利の村に住むようになった。従って、その子孫は代々東の国（関東）に定住している。武蔵の国（国分寺・府中市）の人見の村にその末裔がおり、村の名を氏名とした。子孫の又七郎長俊という紀伊の守がおり、強くて勇敢な者で、官位に登用され、丹波の国の馬路の村（高知県）に定住した。その末裔は村の大姓である。子孫に東條兵衛の尉という者がおり、道徳と号し、同郷の人々に推されて豪長になった。その子道嘉は勇敢で志がある者で、右京大夫細川晴元の下で働いた。天文の末、隣村の篠山の長、備前守内藤元定がしばしば来襲し、天文十四年（一五四五）馬路を襲ったため、道嘉は戦死した。その子道西は当時十五歳で、西京嵯峨にいる道嘉の知人天竜寺の長老策彦周良に身を寄せた。十六年（一五四七）策彦は室町将軍の命を受け、明朝に派遣された。その際、道西も随従した。十七年（一五四八）十月に北京に入り、十九年（一五五〇）の夏帰朝したが、ちょうど戦乱に合い、道西はどちら側に従うのか決めかね、ついに大井川のほとりに隠居した。この道西は即ち卜幽軒の祖父である。

卜幽軒の祖母は近藤氏で、子の友徳と二女に恵まれた。友徳は、即ち卜幽軒の父親であり、策彦の側で教養を身につけ、長じて遍く諸国へ行き、また朝鮮にも渡った。母親の歿後、上京して医者になった。後に、父親道西の旧識吉田掃部の娘を娶り、五男二女を育てたが、長男の治兵衛は夭折した。次男は卜幽軒である。三男は道伯で、医者として朝廷に仕えた。四男は玄徳、五男は慶安で、共に小児科官医として朝廷に召された。

人見卜幽軒は慶長四年（一五九九）三月に京都二条烏丸の寓舎に生まれ、名は壹、字は道生、号は卜幽軒・白賁園・把茅亭、また自ら林塘菴と称し、幼少時は柏原氏の養子で、撃鼓の修業をしていた。二十歳になって自分の学識がないことに気づき、学を志した。彼は養父が亡くなってから、本姓に戻り、それから菅得庵（菴）に師事して精進している内についに郷里の人々に称えられ、卜幽軒について学を求める者が門に満ちた。後水尾天皇は宋朝類苑を官板に彫る勅命を侍臣に出し、卜幽軒にこれに訓点を施すよう命じた。寛永五年（一六二八）初めて江都に来て、水戸威公（徳川頼房）の侍講となり、水戸藩に仕えた。

その後、眼疾を患い、卜幽軒は官を退き、城外に一地を与えられて、白賁園を開き、把茅亭を築いた。そして、花や野菜を栽培したり、弟子に経史を読ませ、治乱を論じたり、詩を吟じたり、志を述べたりしていた。水戸公は当初と同じように接していた。(5)卜幽軒は子に恵まれなかったから、姉の子を養子としてその後を継がせた。それが即ち懋斎で、その名は伝である。(6)

卜幽軒は寛永九年（一六三二）ごろ、林羅山の門下に入り、又、二代藩主光圀の知遇を得、正保三年（一六四六）上京して書籍の調査と蒐集を行なった。慶安二年（一六四九）には光圀が『都氏文集補遺』を編纂した際、命を受けて校訂に従事した。(7)羅山が没した後も、林羅山の三男林春斎・四男林春徳（読耕斎）や春斎の長男林梅洞・次男林整宇と密接な関係を保ち続け、(8)寛文十年（一六七〇）七月没した。享年七十二歳である。

二　人見卜幽軒の学問及び老荘関係著書

前述のように、人見卜幽軒は先に菅得菴に師事し、後に林羅山に師事した。林羅山と老荘及びその老荘関係書物はすでに、拙著『日本における老荘思想の受容』にその詳細を述べたが、(9)菅得菴と老荘とのかかわりについては、『倭版書籍考』にその記録が見られる。

荘子口義　十巻アリ林希逸の作ナリ末ニ李士表カ荘子十論ヲ附ス李士表十論ノ事文獻通考ニモ載レリ李士表何ノ所ノ人ト云事ヲ不知トアリ漢書ノ藝文志ニハ道家ニ入リ有之ト記ス今ノ本ハ三十三篇アリ建仁寺ノ岩惟肖耕雲老人ノ傳ヲ得初テ此ノ書を讀メリト云耕雲法名明魏南朝ノ右大将長親ナリ博識無雙ノ人ナリ頭書ノ本ハ菅得菴熊谷立設兩家ニ出タルモノト見ヘタリ

『倭版書籍考』巻之六(10)

（注：句読点の有無は原本に従う。以下同じ）

この記述から菅得菴は嘗て『荘子口義』頭書本を著したことがあると分かる。従って、人見卜幽軒は菅得菴について『荘子口義』を勉学したことは不思議ではないが、卜幽軒が菅得菴について『荘子口義』を学習した記事は見られない。寧ろ林羅山について口義のことを尋ねた記述は、卜幽軒自身の「荘子口義桟航序」(11)、羅山の三男林之道の「荘子口義桟航序」(12)からうかがうことができる。このことはすでに拙著『日本における老荘思想の受容』「江戸時代における老荘研究」において論及している(13)。また、人見節の跋文にも次のように当時の情景を描いている。

教授餘間。觀荘子之出。遍覽舊註。以厭其非荘子之本義。而翫林希逸口義。猶以其駁雜爲不滿意。欲別爲註解。而未果矣。且以口義所引用之難考。觀書之暇。注意于此。一日謁羅山林先生。問其難考之事。先生感其老不倦。數増出家本示之。伯父屢詣寫之。余兄弟丱童侍其席。既以三十年矣。後伯父再校之。記小册。叩諸讀耕林先生。其來歴。而後分註口義之各條。向陽林先生作序命之曰荘子口義桟航。伯父喜而韞櫝藏諸。

教授の餘間。荘子の出を觀る。舊註を遍く覽て、以て其の荘子の本義の非らざるを厭ふ。而して林希逸の口義を翫びて、猶ほ其の駁雜を以て意に滿たさざると爲し。別に註解を爲さんと欲するも、未だ果さず。且つ口義の引用するところの考へ難きを以て、書を觀るの暇、意を此に注ぐ。一日羅山林先生に謁して、其の考へ難きの事を問ふ。先生其の老いて倦まざるを感じて、家本を出して之を示す。伯父しばしば詣きて之を寫す。余兄弟丱童にして其の席に侍る。既以に三十年なり。後に伯父再び之を校して、小册に記し、諸を讀耕林先生に叩きて、しばしば其の來歴を增やす。而して後に口義の各條に分註す。向陽林先生序を作りて、之を命けて莊子口義棧航と曰ふ。伯父喜びて櫃に韞めて諸を藏す。

人見節は「莊子口義棧航跋」[14]

これらの記述から分かるように、卜幽軒は教授の合間に『莊子』を読み、あらゆる注解を調べたが、従来の注解は『莊子』の原意に合わないことに満足できない故に、羅山に教えを求めに行った。人見卜幽軒は羅山学問の該博なることは、「猶ほ莛の鐘を撞くがごとし。從ひて叩けば從ひて響く。其の疑き者氷解し、藏たる者玉呈す」と描いている。[15]また、羅山は卜幽軒を老いて学倦まずと感じ、家本の鼇頭本を示した。その後、卜幽軒は常に甥の人見節兄弟を連れて謄写に行った。この三つの記事によって、人見卜幽軒が『莊子鬳齋口義』を研究する経緯、及びその『莊子口義棧航』を著した所以は明確になった。

また、人見節は「莊子口義棧航跋」に卜幽軒の学問を「覃思洙泗洛閩之學。講習六經旁通諸子百家（覃く洙泗洛閩の學を思ふ。六經を講習して、旁ら諸子百家に通ず）」[16]と述べている。「洙泗」とは山東省にある泗水とその支流洙水のことである。孔子が洙水と泗水の間で、弟子に道を教えたから、孔子の学とその学統をいう。「洛閩」つまり、「程朱の学」である。程顥・程頤は洛陽の人、朱子は建陽、即ち福建（閩）で学を講じたので、両者の学のことを「洛閩学」という。ここから人見卜幽軒の学問の該博さが分かる。卜幽軒は孔子の学の外に、程朱の学も深く研究し、兼ねて諸子百家の学問も精通していた。それだけではなく、下記の一覧表の通り彼の校正や訓解を施した書籍もあるが、著書も少なくない。

人見卜幽軒の著作一覧表

書名	巻・冊数	撰著／編の別	刊行年	所蔵
1老子鬳齋口義抄	一冊	小野壹　撰	寛永十（一六三三）	台湾国家図書館
2卜幽軒稿（写本）	三冊	人見卜幽軒著	正保四～寛文十（一六四七～一六七〇）	大東急（自筆稿本）
3荘子口義棧航	十一冊	人見卜幽軒編	寛文辛丑九月（一六六一）	彰考館
4土佐日記附註（紀行・注釈）	三巻三冊	小野道生（人見卜幽軒）	万治四跋（一六六一）	（写）東北大狩野・高知（武藤文書の内、一冊）（土佐日記抄と合）・（版）九大・京大（二巻二冊）・国学院・刈谷・島原・高山香木・神宮・鈴鹿・茶図成簣（一冊）無窮神習・祐徳（一冊）＊貫之伝（林道春）・新撰和歌序・大井川行幸和歌序を附す
5癸卯行巻（漢詩文）			寛文三（一六六三）	国立公文書館
6荘子口義棧航	十巻十一冊	小野壹（卜幽軒）校	延宝元刊（一六七二）	静嘉堂文庫
7荘子口義棧航	十巻十一冊	小野壱（卜幽軒）校	延宝九（一六八一）	大阪府立図書館
8荘子鬳齋口義棧航	十巻十一冊	小野壹（卜幽軒）校	延宝九年八月	早稲田大学図書館
9荘子鬳齋口義棧航	十巻十一冊	小野壹（人見卜幽軒）編	延宝九年八月	早稲田大学図書館

10荘子鬳齋口義棧航	十巻十一冊	人見卜幽軒著	延宝九刊	大宰府天満宮
11林塘集（漢詩文）	二巻二冊	人見卜幽軒著・人見伝（懋斎）編	貞享三刊（一六八六）	国会鶚軒・内閣・静嘉堂・京大・東北大狩野・祐徳・陽明・旧彰考館（欠本一冊）
12東見記（随筆）	二巻二冊	人見壱（人見卜幽軒）	貞享三刊・版	（写）国会（朝風意林二）・一冊蓬左・新潟大佐野、（版）内閣・静嘉堂・宮書・東博・九大・京大・京大（潁原）・教大・慶大（斯道）・早大・東大・東大史料・東北大狩野・東洋大・広島大・秋田・日比谷加賀・岩瀬・金沢市稼堂・刈谷・神宮・大東急・茶図成簣・無窮神習・祐徳・旧浅野・旧彰考・茨城歴史館・黒羽町作新館・天満宮・山口大棲息・大洲矢野
13春秋備考（漢学）	十二巻七冊	人見林塘撰・人見伝編	元禄六年（一六九三）編者自筆	国立公文書館内閣文庫
14土佐日記抄頭書	四冊	人見道生	写	神宮
15温泉記（地誌）	合一冊	人見卜幽軒著		高木（浴那須温泉記・那須温泉八景と合一冊）
16錦繍段詩人考（考証）	二巻二冊	人見林塘撰	写	静嘉堂文庫
17井井堂雑録		人見卜幽軒		漢学者伝記及著述集覧
18朝皇與韃靼合戦始記	四巻	人見卜幽軒著		近世漢学者著述目録大成
19長崎注進書記	二巻	人見卜幽軒著		近世漢学者著述目録大成

20五經兒童子問（漢学教育）		人見卜幽軒		近世漢学者著述目録大成
21四書童子問	一巻	人見卜幽軒著		近世漢学者著述目録大成
22人見雑記（随筆集誌）		人見卜幽	活字	
23回春首書（医学）		人見卜幽軒著		天和元年書籍目録
24宋朝類苑訓點		人見卜幽軒訓点		林塘集叙伝

この中で、老荘関係書は『老子鬳齋口義抄』と『莊子口義棧航』である。『莊子口義棧航』が著された所以は、既述した通りである。『老子鬳齋口義抄』は写本で、現在台湾国家図書館に所蔵されている。人見卜幽軒が『老子鬳齋口義抄』を著した経緯について、彼自身は次のように述べている。

寛永辛酉夏僕應鷹司内府君敎命欲講老子顧希逸雖以口義名而撮諸子百家釋老子其所引之書不尋源委而無以通希逸之意僕素乏載籍或客作借書或閲市記臆遂認出處僅十之八九若其本經明朝注者湯賓尹歴子品粹焦竑老莊翼陳孟常二經精解陳繼儒老莊嵩等與希逸義相反者粗撮以備觀覽一附希逸之義而襍以諸儒之説是亦與龍翁且（旦）暮遇之也號之爲老子抄云

栢原卜幽拝書

寛永辛酉の夏、僕鷹司内府君敎命に應じ、老子を講ぜんと欲す。顧みて希逸口義を以て名づけると雖も、而るに諸子百家を撮りて老子を釋す。其の引くところの書、源委を尋ねざれば、而して以て希逸の意に通ずること無し。僕素より載籍乏し。或ひは客作して書を借り、或ひは閲市して記臆す。遂に出處を認めること僅か十にこれ八九なり。其の本經明朝の注者湯賓尹の歴子品粹、焦竑の老莊翼、陳孟常の二經精解、陳繼儒の老莊嵩等の若し。希逸の義と相反する者、粗ぼ撮りて以て備へて觀覽の一に希逸の義に附す。而して襍めて諸儒の說を以てす。是れも亦た龍翁と旦暮之に遇ふなり。號して之を老子抄と爲す云々。

栢原卜幽拜書

この書は到る所朱点・朱引・朱批が施されているが、何人の手によるかは不詳である。その朱批によると、「寛永辛酉夏」は「寛永癸酉」の誤りである。確かに江戸時代寛永年間には、「辛酉」という干支はないから、恐らくは寛永「癸酉」の年であろう。この卜幽軒の跋文によると、寛永十年（一六三三）鷹司内府の命に応じて『老子』を講義する。林希逸の注は「口義」と名付けたが、諸子百家の注を取り入れて『老子』を解釈している。その引用書の出典を明らかにしなければ、林希逸のいう意味が通じない。卜幽軒は自分には書籍が乏しいので、本を借り、または書肆で読んだ記憶で、その出典を見出すが、それは十の中に八、九しかない。『老子』の注について、林希逸の口義と相反するもの、例えば、明朝の注釈者湯賓尹の歴子品粋、焦竑の老荘翼、陳孟常の二経精解、陳継儒の老荘嶲などをほぼ取り入れて、林希逸の口義に付し、参考のために備える。従って、卜幽軒の『老子鬳齋口義抄』は『荘子口義桟航』と異なって、単に口義注の出典を探究するのみならず、『老子』の本文と口義注にある語彙を摘出して全く異なる注釈で『老子鬳齋口義抄』を完成した。いずれにせよ、人見卜幽軒が『荘子』のみならず、『老子』についても研究したということは確かである。

三　人見卜幽軒の思考

荘子の狂について、『荘子口義桟航』の本文には人見卜幽軒の考えは見られないが、卜幽軒は寧ろ荘子の狂的振舞いを評価していると思われる。このことは彼の「荘子口義桟航序」の初頭から垣間見られる。

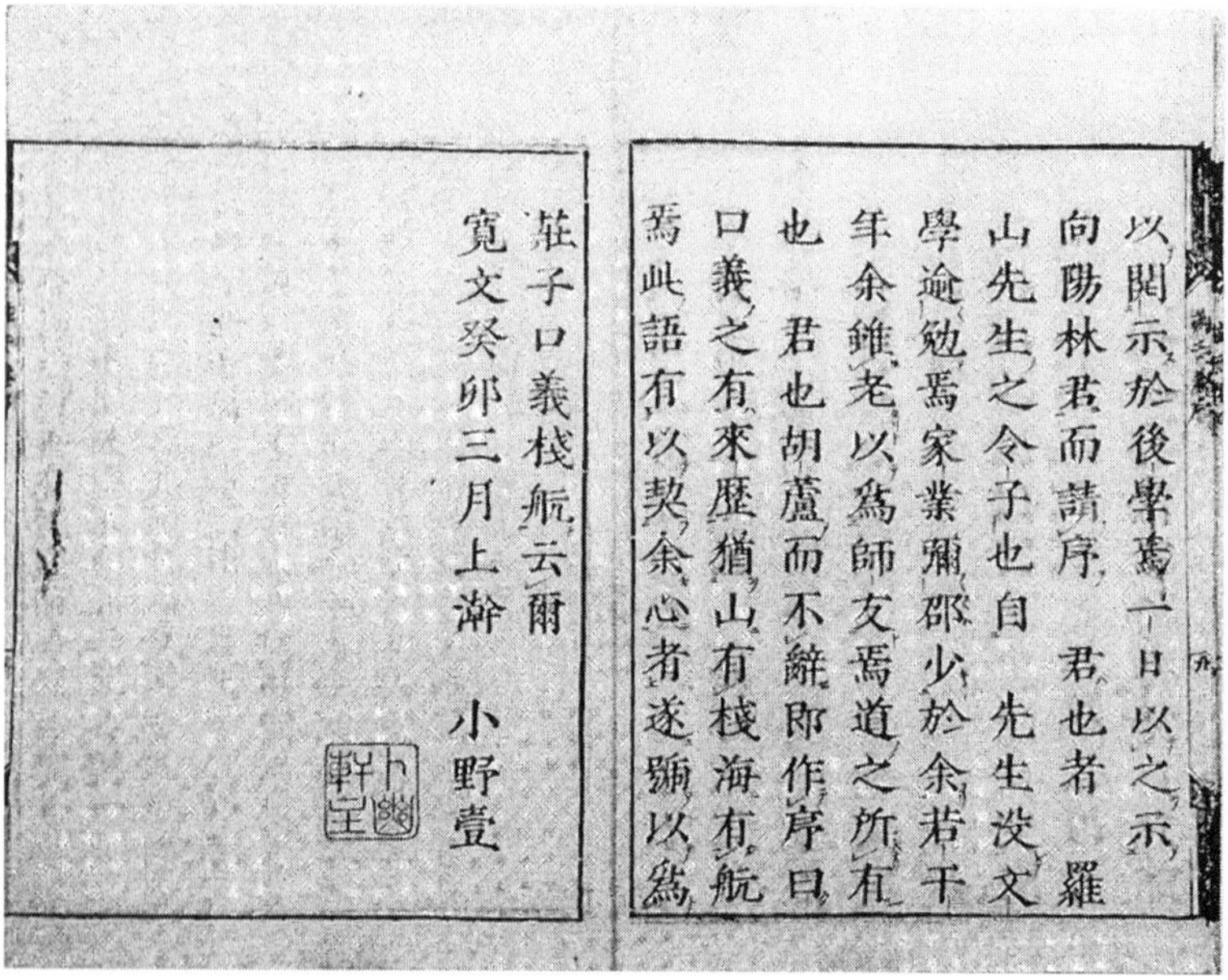
以開示於後學焉一日以之示
向陽林君而請序　君也者　羅
山先生之令子也自　先生没文
學逾勉焉家業彌邵少於余若干
年余雖老以爲師友焉道之所在
也　君也胡蘆而不辭即作序曰
口義之有來歷猶山有棧海有航
焉此語有以契余心者遂題以爲

莊子口義棧航云爾
寛文癸卯三月上澣　小野壹

『莊子鬳齋口義棧航』に載せられた人見卜幽軒の寛文３年（1663）に序せられた序文。

闈編郎古今一畸人也天下不可以無此人此書余讀之有年矣然其言荒唐其文跌蕩而與儒書不同字義[17]

闈編郎は古今の一畸人なり。天下に以て此の人此の書無くんばある可からず。余之を讀むこと年有り。然れども其の言荒唐、其の文跌蕩にして、儒書と字義を同せず

闈編郎とは荘子のことである[18]。人見卜幽軒は荘子を畸人であると見なし、荘子の言うことは恣意的にしており、その文章は変化に富んでいるが、その述べんとすることは儒家の書と同じではないと思う。

江戸時代の漢学者は老荘を兼ねて研究するものは少なくない。筆者の調査では、江戸時代の老荘研究は一七〇家前後いるが、これらの漢学者は殆ど老荘に注釈を施した儒学者と言える[19]。しかし、特にその振舞いまで老荘に影響を受けている者は『老子經國字解』を著した金蘭斎（〜一七三二）が挙げられる。金蘭斎の事跡は伴高蹊の『近世畸人傳』に詳しく紹介されている[20]。

「近世畸人傳序」に、

畸者何。曰畸者奇也。閒有儒而奇者。有禪而奇者。有武辨而醫流詩歌書畫雜技而奇者。要皆爲一奇所掩。人不復知本文爲何人。故概以人目之云。

畸なる者は何か。曰く畸とは奇なりと。閒に儒にして奇なる者有り。禪にして奇なる者有り。武辨にして、醫流、詩歌、書畫、雜技にして奇なる者有り。要はみな一奇の掩ふところと爲す。人復た本文の何人なるのを知らず。故に概ね畸人を以て之を目す云々。

ここでは、「畸」は「奇」に通じると述べているが、「畸人」は元来『莊子』大宗師にある用語である。

畸人者畸於人而侔於天。故曰天之小人、人之君子。天之君子、人之小人也。[21]

畸人なる者は人に畸にして天に侔し。故に曰く天の小人は、人の君子。天の君子は、人の小人なり。

玄英の疏に次のように述べている。

畸者不耦之名也。修行無有而疏外形體、乖異人倫、不耦於俗[22]

畸なる者は耦はざるの名なり。無有を修行して外の形體を疏かにす。人倫に乖異し、俗に耦はず

というのは、畸人は「無有（道）」を修行して、その外見を疎かにし、人倫と互いに異なり、世俗と合わないことをいう。

このことについて、林希逸は次のように解釈している。

畸則不偶於人。而合於天。天以爲君子、則人以爲小人。人以爲君子、則天以爲小人矣。莊子所謂君子者、有譏侮聖賢之意、在於其間。蓋以禮樂法度皆非出於自然。必剖斗折衡。使民不爭而後爲天之君子也。此亦憤世疾邪。而有此過高之論。[23]

畸は則ち人に偶はず。而して天に合ふ。天は以て君子と爲せば、則ち人は以て小人と爲す。人は以て君子と爲

せば、則ち天は以て小人と爲すなり。莊子の所謂君子なる者は聖賢を譏侮するの意有りて、其の間に在り。蓋し禮樂法度は皆自然より出るに非らざるを以てす。必ず斗を剖り衡を折りて、民をして爭はざらしめて、而して後に天の君子にならしむなり。此れ亦た世を憤り邪を疾して、而して此の過高の論有り。

つまり、畸人とは普通の人間に合わないが、天に合う。天から見れば、このような人間は君子であるが、普通の人間から見れば、小人である。莊子のいう君子とは聖賢をそしる者という意味である。そもそも礼楽法度は自然から出たものではない。だから必ず枡を割り、はかりを折って、民を争わせないことによって、天の君子にならせることができる。だが、莊子は世俗を憤り、邪道を憎むあまり、高すぎる言論があったわけである。

言い換えれば、莊子は志が高く、天ばかりに随い、天の君子になることを望み、人間の礼楽法度などの行為を基準とする徳目などを排除すべきだと唱えている。だから、世俗の人間世界に合わず、人間世界から見れば、小人であると言える。

また、莊子は上述のような人間は「畸人」の他に、「狂接輿」や「狂屈」などを挙げている。このような言論を「狂言」と言う。このような振舞いを「猖狂不知所往」「猖狂妄行」などを表現している。

孔子適楚、楚狂接輿、遊其門曰、鳳兮鳳兮、何如德之衰也、來世不可待、往世不可追也。

孔子楚に適く。楚の狂接輿、其の門に遊びて曰く、鳳よ鳳よ、何如ぞ德の衰えたる。來世待つ可からず、往世追ふ可からざるなり。　　　　　　　　　　　　『莊子』人間世(24)

肩吾見狂接輿、狂接輿曰、日中始何以語女、肩吾曰、告我、君人者、以己出經式義度、人孰敢不聽而化諸。接輿曰、是欺德也、其於治天下也、猶涉海鑿河、而使蚊負山也、……。

肩吾は狂接輿に見ゆ、狂接輿曰く、日中始、何を以て女に語る。肩吾曰く、我に告ぐ、人に君たる者、己を以て經式義度を出ださば、人孰か敢えて聽きて化せざらんやと。接輿曰く、是れ欺德なり、其の天下を治むるに於けるや、猶ほ海を渉り河を鑿ちて、蚊をして山を負はしむるがごときなり、……。

『莊子』應帝王(25)

この『莊子』人間世及び應帝王に現れる世俗を避ける人物狂接輿は、『論語』微子にも現れている。

楚狂接輿歌而過孔子曰、鳳兮鳳兮、何德之衰也、往者不可諫也、來者猶可追也、已而、已而、今之從政者殆而、孔子下欲與之言、趨而辟之、不得與之言。(26)

楚の狂接輿、歌ひて孔子を過ぎて曰く、鳳よ鳳よ、何ぞ德の衰えたる。往きしことは諫む可からず、來たらんことは猶ほ追わん可し。已みなん、已みなん、今の政に從ふ者は殆うし。孔子下りて之と言わんと欲す。趨りて之を辟く。之と言ふを得ず。

『集注』は次のように注釈している。

接輿、楚人、佯狂避世、夫子時將適楚、故接輿歌而過其車前也。(27)

接輿、楚人なり、狂を佯はりて世を避く。夫子は時に將に楚に適かんとす、故に接輿歌ひて其の車の前に過ぎるなり。

また、『集注』に「狂者志極高而行不掩（狂なる者は志極めて高く、而して行を掩はず）」とある。(28)

藤堂明保は『狂中国の心日本の心』「儒家左派——狂人のユートピア」において『論語』に現れた「狂」の思想について述べている。(29)上述の狂接輿は明らかに道家的人物であるが、藤堂明保は「狂」について「狂とは自由行動する者という意味である」と説明している。儒家的「狂」にしろ、道家的「狂」にしろ、ともに心身の自由を求めることは確かである。

総じて言えば、狂者は志が高くて、世俗の規範に囚われないものであり、前述した「畸人」も同じである。『荘子』田子方に現れた人物「狂屈」のことについて、林希逸は次のように解釈している。

狂者猖狂也。屈者掘然、如槁木之枝也。此書猖狂字、便與逍遙浮遊字同。猖狂而屈然、無知之貌也。此段只謂知者不言、言者不知。……故曰無爲謂眞是狂屈似之。(30)

狂は猖狂なり。屈は掘然として、槁木の枝の如し。此の書の猖狂の字、便ち逍遙浮遊の字と同ず。猖狂として屈然なるは、無知の貌なり。此の段は只だ知る者は言はず、言ふ者は知らずを謂う。……故に曰く無爲眞に是れ狂屈は之に似たると謂う。

「狂屈」の「狂」とは「猖狂」のことであり、「逍遙」「浮遊」と同じ意味である。(31)「屈」とは「掘然」であり、『荘子』齊物論にある「槁木」のように、茫然として肉体の存在を忘れて枯れた木と同じようで、「無知」の様子である。「狂掘」は本当に「無為」の聖人に似ている。というのは、狂屈は道家的志を持ち、「不言」の行いを為す人物なのである。「不言」または「狂言」とも言い、(32)林希逸は次のように、解釈を施している。

狂言卽大言也、其意蓋謂道在不言。(33)

狂言は卽ち大言なり、其の意は蓋し道は言に在らざるを謂う。

荘子はこのような人物の振舞いを次のように描いている。

建德之國、其民愚而朴、少私而寡欲、知作而不知藏、與而不求其報、不知義之所適、不知禮之所將、猖狂妄行、乃蹈乎大方。

建德の國、其の民愚にして朴なり、私少なくして欲寡し、作ることを知りて藏することを知らず、與へて其の報いを求めず、義の適ふ所を知らず、禮の將《か》なふ所を知らず、猖狂妄行して、乃ち大方を蹈む。

玄英疏に「猖狂とは無心なり、妄行とは混跡なり（猖狂無心也、妄行混跡也）」とある。(35) 林希逸の口義注にも「猖狂妄行、心の欲する所に従ひて、皆道に合ふ。故に大方を蹈むと曰ふ（猖狂妄行、従心所欲、皆合乎道。故曰蹈乎大方）」とある。(36)

また、

至人尸居環堵之室、而百姓猖狂不知所如往。

至人は環堵の室に尸居して、百姓猖狂して如往する所を知らず。

『荘子』庚桑楚(37)

口義注には次のような解説を示している。

此蓋自然無心之喩、尸居環堵之室、而自託於猖狂與百姓爲一。人皆不知其所行爲何。故曰百姓猖狂。不知所如往。如亦往也。言與世相忘也。(38)

此れは蓋し自然無心の喩なり。環堵の室に尸居して、自ら猖狂に託して、百姓と一と為して、人みな其の行ふ所を何如と為さんかを知らず。故に百姓猖狂、如《ゆ》き往《ゆ》く所を知らざると曰ふ。如も亦た往なり。言は世と相ひ忘れるなり。

即ち、これは自然無心の喩えである。至人は小部屋でじっとしており、自ら猖狂に託して、民と一体化する。人々はその行いの目的が分からない。だから、百姓猖狂、至人の行き来するところを知らないというのである。如と往とは同じ意味である。というのは、百姓と一体になっている至人は、世の中と相い忘れる、なのである。

以上、述べてきたように、人見卜幽軒の言う「畸人」とは、『荘子』にある用語で、「狂接輿」や「狂屈」のような人物である。その振舞いは「猖狂不知所往」・「猖狂妄行」であり、その言論は「狂言」である。玄英の言う「天にひとしい」、林希逸の言う「人にあわず。天にあう」人物であり、朱子の言う「狂者は志が極めて高く、自分の行為をおおい隠さない」人間である。ここからわかるように、荘子の言う「畸人」は「狂人」であるが、負の評価ではなく、寧ろ正の評価たる人物なのである。人見卜幽軒は荘子のことを「畸人」だと認め、荘子を心から肯定的評価していると思われる。卜幽軒は荘子という人物を評価するのみならず、「天下不可以無此人此書（天下に以て此の人此の書無くんばある可からず）」と言っているように、世の中に荘子の書物が欠けてはならないと荘書を絶賛している。ここで彼は『荘子』を如何に重要視しているかを看取することができる。彼は『荘子』を聖経と見なし、聖経を読むには註・疏が必要であると次のように述べている。

讀聖經者不可無註疏於此書亦然也說者曰莊子憤世嫉俗當戰國之初有以孔子之道衒賣於世者故非略仁義以放言其實未嘗詆孔子陽擠而陰助之不然則何以謂春秋經世之志(39)

聖經を讀む者は註疏無く可からず。此の書に於ひて亦た然り。說く者は曰く莊子世を憤り俗を嫉む。戰國の初に當て孔子の道を以て世に衒賣する者有り。故に仁義を非略以て言を放つ。其の實は未だ嘗て孔子を詆らず。陽に擠て陰に之を助くと。然らずんば則ち何を以て春秋は世を經るの志か

従来の註や疏を施した者は、荘子は世間を憤り、世俗を憎んでいるから、孔子をそしっていると見なしている。しかし、卜幽軒は荘子実は孔子をそしっているのではないと思い、蘇東坡の言葉「陽擠而陰助」を借りて、荘子は表面上は孔子を批判しているものの、ひそかに孔子を立てていると考えている。

彼にとって儒家を立てる『荘子』に注を施すには、林希逸の口義が最適である。

竹溪之功亦大矣其於口義多引儒佛之書以釋莊子之意(40)

竹溪の功も亦た大なり。其の口義に於いて多く儒佛の書を引きて、以て莊子の意を釋す。

林希逸を賞賛している卜幽軒は、口義の中で仏書と儒書を多く引用して『荘子』を解釈しているのは、「雌雄二劔」のように、「その合わせるものは、まるで天上の音楽が野に広がって行くよう（其協者如鈞天廣樂之張野）」であると喩え、口義が極めて優れていることを真正面から認めている。

上述のように、口義の良さを認める卜幽軒は、更に「報林向陽軒主人書」に次のように口義に注を施した縁を述べている。

先是問口義於羅山先生而略解其旨趣是君之所知也是内外篇只爲一樂字也此亦是先生之殘膏賸馥也余逾好此書洸洋自恣以適己於是捜索諸子百家而援引所出鬳翁口義之故事名爲大全余不好道家而學焉不老不莊不列亦猶孚不尹不夷不惠也(41)

先に是れ口義を羅山先生に問ふ。而して略ぼ其の旨趣を解く。是れ君の知る所なり。是れ内外篇只だ一つ樂の字なるのみ。此れも亦た是れ先生の殘膏賸馥なり。余逾す此の書の洸洋自恣以て己に適ふを好む。是に於て諸子百家を捜索して、出る所の鬳翁口義の故事を援引する。名づけて大全と爲す。余道家の學を好まず。老ならず、莊ならず、列ならず、亦た猶ほ孚、尹ならず、夷ならず、惠ならざるが如し。

『荘子』内外篇は「樂」一字で表すことができることは羅山の「殘膏賸馥」だと卜幽軒は言い、彼自分自身は『荘子』の「奔放で恣意的にする（洸洋自恣以適己）」ことを好み、口義の引用した典故を調べたが、道家の「不老不莊不列」であることを好まない。「孚不尹不夷不惠」とは、司馬孚は「尹ならず、夷ならず、惠ならざる」中庸の道を取ることを意味している。だが、卜幽軒は『老子』、『荘子』、『列子』はそれぞれの主旨があると思い、一括して「道家」と称すべきではないと見なしていると考えられる。

卜幽軒は口義の引用している仏書と儒書はちょうど「雌雄二劔」であると喩えているが、彼の師である林羅山は、嘗て次のように『莊子』は仏書より優れているとの見解を示している。

惺窩嘗語余曰浮屠者以六喩偈爲勝於莊子夢蝶不然文字與意旨共莊子爲優(42)

惺窩嘗て余に語りて曰く、浮屠は六喩偈を以て莊子の夢蝶に勝れると爲すと。然らずんば、文字と意旨と共に莊子優れりと爲す

藤原惺窩は嘗て林羅山に仏陀の六喩偈は荘子の「胡蝶の夢」よりすぐれていると告げたが、羅山はその師の考えと相反して、『莊子』の文字と文章の意図の方がすぐれていると反論している。『羅山林先生文集』巻六十六にそれにかかわる考えを示している。

文章之有活法者莊子也譬之佛法則諸子之書如大乘之經莊子却如禪祖之語錄所以有活法者以語恠故也作文者不可廢莊子書矣(43)

文章の活法有る者は莊子なり。之を佛法に譬ふれば、則ち諸子の書は大乘の經の如く、莊子却て禪祖の語錄の如し。活法有る所以は恠きを語るを以てするが故なり。文を作る者は莊子書を廢つ可からざるなり

また、

老子曰道可道非常道名可名非常名予謂於文法亦然故云文可文非常文法可法非常法凡作爲文章無常師唯以古文爲師……(44)

老子曰く、道の道とす可きは常の道に非らず。名の名とす可きは常の名に非らず。予謂へらく、文法に於ても亦た然り。故に云く文の文とす可きは常の文に非らず。法の法とす可きは常の法に非らず。凡そ文章を作爲す、常の師無し。唯だ古文を以て師と爲す……

羅山は諸子の書物を大乗仏経で、莊子の書物を禅祖の語録であると譬え、莊子の書物はあやしきを語るから活法が

あると考えている。また、彼は『老子』の「道可道」章をなぞらえて、「文可文非常文、法可法非常法」と言い、文章は一定不変、不変不易なものではない。文を作るには常師は無く、ただ古文を師として、常に変化をもって始めて、『莊子』のような活法を持つ文章をなすことができると述べている。

しかし、羅山はまた、

莊子雖奇文可以讀然不實不直唯荒唐放蕩其間亦有可悅者乎(45)

莊子奇文以て讀む可しと雖も、然れども實ならず、直ならず。唯だ荒唐放蕩にして、其の間も亦た悦ぶ可き者有るや

とあるように、『莊子』は奇文であり、真実ではなく、率直ではない。ただほしいままにして変化に富んでいて、その間には楽しませるものがある。

師弟ともに『莊子』を好み、口義を研究し、それぞれの関心に視点を置き、異なる見解を示している。しかし、羅山は莊子は「あやしき(恠)」と語り、その文章は「奇文」であり、「荒唐放蕩」であると考えている。つまり羅山は卜幽軒の言う「畸人」の振舞いを「あやしき」・「奇」や「荒唐放蕩」と表現しているが、その莊子に対する基本的考えは卜幽軒と同じなのである。それは、師弟の相伝なのか、それぞれが『莊子』に対して観察した印象なのか、とにかく、その莊子に対する基本思考の立脚点は同一であると言える。

しかし、人見卜幽軒は莊子は「畸人」であり、『莊子』の文章は「荒唐放蕩」であると思い、『莊子』を「聖經」であると評価しているにもかかわらず、妻の死を哀しく綴った「奉哀哀文夫人文」に次のように、莊子を批判している。

惟萬治元年閏十二月二十三日、我嗣君之小君薨于正、……、小君自幼好學、今且短折也、因議諡曰哀文夫人、小臣野一不忍緘口、謹奉哀文、其辭曰、……、夫人、嫁我嗣君……、謹奉舅姑、能執婦禮、……、焱罹霜露、病在

膏肓、……、臨屬纊、滿室呑聲、嗣君主喪、吊者傷情、嗚呼哀哉、……、悲風吹樹、一春無色、夜雨打窗、殘燭轉黑、嗣君獨坐、悠然愴惻、嗚呼哀哉、朝望昭陵、苑無層臺、夕褰九華、帳吹寒灰、莊周何意、鼓盆徘徊、鐵腸《ママ》石心、哀則盍哀、嗚呼哀哉

惟れ萬治元年閏十二月二十三日、我嗣君の小君正寢に薨す、……、小君幼自り學を好む。今且つ短折する、議に因りて謚を哀文夫人と曰ふ。小臣野一口を緘じることを忍ばず、謹んで哀文を奉る。其の辭に曰ふ。……、夫人、我嗣君に嫁ぐ……、謹んで舅姑を奉り、能く婦禮を執る、……、霜露に猋罹し、病は膏肓に在り、……、終に臨みて纊を屬り、滿室聲を呑み、嗣君主喪す。吊者情を傷みて、嗚呼哀しいかな、……、悲風樹を吹き、一春に色無し、夜雨窗を打ち、殘燭黑に轉じ、嗣君獨り坐りて、悠然として愴惻す。嗚呼哀しいかな、朝昭陵を望みて、苑に層臺無し、夕九華を褰る。帳は寒灰に吹かれ、莊周は何意か、鼓盆して徘徊し、鐵腸《ママ》石心たり、哀則ち盍ぞ哀しまざる、嗚呼哀しいかな

万治元年卜幽軒は妻が逝去した際、「哀文」を作り、生前の文夫人は才徳兼備の賢妻であると述べている。「悲風吹樹、一春無色、夜雨打窗、殘燭轉黑」は卜幽軒が感じた周囲の寂しい情景で、尚更彼の心の痛みを引き立て、「悠然愴惻」で呆然として悲しみを表し、「朝望昭陵、苑無層臺、夕褰九華、帳吹寒灰」で妻に対する悼みを表現している。卜幽軒は妻の「哀文」を綴りながら、悲しみを抑えきれずに、莊周が亡妻に対して「鼓盆徘徊」を行ったことに納得が行かず、ついに莊周を「鐵腸（腸）石心」とまで非難している。

五　結　語

人見卜幽軒は江戸初期の漢学者であり、数多くの書物を著し、その中に、老莊関係書物は、『老子鬳齋口義抄』と

『荘子鬳齋口義桟航』がある。『老子鬳齋口義抄』は写本で、寛永十年（一六三三）鷹司内府の命に応じて『老子』を講義した講義録である。『荘子鬳齋口義桟航』は遅くとも卜幽軒が「荘子口義桟航序」を書き上げた寛文十年（一六六一）にすでにできていたと思われる。

卜幽軒は荘子を畸人だと見なし、荘子の言うことは恣意的であり、その文章は変化に富んでいると考えている。彼は『荘子』を聖経とみなし、世の中に荘子の書物が欠けてはならないと思う。従来の注釈は荘子の意に合わずと批判し、老荘注釈書として林希逸の口義を推奨している。口義が仏書と儒書を多く引用することは、「雌雄二劒」のようであると評価している。『荘子』内外篇を「樂」一字で表すことは、師である羅山の「殘膏賸馥」だと卜幽軒は言い、彼自身は『荘子』の「奔放で恣意的にする（洸洋自恣以適己）」ことを好んでいる。言い換えれば、その自由自在性、心が拘束されない狂人の振舞いに憧れを持っていると言える。

しかしながら、皮肉じみているが、卜幽軒は亡妻の「哀文」を綴りながら、悲しみのあまり、荘周の「鼓盆徘徊」の振舞いに納得行かず、ついに荘周を「鐵腸石心」だと非難している。人見卜幽軒は林希逸の口義を通して老荘を理解した。結局彼の感情の表し方、死者を悼む心情も林希逸の影響を受けていると解釈せざるを得ないと思われる。(46)

注

（1）『史記』中華書局標点本一九五九年九月一版　一九八二年十一月二版　巻六十三「老子韓非列伝第三」二一四四頁。なお、赤塚忠は「其言洸洋自恣以適己」を「其の言洸洋として自恣し、以て己に適《こころよ》くす」と訓読する。赤塚忠著作集四『諸子思想研究』研文社　昭和六十二年六月三二一頁。

（2）『荘子集釋』（一）（二）（晉郭象注・唐陸徳明釋文・唐成玄英疏・清郭慶藩集釋）台湾中華書局　民国六十九年十一月『荘子集釋』（一）一頁　河南郭象子玄撰「荘子序」。

（3）郎擎霄『宋元学案』泰順書局　一九三四年序三四八頁　宋濂「諸子辨」。
（4）王廸『日本における老荘思想の受容』国書刊行会　二〇〇一年二月二十五日発行。第二章「平安時代における老荘思想の受容」を参照。
（5）『林塘集』貞享丙寅（一六八六）書肆茨木多左衞門壽梓　国立国会図書館所蔵
（6）西島醇『儒林源流』東洋圖書刊行會　昭和九年一月　八〜九頁。
人見伝　字子伝。一字道設。号懋齋。又竹墩。本藤田氏。京師人。為壹之義子。仕水府。又学朱之瑜。元祿九年九月二十三日没。年五十九。朱子談綺。井井堂詩文集。

又、澤井啓一の『人見竹洞詩文集』の解題に次のように述べている。

卜幽軒には子が無かったために、甥の藤田傳（母結友徳［卜幽軒の父親］の次女の石であった）を養子とした。傳は懋齋と号したが、林鵞峯・朱舜水に学び、二代藩主光圀に仕え、初代彰考館総裁となって『大日本史』の編纂に従事したことでよく知られている。

『人見竹洞詩文集』人見捨蔵　発行　汲古書院　平成三年五月　九頁。
（7）日置昌一編『日本歴史人名辭典』講談社　一九九〇年十月一刷　一九九四年九月六刷　七五四〜七五五頁参照。
松本純郎　水戸学集成4『水戸学源流』昭和二十年五月原本発行　国書刊行会平成九年十二月復刻版　一八五〜二〇二頁「人見卜幽の生涯」を参照。
（8）前掲（5）『林塘集』を参照。
（9）前掲（4）『日本における老荘思想の受容』第五章「江戸時代における老荘研究」二七五〜二七九頁。
（10）幸島宗意『倭版書籍考』巻之六　長澤規矩也・阿部隆一編『日本書目大成』第三巻　汲古書院　一九七九年。
（11）家蔵本『莊子口義棧航』延宝九年刊　山本景正上梓　第一冊小野壹「莊子口義棧航序」。
（12）前掲（11）『莊子口義棧航』第一冊　林之道「莊子口義棧航序」。
（13）前掲（4）『日本における老荘思想の受容』第五章「江戸時代における老荘研究」二七九〜二八一頁。参照。

(14) 前掲(11)『莊子口義棧航』第一冊「莊子口義棧航跋」。
(15) 前掲(11)『莊子口義棧航』第一冊小野壹「莊子口義棧航序」。
(16) 前掲(11)『莊子口義棧航』第一冊「莊子口義棧航跋」。
(17) 前掲(11)『莊子口義棧航』小野壹「莊子口義棧航序」。
(18) 宋葉廷珪の『海錄碎事』道釋仙に「太極眞仙中、莊周爲闈編郎」とある。
『正統道藏』太玄部『眞誥』巻十四「稽神樞第四」に「莊子師長桑公子、授其微言、謂之莊子也、隱於抱犢山、服北育火丹、白日升天、上補太極闈編郎」とある。
(19) 前掲(4)『日本における老莊思想の受容』第五章参照。
(20) 宗政五十緒『近世畸人伝・続近世畸人伝』平凡社　昭和四十七年一月　一三〇頁。
(21) 前掲(2)『莊子集釋』(一)一四八頁。
また、金谷治訳注『莊子』第一冊　岩波書店　一九七一年十月第一刷　一九九一年十二月第三十一刷。二〇五～二〇六頁に、
諸本ともに「人之君子、天之小人」とあるが、それでは上の語を反対に述べただけで意味がない。いま奚侗・王先謙の説に従って人と天両字を入れかえた。王叔岷いう、旧鈔本『文選』注の引用もそうなっていると。
とある。
(22) 前掲(2)『莊子集釋』(一)一四八頁。
(23) 長澤規矩也編『和刻本諸子大成』第十一輯『莊子鬳齋口義』(林希逸)汲古書院　昭和五十一年。
(24) 前掲(2)『莊子集釋』(一)九九頁。
(25) 前掲(2)『莊子集釋』(一)一五七頁。
(26) 貝塚茂樹訳注『論語』中央公論社　昭和四十八年七月初版　昭和六十三年二月二十刷　五二三頁。
(27) 宋朱熹『四書集注』(呉志忠刻本)漢京文化事業有限公司　民国七十二年十一月「論語集注」巻九　十葉裏。

(28) 前掲（27）『四書集注』「論語集注」巻七　七葉裏。

(29) 藤堂明保『狂中国の心日本の心』中央図書（株）昭和四十七年七月　二八頁。

(30) 前掲（23）『荘子鬳齋口義』巻七　十六葉裏。

(31) 『荘子』逍遙遊に「逍遙乎寝臥其下」とあり、山木に「浮遊乎萬物之祖」とある。前掲（2）『荘子集釋』（一）一五七頁；『荘子集釋』（二）三五四頁。

(32) 前掲（2）『荘子集釋』（二）知北遊　三八四頁。

(33) 前掲（23）『荘子鬳齋口義』巻七　三十一葉表。

(34) 前掲（2）『荘子集釋』（二）三四七頁。

(35) 前掲（2）『荘子集釋』（二）三四七頁。

(36) 前掲（23）『荘子鬳齋口義』巻六　四十七葉裏～四十八葉表。

(37) 前掲（2）『荘子集釋』（二）三九三頁。

(38) 前掲（23）『荘子鬳齋口義』巻七　四十葉表。

(39) 前掲（11）『荘子口義棧航』第一冊「荘子口義棧航序」。

(40) 前掲（11）『荘子口義棧航』第一冊「荘子口義棧航序」。

(41) 中村幸彦『善本叢刊第18集近世詩文集二』汲古書院　昭和五十四年六月。「卜幽軒稿」三九一～三九二頁。

(42) 『羅山林先生文集』京都史蹟會　弘文社　昭和五年七月　四七七頁。

(43) 前掲（42）『羅山林先生文集』三六六～三六七頁。

(44) 前掲（42）『羅山林先生文集』三六九頁。

(45) 前掲（42）『羅山林先生文集』五〇四頁。

(46) 王廸「南宋儒者林希逸の死生観――儒・道・仏混合の思想――」『ああ　哀しいかな――死と向き合う中国文学――』汲古書院　平成十四年十月　一七七～一八九頁。

頼山陽の真「狂」

直井　文子

幕末から昭和初期までよく読まれた『日本外史』の著者・頼山陽（一七八〇～一八三二）は、大坂に生まれ、広島城下で成長した。二十一歳で脱藩し、連れ戻され、屋敷内の一室に幽閉される。「癇癖《かんぺき》（かんしゃく）の病」ということで死罪を免れるが、廃嫡となり、幽閉が解かれた後も自由に出歩くことは禁じられていた。やがて備後神辺の菅茶山（一七四八～一八二七）の許に、塾頭兼養子候補として迎えられるが、そこも飛び出し、遂に憧れの京都で市井の儒者・史家・文人として生きる道を選んだ。

「狂」弱を兼ね備えて

頼山陽の人生は、「狂」に始まり、「狂」に終わったと言える。青年期に世間から「癇狂」であるとみなされてしまった（後掲『頼山陽全書』の『全伝上』一四八頁）彼は、そのことにどう対峙して生きていったのであろうか。

漢詩人としても知られる山陽の詩は、通行本としては天保四年（一八三三）刊の『山陽詩鈔』八巻（以下『鈔』と略称する）、天保十二年（一八四一）刊の『山陽遺稿』十七巻の中の詩七巻（以下『遺』）があるが、網羅したものとして、木崎好尚編著『頼山陽全書』（頼山陽遺蹟顕彰会、一九三一～三二）第四冊の『詩集』（以下『全詩』）に、二七八〇首が収録されている（筆者計、以下1～2780、初稿と定稿とを各一首に数えたものも含む）。その内、詩題又は本文に「狂」字を含むものは、四十三首ある（記載順に①〜㊸）。その「狂」の意義を、直截的な意味ではなく、その語で形容しているものについて分類してみると、

一　自分自身、自分の心情、自分に付随するものについていう。　二十首

二　自然現象や、動植物等をいう。　十二首

三　戦乱に関わる人やものをいう。すべて「狂瀾」で表す。　六首

四　日本の人物や文壇をいう。　三首

五　中国の人物をいう。　二首

の五種類に大きく分けられる。（1）

このうち半数近くを占めるのは一の自身を、或いは自身に関わるものを形容する語である。後に述べるが例えば⑥の「鶴」など、語としては二の動植物に含まれるが、表しているものが山陽自身であるため、一として数えた。同様に③の「狂瀾」などもやはり語としては二の自然現象に当たるが、意義を考え、三に分類した。

詩中の「狂」の初出は、文化二年（一八〇五）、二十六歳（行年、以下同じ）、「乙丑元旦。三首。」の七言絶句の第二首（①138）である。

春王正月日當天　　春王正月　日　天に當たり
狂豎又重泰治年　　狂豎《きやうじゆ》　又重ぬ　泰治《たいち》の年
嗟我無顏見梅柳　　嗟《ああ》我　顏として梅柳に見《まみ》ゆる無く
椒花樽畔掩窻眠　　椒花樽畔《せうかそんはん》　窻を掩《おは》ひて眠る

起句は『春秋』を模している。史家たることを自負してはいるが「狂豎」——常軌を逸した小者——である自分

も、安らかに新年を迎えられた。しかし春を喜ぶ梅にも柳にも会わせる顔がなく、屠蘇を傍らに、窓を覆い隠してふて寝をするしかない、幽閉中の身。

生来病弱の体質であり、八歳で「カンペキ（癇症。『頼山陽全書』付録、頼靜子『梅颸日記』記載）」の発作に見舞われた山陽は、九歳で五言絶句「朝日山」（『全詩』一）を作り、父・頼春水や関係者を喜ばせた。その後は年に複数の詩作をし、十八歳で江戸へ遊学した年には八十首も作っている。しかし脱藩事件のあった二十一歳から二十三歳までの間は皆無、二十四歳でやっと再び詩を作り始めた。今の自分は……。人生の挫折感に打ちひしがれていた頃の作品である。

座敷牢の中から江戸にいる父とは直接交渉できない山陽は、世話役の書生・梶山君修宛に、自己の心情を述べた長い手紙を書く（徳富蘇峰『頼山陽』、一九二六年刊）。その中に、当時、幅を利かせていた荻生徂徠の「古文辞学派」を粉砕したいと思うが、どうかいつものあの「狂志」だと笑わないで欲しい、という。

この年は十一首を記しているが、その中にもう一首、「狂」字を使用している。②141「上元之夕。金子熊介見訪分得春字。因毎句押春字。賦此博一粲。正月十五日」は四十八句から成る七言古詩である（句頭のアラビア数字は筆者が付し、第何句目かを表す）。

1三元之首屬新春。　三元の首　新春に屬す
2不速之客來乘春。　速《まね》かれざるの客　來たりて春に乘ず
……（中略）……
25憶曾顚狂強冠春。　憶ふ　曾て顚狂　強ひて冠せし春
26恰如柳絮飛暮春。　恰《あたか》も柳絮の暮春に飛ぶが如し

27飛落坑池終失春。　坑池に飛落して終に春を失ふ
28鶯花不見幾回春。　鶯花　見えざること幾回の春

……（後略）……

この第二十五句では「顚狂」という語で元服前後の自己を表している。この年五月に閉居は解かれるが、本詩の一月にはまだ鶯も桜の花も見ることはできなかった。

山陽は、江戸期に流行った、諷刺や滑稽を主とした「狂体」としての詩は、ほとんど作っていないと言える。『論語』の「狂」の精神を汲んだような、所謂「狂激な諷諫の文」（中野三敏他編『日本古典文学大辞典』「狂詩狂文」の項、岩波書店、一九八四）も無いと思われる。本詩は「春」の字をすべての句末に置いて押韻し、一種の「狂体」とも言えるが、何を諷するでもなく、滑稽というよりは、むしろ知人の訪問に気分が高揚し、乗りに乗って作ったような感がある。この後、相手の訪問を謝し、「春の韻で詩を作ることになったが、かえって本当に韻字として作るのを恥ずかしく思い、別の趣向を凝らしてみた」という。

幼い頃から躁状態と鬱状態とが山陽を繰り返し襲っていたことは、彼の母の『梅颸日記』から分かる。既に医学博士や医師の論述（高峰博「頼山陽――精神病理学による作家論・作品論」、『国文学』二十三巻九号、一九五八年・服部敏良「頼山陽の病歴―1―」、『現代医学』二十八巻二号、一九八〇年）もあり、彼は実際に躁鬱病で、躁の時には、狂気に似たような振舞いがあったらしい。つまり彼は医学的にも「狂」であると言えた時期があった。山陽が元服したのは十七歳の一月、それ以前から持病で母に心配をかけ、病を理解しない父を憤らせ、遂に理性を失い、春をも失った「顚狂」の自己。まさしく自嘲と後悔の象徴としての、実感のこもった「狂」がある。

しかし、この「狂」状態で「屛居」中に書き始めた『日本外史』は、後年、元老中・松平定信にまで評判が届き、

その求めによって献上した御蔭で有名になり、やがて幕末にかけて続々と印刷され、日本中を席巻することになるのである。

心はいつも

この後しばらく彼は、詩中で「狂」を使わない。文化二年五月に「屛居」は解かれるが、自宅で慎ましやかにしていなければならず、悶々とした日々を送った。詩作は続けられたが、次第に山陽は、無断外出をしたり、自分の代わりに家の跡継ぎとして養子に入った従弟の景譲を遊びに誘ったりするようになり、癇性も出るなどの「狂態（『全伝上』二二三頁）」も見えてきた。そんな息子の行く末を案じた父・春水は、彼を、親友の菅茶山に託すことにする。文化六年（一八〇九）、広島藩の正式な許可を受け、備後神辺《かんなべ》（広島県）の菅茶山の経営する廉塾へ、誕生日の十二月二十七日、山陽は赴くことになった。前項④の詩から五年後の文化七年（一八一〇）三十一歳の冬の作、③397「廉塾雑詩」五首の内の一首に云う。

紙上功名添足蛇　　紙上の功名は足を添ふる蛇
漫追老圃學桑麻　　漫りに老圃を追ひて桑麻を學ぶ
野橋分徑斜通市　　野橋　徑を分かちて斜めに市に通じ
村塾臨流別作家　　村塾　流れに臨みて別に家を作す
讀授兒童遇生字　　讀みて兒童に授くれば生字に遇ひ
行沿籬落見狂花　　行きて籬落に沿へば狂花を見る
笑吾故態終無已　　笑ふ　吾　故態　終に已む無く

時　復　談　兵　畫　白　沙　　　時に復た兵を談じて白沙を畫くを

文筆で名を上げるのは、蛇足の故事のように余計なもの。とりとめもなく熟練の農夫に従い、農作業を学んでみる。野中の橋は道を分けて斜めに町へと続き、村の塾は川沿いにあり、そこで一つの郷を作っている。子ども達に素読を教えていると知らない字に出会い、道の垣根に沿って歩けば狂い咲きの花が目に入る。笑ってしまう、自分は旧の状態のまま、どうしようもなく、機会があれば繰り返し、兵法などを談じて砂の上に図を画いているのだ。

ここでは季節はずれの花を「狂花」と言う。前章の分類の二に入る。廉塾での平凡な生活に、偶たま訪れた非日常のもの。その一つが「生字」であり、また「狂花」であって、山陽はそれらに遇い、はっと心を驚かされる。「生字」は、自分は知らなくとも自ずから意味を持つものであるが、自分は相変わらず旧のまま。世間から見て「狂」であり、そもそもの脱藩の要因となった、大都会へ出て歴史家として名を揚げたいという願いはかなわぬまま、平々凡々な毎日を過ごしている。

「狂花」又は「狂華」の語は、北周の庾信の「小園賦」（落葉　牀に半ばし、狂華　屋に満つ）や、唐の岑参の「使院中新栽栢樹子」の詩（脆葉　門柳を欺き、狂華院香に笑《さ》く）に使われている。自分と同じく「狂」と呼ばれ、時に合わない空しい花。しかし必死に咲いている。けれどもおのれは、「故態」、以前と同じように、三都へ出ようにも虚しく、武家の歴史である『日本外史』で描いたように、兵法を論じて自分を慰めている。

この年、また彼は自身を詩の中で「狂生」と呼ぶ。④409「廉塾雑詩（書懐）九首」其八。

高　陽　春　色　満　平　蕪　　　高陽の春色　平蕪に満ち
自　笑　狂　生　狂　未　除　　　自ら笑ふ　狂生　狂未だ除かれざるを
唯　愧　素　餐　庭　有　□　　　唯だ愧づ　庭に□有るを

豈言長鋏食無魚　豈に言はんや　長鋏　食に魚無しと
伶仃越石伸知己　伶仃たる越石は知己を伸ばし
憔悴蘇秦負讀書　憔悴せる蘇秦は讀書を負ふ
回首春風想京洛　首を回らせば春風に京洛を想ふ
登樓非是賦歸歟　登樓するは是れ歸らんかを賦すにあらず

「高陽」は『論語』の酈食其《れきいき》のいた所と、高く昇った太陽とを兼ねているとすれば、この「狂生」は、必ずしも否定的な意味ではない。「素餐」は働かずに食べることで、『詩経』魏風、「伐檀」にある語。そこから考えれば、□に入る不明の字は、「貆《かん》・特・鶉《しゅん》」のうちの一字となる。仄声を取るならば「特」であろう。『史記』孟嘗君《もうしょうくん》伝の馮驩《ふうかん》、晉の劉琨、字は越石、蘇秦などを引き、そして第七句で切々たる京への想いを吐露する。そう、以前もこの時も山陽の「狂」は、「京への想い」であったのである。次の二首は共に翌文化八年（一八一一）三十二歳の作である。

⑤425「集唐句送木村生入京。時余亦將追遊。」　（七絶、『鈔』巻一）

毎依北斗望京華　毎に北斗に依りて京華を望む　（杜甫「秋興八首」其二）
要自狂夫不憶家　要するに自ら狂夫　家を憶はず　（劉禹錫「浪淘沙詞」）
他日期君何處是　他日君に期す　何れの處か是なる　（盧仝「逢鄭三遊山」）
宮前楊柳寺前花　宮前の楊柳　寺前の花　（王建「華清宮」）

承句の「狂夫」は、我が家を顧みない「浮かれ男」のようであるが、やはり「京の都」を想っている。

⑥426「余京遊。訪武元景文于岡山。景文與原君業夫・瀧君子善・伊君子直。宴別于坐花醉月樓。得韻屋。」
（雑言体古詩二十三句）

君不見駑駘不可服　　君見ずや　駑駘　服すべからざるを
不如放之山野以伸其足　　之を山野に放ちて以て其の足を伸べしむるに如かず
又不見狂鶴苦樊夆　　又見ずや　狂鶴　樊夆《はん》に苦しむを
不如縦之江湖風餐露宿　　如かず　之を江湖に縦まにして風餐露宿せしむるに

……（後略）……

ここでは「駑駘」「狂鶴」で、塾頭という立場に縛られた自己を表し、「解き放つが良い」と述べる。やはりはやる気持ちを「狂」で表す。何故「京へ」なのか。それは、脱藩した時と同様、「歴史家として名を揚げたい」という一心からである。

変化するもの

文化八年に京へ出遊し、そのまま留まることができたのは本当に幸いであった。悪くすれば二度目の脱藩の罪に問われたかも知れない。国許から「お構いなし」のお墨付きを戴いた山陽は、一安心したらしく、自分を「狂」と言わなくなる。代わってよく使われるようになったのは、分類二の「自然現象や動植物をいう」ものである。文化十二年（一八一五）三十六歳正月の作、⑧656「又依前韻自叙」七律では、

石洪生涯冬一裘　　石洪　生涯　冬　一裘
嵩邨綠底久遲留　　嵩邨　綠底　久しく遲留
擔簦負笈曾千里　　簦を擔ひ笈を負ひて曾て千里
爇桂量玉已五秋　　桂を爇《や》き玉を量ること已に五秋

壽豈尺籌盈梅屋　壽 豈に尺籌《せきちう》 梅屋に盈ちんや
業如寸木比岑樓　業は寸木の岑樓に比するが如し
惜陰准擬成吾事　惜陰 准じ擬へて吾が事を成す
敢趁狂花醉甕頭　敢て狂花を趁ひ甕頭に醉ふ

唐の石洪は、韓愈が「送石處士序」（『韓昌黎文集』巻二十一）にいうように、「冬一裘（毛皮一枚）」であった。嵩山の村（或いは邙の誤りか）の緑の中に、いつまでもぐずぐずしている。笠や籠を背負ってはるばる神辺から、桂や玉を買うように物価の高い京へ出て五年。年齢と業績とを卑下しながらも過ぎ行く時間を惜しみ、自分の事業を成したいという想いを込めて、あえて時季はずれの花を追い求め、甕頭（その年、初めて出来上がった酒）に酔う自分を詠む。③の「狂花」は今の生活から脱皮できずにいる自分を刺激する、心をはっとさせる存在であった。この⑧では、敢えて自分から探しに行く対象となっている。単に風流で早咲きの梅を追い求めるのではなく、「吾が事を成す」為の端緒になぞらえているのである。

文政八年（一八二五）四十六歳の作、㉛1746「狂花。和粟津裕齋」（『山陽詩鈔』巻八）

不待春風催萬枚　待たず 春風の萬枚を催すを
故驚人眼挂孤芳　故《ことさ》らに人眼を驚かして孤芳を挂く
恰如當日高陽酈　恰も當日の高陽の酈の如し
世喚做狂非是狂　世は喚びて狂と做すも是れ狂に非ず

この詩はやはり季節はずれの花を詠っており、分類としては二に入るが、その花に「高陽の酈食其」の風情を見出している。「高陽の酒徒」――世を捨てて酒を飲んでいる酈食其は、実は狂ではない、と述べ、「狂」字自体は「異常な」という意味に用いているが、『論語』以来の評価を踏襲し、「狂花」に、わざわざ人目を引こうとしてたった一つ咲いている、積極的な良い意味を与えている。

また、⑪874⑫875「舟過千皺洋。遇大風浪。殆覆。得上嶹原。宿漁戸。賦此志懲。」（五古⑪六十句から⑫四十四句に改定、『鈔』巻四）は、父・春水の喪が明け、文政元年から二年にかけて九州へ大旅行した際のもので、死ぬかも知れぬほどの目に遭った嵐の脅威を、「風力愈狂驕」と表現している。同様に、⑭938「九重嶺」（五古二十四句、同右）でも「風力四時狂」と言うが、また「風狂還た喜ぶべし、猶ほ故郷より來たるがごとし」とも言う。㉑1294「雪意」では、「簷角風狂　屢《しばし》ば掀《あ》がる」と述べ、雪の降る気配を含んだ風、しかも探梅を試みる楽しみをもたらしてくれる風を表している。言い換えれば、恐ろしいイメージから、何らかの希望を含んだ、積極的なイメージへと、風の「狂」は変化している。

文政四年（一八二一）四十二歳の⑲1176「猫。二首。（其一）」は、『源氏物語』の「若菜」の一節を踏まえて云う。

攪亂香絨滿膝紅　　香絨を攪亂して滿膝紅なり
一窗花影午重重　　一窗の花影　午重重
却防狂走掀簾起　　却りて防ぐ　狂走　簾を掀げ起こし
恐被閑人瞥見儂　　恐るらくは閑人に儂《われ》を瞥見《べっけん》せられんことを

地面に散り敷いた桜を掻き乱し、猫の膝は紅の花びらに染まっている。窓一杯に花の影が、昼の日差しに重なっている。御簾で却って、猫が御簾をかき揚げ、柏木のような暇な人に私を覗き見されなくて済むでしょう。ここでは、花に浮かれて夢中になる猫を詠みつつ、部屋の中からその様子を眺め、微笑んでいる女性が描かれている。物語の中では柏木と女三宮の道ならぬ恋を導いてしまった猫の「狂走」。しかしこちらは、花に「狂」っているため、部屋の中の私をかき乱さずに済んでいる。『源氏』を踏まえながら、中国六朝頃の「狂夫」のイメージを重ね、更に「執着心」をも込めようとする、非常に技巧的な一首と言える。

同年の⑳1214「移居築園雑詠。十八首。（其十一）」（七絶）

牽牛恣意上籬來　　牽牛　恣意　籬《まがき》を上りて來たる
狂蔓爭高亂翠堆　　狂蔓　高さを爭ひて亂翠　堆《うづたか》し
昨日被風吹倒了　　昨日　風に吹き倒され了《おは》んぬ
房房向地却開花　　房房　地に向かひて却りて花を開く

朝顔の蔓が天に向かって好きなだけ伸びようとするのは、生き物の当然であり、微笑ましい。山陽は以前の自分自身を重ね合わせるかのように「狂」と形容している。風に吹き倒されて、天にではなく地に向かって花開いているのは、視る者に滑稽さと哀れさとを誘う。自身の伸びたい方向を大風によって曲げられてしまい、それでも必死に咲こうとする朝顔の生への執着までを含めており、決して否定的な「狂」ではない。

文政六年（一八二三）四十四歳の㉓1494「十六夜。飲清輝樓。得燈字。」では、

狂雲妨月幾層層　　狂雲　月を妨ぐること幾層層
把酒南樓興未騰　　酒を把る南樓　興　未だ騰《あ》がらず
今夜幸然天宇朗　　今夜幸然　天宇朗たり
檢書不復就紅燈　　書を檢するに復た紅燈に就かず

この詩は前日の作品があり、起句・承句の説明になっている。「狂雲」は昨日、十五夜の名月を覆い隠し、せっかくの興も盛り上がらなかった。しかし今夜はそれを補うかのように、読書にも灯火が要らないほど、空が明るい。後

半の喜びを嚙み締めるため、起句の「狂」が効いている。

文政十三年から改元された天保元年（一八三〇）五十一歳の作、㊴2438「京地震動未歇。柬細香。」は、

瓦立魚鱗屋盡傾　瓦立魚鱗　屋　盡く傾く
誰掀大地不平鳴　誰か大地を掀げて不平をば鳴らす
曾過播海逢狂浪　曾て播海を過ぎ狂浪に逢ふ
風撼帆檣宛此聲　風は帆檣を撼かして宛も此の聲あり

詩題の「細香」は、美濃（岐阜県）在住の女弟子・江馬細香である。ここでは以前、通り過ぎた時の海の大波を「狂浪」と言う。この「曾て」がいつのことなのかは不明であるが、地震に「不平を鳴らす」意を感じる儒者でもあった山陽は、まるで地震と同じような音を発している風と連動する浪に、「狂」なる「不平」を感じたのではないであろうか。『日本外史』では皇国史観を展開し、しかも德川政権を賞賛している山陽であるが、例えば文政十一年（一八二八）四十九歳の2162「大風行」（『遺』巻三）では、鎖国政策を批判している。また播磨灘に面している兵庫県高砂市には、延元元年（一三三六）に後醍醐天皇方に付き、足利尊氏方の赤松則村軍と戦って敗れた兒嶋氏の自刃した地があり、山陽は兒嶋氏を偲ぶ詩を繰り返し作っている。[2]

このように分類二の「狂」の使用法は、ほとんどがマイナスイメージからプラスイメージへと変化している。

変わらぬもの

「狂浪」と似て非なる表現に「狂瀾」がある。「狂瀾」は唐の韓愈の「進學解」（『韓昌黎文集』巻十二）にあり、儒教以外の教えが世に溢れ、儒教の道を乱していることを、荒れ狂う大波に喩えているが、山陽は分類三のように用いて

いる。この語も山陽が京都へ出てしばらく、自身を「狂」と言わなかった時期に使われ始めた。文化十年の⑦526「濃州道上。有感而作。」と、文政十年の㉝1870「詠史（讀關原紀）。」（『遺』巻二）とは、全く同一の作品であり、恐らく『山陽遺稿』編集の際に原稿の錯綜もあったのであろう。ここでは「戦国の世の乱」という意味で使われている。文政元年⑩758「壇浦行」（『鈔』巻三）では「戦場となった海」、文政十年の㉟1978「高松城址（今高梁）。」では「織田信長の勢力」、同年の㊲2000「（大徳寺）拜織田右府塑像引」（『遺』巻二）では「戦国の世の乱」、文政十一年、『日本楽府』に収められた㊷2728「朱器臺盤」では「保元の乱」の意味で使っている。山陽の皇国思想から見れば、これらの戦乱はいずれも、正しい御世を乱すものなのであろう。

分類四の日本の人物や詩壇等を指すもの三首の内、文政三年（一八二〇）三月、四十一歳の⑰1092「叟有詩見贈。依韻賦贈。」は、

　詞海瀾狂百怪遊　　詞海　瀾狂　百怪遊び
　何人筆力挽橫流　　何人の筆力　横流を挽く
　勸君點竄三墳手　　君に勸む　三墳を點竄《てんざん》せし手もて
　收去添脩五鳳樓　　收去添脩せよ　五鳳樓を

詩題の「叟」は大田錦城（一七六五〜一八二五、当時五十六歳）であり、彼は昨秋、江戸から京へ来ていて、山陽を訪ねた（『頼山陽全傳』上五三二頁）。ここでは当時の詩壇を戦場に喩えたが、「海」の字の孤仄を避ける為、平仄両方の音のある「瀾」を上にして「瀾狂」として用いたのであろう。道に外れた詩もはびこっている世の中であるが、錦城には、古代の易書「三墳」を改めた力量で、五代の梁の大建築・「五鳳楼」のような立派な文章を造り上げて欲しい、と訴える。菅茶山（七十三歳）が「讐むるに似たり、毀るに似たり。」と評している。「點竄」などの語が、あまり良

い意味ではない為であろう。しかしこの時山陽は錦城を温かく迎え、取って置きの伊丹の酒を四種類もふるまって歓待している。同時に詠まれた1091「(大田錦城叟來訪。待以所藏伊丹酒。)」(七絶、『鈔』巻五)などの作品からも、決して皮肉を言ってけなしているのではないと思われる。錦城についてはまた後述する。

陸游・李白・張旭

文化十三年(一八一六)三十七歳の⑨690「咏櫻花。二首(其二)」(『鈔』巻二・七律)は、陸游の「病中久止酒。有懐成都海棠之盛」(『剣南詩稿』巻十一)詩を踏まえ、「一朶如し放翁をして見しめば、碧雞 當に悔ゆべし 枉げて顚狂なるを。」という。これは中国の詩人について述べたものとして五に分類したが、実は陸游が強く想いを寄せた海棠の花よりも、自分の眼前の桜の花の方を称賛しているものである。「顚狂」の語を使用した点では②の元服前後の自身に比しているようであるが、むしろ「花への執着」を表しており、次章の例に通ずる。

分類五のもう一例としては文政六年(一八二三)の㉔1520「題陸羽像(爲坂上桐陰)」(七絶、『鈔』巻七)は、「李白は狂歌、張旭は顚/醉郷 處として遊鞭を著くる無し」という。詩仙・李白も書家・張旭も、杜甫の「飲中八仙歌」に詠われている。天子や王侯貴族の前でも態度を改めず、飲酒の中に一途に各自の天才を発揮したことを「狂」「顚」としている。やはり後年のプラスイメージとしての形容である。

また自己を言う

文政元年(一八一八)三十九歳の⑮960「此遊得明盛茂煒山水。及端溪古研。賦此志喜。」(七絶、『鈔』巻四)は、「畫の爲には狂癡 研の爲には顚/奇を西海に探りて已に周年」と、「狂痴」として書画へ執着する自己を述べている。

文政三年（一八二〇）四十一歳の作、⑯1071「開春初三日。雪。諸友來訪。遂相攜遊東山。三首。（其の一）」（七絶、『鈔』巻五）では、「自ら嘲る　狂態　老いて舊に依るを／雪に逢ひて已に狂たり　花知るべし」、自己の「狂態」が老いても旧のままであると述べ、「雪に逢ってすらすでに、狂ったのだから、花が咲けば猶さらもっと狂うであろう」という。しかしここは常軌を逸して喜ぶ意味である。決して悪い意味ではない。執着心を表すという意味では、嘗ての自己を呼ぶ意義と通じる。同年の⑱1098「侍日野亞相宴。三首。（其三）」では、「幸然　北海　心　海の如し／疎狂を容れ得て正平を稱す」と言う。「北海」は後漢の孔融の故事による、客を饗応する酒樽のことであろう。ここでの「疎狂」は、そそっかしい、おかしな自分を卑下した謙辞である。文政六年（一八二三）四十四歳の㉒1443「同郷客至。冒雨共遊沙河。」（五律）も、「歸り到りて親舊に逢はば、狂夫は唯だ酔生なるのみ」と述べ、花に執着した自身は、それこそ唯の酔っ払いなのだ、と言う。

文政七年（一八二四）十一月、四十五歳の㉖1590「又。用杏翁韻。」（七律、『鈔』巻八）では、「狂愚仍ほ　辱けなくす　視ること猶ほ子のごときを／一室の咲言　温かきこと春に似る」と述べ、やはり今の自己を卑下、自嘲した謙辞として「狂愚」を用いている。同年十二月の㉗1595㉘1596「神邊同菅翁賦。分韻得尤。翁老飲酒有限。近又減之。」（七律二首、同右）は、「二毛　復た狂童の舊に非ず／喜ぶ　尊前に帣《けん》韝を脱するを許さるるを。」「狂態　愧づ　曾て杜牧を追ひしを／隱蹤　悔ゆ　林逋に伴はざるを。」と言う。これは若き日の脱藩後、廉塾で塾頭をしながら遊び、また京に心惹かれていた自分を省みている。幼少時より江戸遊学にも、脱藩前後も、父春水亡き後もずっと親身になって助けてくれた叔父杏坪の前では未だ頭が上がらない様子が見える。が、師とも言え、期待を裏切りながらも、互いに詩を添削する仲となった茶山へは、「昔の自分とは違う」と、自負を見せている。しかしまた翌年の㉚1723「宴於杏坪叔水莊（殘夜水明樓）。疊去歳唱和韻」（七律）の第五・第六句では、「故郷の好景に脚を留めず／少日の狂

心　眞に臍を噬む」と述べ、以前への反省を率直に示している。

文政八年（一八二五）九月、四十六歳、姫路藩に招かれ、仁壽山学問所に出講し、招聘の労を取った河合隼之介（漢年・寸翁）の設けた宴席での作、㉙1700「仁壽山館。席上和漢年韻。」（五古二十句）の第九・第十句では、「已に容る　杜甫の躁／又た入る　禰衡《でいこう》の狂」と言う。『旧唐書』巻一九〇下、『新唐書』巻二〇一の「杜甫伝」に云う、厳武の寝床に上がって無礼を働く「褊躁傲誕」な杜甫、『後漢書』（一一〇下）禰衡伝に云う、自他共に「狂」であると言い、傲慢ながらも文才に秀でていた禰衡。彼等のような私を受け入れてくれている河合漢年を讃える。ここでは、これまでの執着心ばかりの自嘲気味の「狂」に、新たな意義が付加されている。山陽が作詩の上で終局的には杜甫を目指したことは、既に指摘がある（頼惟勤「頼山陽とその作品」、水田紀久・頼惟勤・直井文子共著『菅茶山　頼山陽詩集』所収、岩波書店、一九九六年）。その詩聖・杜甫に、「躁」と限定しながらも自らをなぞらえ、更に禰衡という、一癖ある文章家に比す。他藩の学問所に招かれたことで、自分の詩文に誇りが持て、それを「狂」で覆いながらも、初めて詩に表した一作となったのである。

すなわち、自然や動植物を描く「狂」が、花は狂い咲きの刺激から積極的な評価へと変わり、恐ろしい風や雲が良いイメージへと変化してゆくにつれ、自身を表現する「狂」も、変わった。文政初めの九州旅行で山陽が作詩の実力をつけたと言われるが、視野も開けたのであろう。

文政十年（一八二七）、四十八歳、㉜1861「元日」（七律）（『遺』巻二）の前半は、街の喧騒と自宅近くの長閑なお正月風景を詠んでいるが、後半は「青陽　又た閲す　王の正月／白髪終に成る　我が暮年／自ら笑ふ　清狂　猶ほ舊に似て／梅を觀るに約有り　周旋せんと欲す」と云う。ここで自己を「清狂」と表現しているのは意味深い。他の語でも平仄は合わせられる。「清狂」には、「常軌を逸した言動をする人」の他に、「狂人のように見えるが実はそうではない人」」「純粋さを保とうとする為に常軌を逸して見える人（『漢書』武五子伝）」という意味がある。第八句を見れば、梅に夢中になる自己であり、執着心が以前と同じであるように見える。しかし、第五句に『春秋』の「王　正月」を出していることから推せば、ここには「歴史家」としての自負が垣間見られる。そこで「清狂」の意味は、後者の「純粋さ」を含んだものと分かる。

同年㉞1972「秋田邸司介川子明帰藩。席上成二十韻。送別。八月十四日」（七古十八句）の第十三句・第十四句は「狂語猜せず　相觸抵するを／詩を論ずるに何ぞ必ずしも時體を學ばん」と云う。菅茶山の病を見舞う為、出立するところで、慌しく作ったらしい。「私のみだりがましい言葉は差し障りがあるかも知れない。しかし詩を論ずるのに、どうして流行の詩風を真似る必要があろうか」、前半で介川氏の大坂蔵屋敷留守居役としての丹精と苦労、その合間に文墨を好む風流、辛いお役目など苦にしないことを説く。この「狂語」は、お役人に向かっては非常識な言い方かもしれないが、相手を勇気付け、希望を持たせる為に積極的に並外れた言葉で、やはり自負を込めたものと言える。

㊱1996「茶山老人竹杖歌并序」（雑言体古詩二十四句）では「序」の中に「狂喜して歌を作った」と云う。菅茶山がこの年八月十三日に他界し、山陽はその臨終には間に合わなかったが茶山の遺稿を託され、形見分けとして竹の杖を受け取った。「序」に拠れば帰途、船でそれを忘失し、大塩士起（平八郎、号は中斎、一七九三～一八三七、大坂東町与力、山陽の親友・篠崎小竹の父・三島の門人。家塾を洗心洞と言い、文政年間に山陽と交わりを結んだと云う（山田準『洗心洞箚記』訳注序説、岩波書店、一九四〇年））に捜索を依頼したところ、人を派遣して数十日で探し出して来てくれた。そこで「狂ったように喜び」、大塩氏に感謝を示したと云う。詩の本文に「狂」の字は無いが、第十六句に「追躡《ついじょう》し得來たり喜びて顚ならんと欲す」と云う。これは⑮960の書画・文具に寄せるものと同じ、茶山の竹杖への激しい執着心を、「狂」「顚」で表現している。しかも『全詩』の木崎氏注に拠れば、大塩の『洗心洞箚記』の「附録抄」には本作の初

稿が載せられており、字句の異同が少なくないと云う。今、岩波文庫所収『洗心洞箚記』を見ると、序文に「狂喜」の語は無い。第十六句は「追逐し獲來たり喜び、顚ならんと欲す」とある。すると『全詩』所載の書蹟に清書する際、序に「狂喜」の語を加えて定稿としたことになる。やはり「執着心」を表したかったとしか考えられない。加えて、茶山の遺稿を受け継ぎ、その遺志を継ぐ者としての自負心も持っていたであろう。

翌文政十一年㊳2124「題狩野永德畫松屛風歌。爲津輕村井士達。」（七古二十五句）では、題詠を求められ、第九句では「平生詩を爲るに虛構を愧づ」と述べ、遠く離れた君の屛風を実際に見ることができず、題詠をためらっていた。君の歩むさきざき、立派な松は至る所にあるであろう。それらを描いたものも多いであろう。とりあえずこの詩を寄せてお笑い種にしてもらおう。君と鯨を刺身にし、鯤を炙って一酔いしたいものだ。「然る後更めて屈鐵走龍の狂字を題せん／敢て眞松と敵せず／聊か畫松と豪氣を角せん。」と云う。ここで「狂字」は自分の題詠の詩と書とへの謙辞であるが、同時に自身と村井氏とのスケールの大きさを強調し、自負をこめた語となっている。

文政十三年から改元した天保元年㊵2455「古賀溥卿爲其藩侯（鍋島閑叟）索吾畫。寄以絹一幅。書此辭之。二首」其の一（『遺』巻五）では、

磊磈　胸に橫たはり自ずから持せず／吐きて狂墨と爲り漫りに淋漓

此の心　應に故人の識る有るべし／敢て侯門に向かひて畫師と喚ばれんや

と、ここの「狂墨」も、自分は絵師ではない、という矜持が込められている。

㊶2620は年代未詳で、同じ「狂生」の語を使用した作には、④409文化七年の廉塾にいた時のものがあるが、今は除外する。

詩壇の「狂」

文政七年（一八二四）三月、四十五歳の㉕1553「含公東遊。索吾詩。以介江門諸子。走筆戯題。」（七古十九句）は、友人の含公（雲華上人）が江戸へ行くことになり、諸家への紹介を求めたところ、山陽が作り与えたもので、当時の江戸の主だった文人を詠み込んでいる。上人はこの詩本を菊地五山に持ち去られ、手許に残らなかったと云う（『頼山陽全傳』下五五頁）。

詩佛苦吟未成佛　　詩佛は苦吟　未だ佛と成らず
鵬齋化鵬去滅沒　　鵬齋　鵬と化し去りて滅沒
葛生學僊無丹砂　　葛生　僊を學ぶも丹砂無し
南畝九原舌已吃　　南畝は九原　舌已に吃す
錦城半圯大道直　　錦城半圯《はんい》　大道直し
無絃琴在可彈拂　　無絃琴在り　彈き拂ふべし
洗墨星池星彩沈　　墨を星池に洗ひて星彩沈む
獨有米庵搖岳筆　　獨り米庵有りて岳筆を搖らす

……（後略）……

大窪詩仏（一七六七〜一八三七）五十八歳と菊地無絃（一七六四〜一八二三）五十六歳とは江戸の江湖詩社の中核をなす詩人達であり、文壇ジャーナリズムの嚆矢、『五山堂詩話』の著編者である。一世を風靡した二人も、「都下名流品題」騒動以後、昔日の勢いは何処へやら、見る影も無い。騒動の経過は揖斐高氏「化成期詩壇と批評家――『五山堂詩話』論――」（『文学』一九七五年七月）に詳述がある。しかし山陽は、まだ詩人としては名も知れない自分を早期に取り上げて評価してくれた二名の恩を忘れず、何かにつけて話題にし、後年の2045〜2071「論詩絶句。二十七首。」(『遺』巻二)でも詠じている。ここでも未だ二人が健在であることを詠っている。亀田鵬斎(一七五二〜一八二六)は文政九年まで存命であったのに「伝説の大鳥、鵬と化して滅びてしまった」と言うのは記憶違いであるのか、意味深いものか？ 葛西因是(一七六四〜一八二三)は「仙人になれず」に前年になくなっており、大田南畝(一七四九〜一八二三)も「九原」＝黄泉の国へ逝ってしまった。大田錦城(一七六五〜一八二五)六十歳は、⑰1092でも述べたように、その朱子学・折衷学・考証学を究めた学識を、山陽は尊敬している。秦星池(一七六三〜一八二三)は江戸生まれの書家でやはり前年に物故しており、市河米庵(一七七九〜一八五八)四十六歳のみ、後に「幕末の三筆」の一人として仰がれるまでに活躍している。山陽は後半で「此の輩 狂言又た綺語／必ず泥犂に堕して出づるを得ざらん」と述べ、「上人の慈悲と憐憫とがなければ憂えて救えない。般若波羅密」とまで言う。しかも自身の注を付け、「戯れに此を賦して送別す。且く用ゐて介と爲せ。狂言之れ甚だし。濟度をば請ふ、隗より始めよ。」とも云う。この年は、「狂」の使用法がマイナスからプラスイメージへと移行する過渡期にあると言える。ある程度、おかしなことを言っても許される、または大きな問題にはならないであろうと山陽が思う知人に対し、「狂言です」と明記することによって、自身の文壇への考えを述べ、様子を見たいという言わば「佯狂」の手段が垣間見える。

終わりに

文政十年(一八二七)五月二十一日、「布衣」の山陽は、楽翁公松平定信への書を添え、『日本外史』を献上する。以前から市河米庵らの手引きで、林大学頭述斎へ閲覧を願い、できればその序文を賜って出版したい、という希望が山陽にはあった。ところが急に元老中の方から写本を求められ、有り難いことに題辞も賜るのである。

通行本『日本外史』の巻頭の題辞の次にある「上樂翁公書」には、北宋の蘇轍が韓魏公琦に上書し、韓琦の言葉と容貌とに接して自分の作文の気を養おうとしたことを述べ、「その言葉は狂に近いが、心は何も地位などを求めていない」ことを理解すべきだとしている。そして山陽は、自分は当路の人に求めるのではなく、引退なさった方に、しかもそちらからの求めに応じて献上するのです、と、強い自負を込めている。若い頃からこの時にかけて、時に花に浮かれようとも、「歴史家として名を揚げたい」という一心が、すべての「狂」的行為を裏付けていたと言って良い。そしてそれが晩年、謙辞でもあり、自嘲でもある言葉に、「矜持」を込めるようになった。複数の藩から出講を求められ、最終的には松平定信のような、地位・人徳ともに世に名高い人物から認められたことが、その要因であることは、自然の理であろう。

ここで山陽が「佯狂」或いは「狂」として為政者批判を行っているか、という問題は未だ検討する余地がある。個々の政策については、或いは批判もしているが、徳川氏の政権そのものについては肯定的であるというのが、これまでの研究者の見方の大勢である。

山陽よりは先輩の市河寛斎も「狂」を詩によく用いていた。

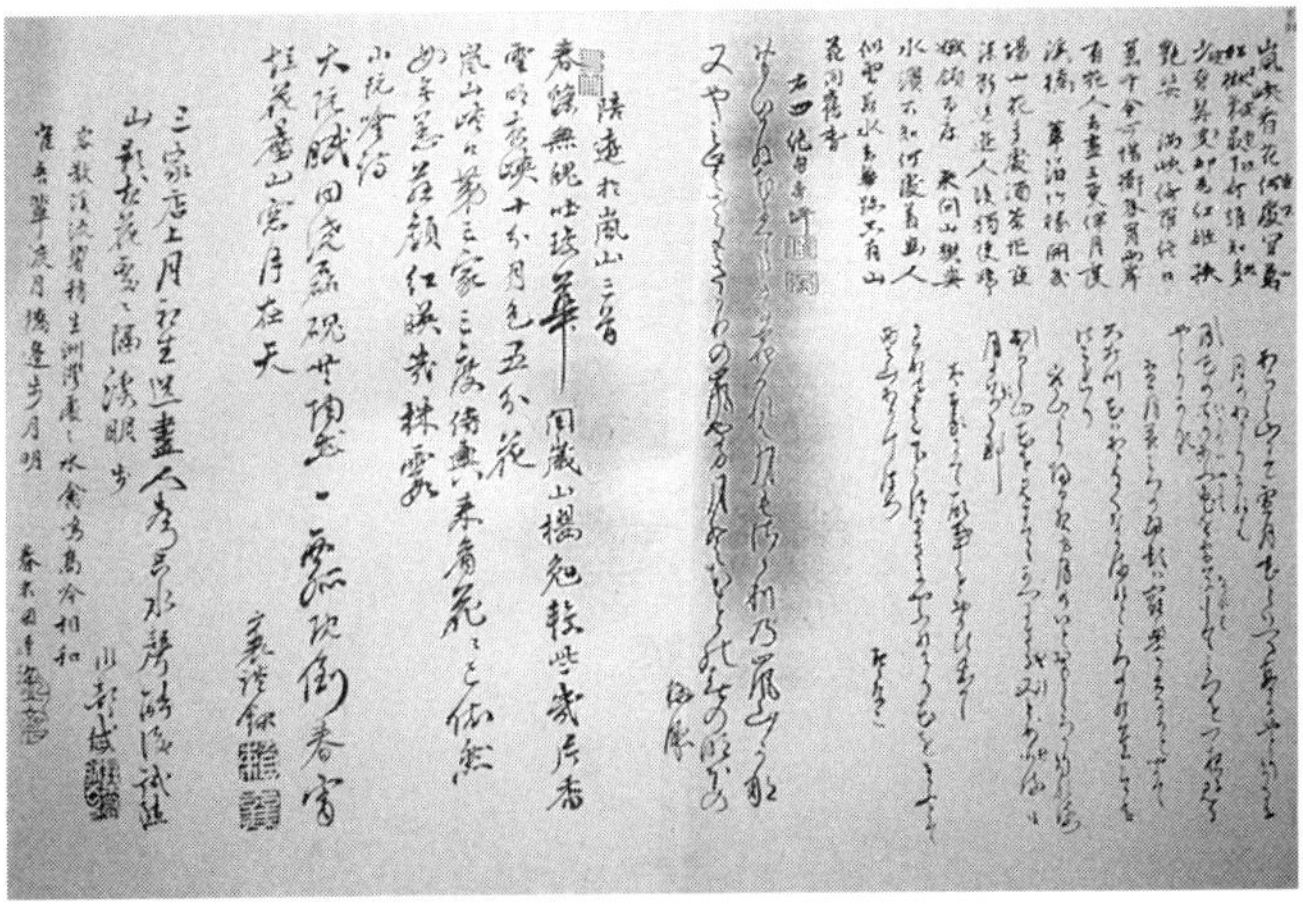

文政十年（一八二七）の『十旬花月帖』（故・頼惟勤先生旧蔵）より。四十八歳の山陽（裏）が母・梅颸（六十八歳）、叔父・杏坪（七十二歳）と共に遊した時の作。刊本『山陽遺稿詩』巻二では題名が「奉母及叔父遊嵐山」となっている。

山陽は㉜1861で「清狂」の語を使用し、彼より十七歳年下の斎藤拙堂も「清狂」を詩中で使っている。海防僧月性は「清狂山人」の号を持つ。同様の詩僧としては、唐の浩然がいる。

吉田松陰・高杉晋作は李卓吾の影響を受け、「狂狷」に拘った。山県有朋は狂介の異名を持つ。「狂」は大流行の様相を呈す。これを「幕末」という時代が狂気そのものと片付けてしまうことは安易であるが、以後、続けて考えて行きたい。

注

（1）『全詩』に於ける「狂」字を含む作品番号一覧

①〜㊸　1〜2780　一〜五

『全詩』記載順・通し番号（直井付）・作成年・年齢（行年）・分類・「使用語」

①138	文化二年	26歳	一「狂豎」		
②141	同年		一「顛狂」		
③397	文化七年	31歳		二「狂花」	
④409	同年		一「狂生」		
⑤425	文化八年	32歳	一「狂夫」		
⑥426	同年		一「狂鶴」		
⑦526	文化十年	34歳			三「狂瀾」
⑧656	文化十二年	36歳		二「狂花」	
⑨690	文化十三年	37歳		二「顛狂」	
⑩758	文政元年	39歳			三「狂瀾」

⑪874 同年 二「風力愈狂驕」
⑫875 同年 二同右定稿
⑬929 同年 五「狂昌黎」
⑭938 同年 二「風力四時狂……風狂還可喜」
⑮960 同年 一「狂痴」
⑯1071 文政三年 41歳 一「狂態」 (四)
⑰1092 同年 四「訶海瀾狂」
⑱1098 同年 一「疎狂」
⑲1176 文政四年 42歳 二「(猫）狂走」
⑳1214 同年 二「狂蔓」
㉑1294 同年 二「風狂」
㉒1443 文政六年 44歳 一「狂夫」
㉓1494 同年 二「狂雲」
㉔1520 同年 五「李白狂歌張旭顛」
㉕1553 文政七年 45歳（一「狂言」） 四「狂言」
㉖1590 同年 一「狂愚」
㉗1595 同年 一「狂童」
㉘1596 同年 一「狂態」追杜牧
㉙1700 文政八年 46歳 一「杜甫躁禰衡狂」 (五)
㉚1723 同年 一「狂心」
㉛1746 同年 二「狂花」

㉜1861	文政十年	48歳	一「清狂」	
㉝1870	同年			三「狂瀾」
㉞1972	同年		一「狂語」	
㉟1978	同年			三「狂瀾」
㊱1996	同年		一「狂喜」	
㊲2000	同年			三「狂瀾」
㊳2124	文政十一年	49歳	一「狂字」	
㊴2438	天保元年	51歳	二「狂浪」	
㊵2455	同年		一「狂墨」	
㊶2620	年代未詳		一「狂生」	
㊷2728	文政十一年	49歳		三「狂瀾」
㊸2741	同年			四「狂童」（北条高時）

（2）　文政十年1976「阿彌陀驛址。備後守兒嶋範長死義之處也。」（七古十四句、『遺』巻一）、文政十二年2223「播備之際懷古」、天保元年2414「舍舟上陸。過兒隝。有懷備後三郎。」（『遺』巻五）

齋藤拙堂と「狂」

直井　文子

齋藤拙堂（一七九七～一八六五）は江戸後期に伊勢の津藩藩儒となり、漢文の詩文評『拙堂文話』で有名である。一方、二〇〇八年秋、その玄孫・正和氏により影印版が上梓された『月瀬紀勝／拙堂紀行文詩』は、拙堂の得意とするもう一つの分野の代表作である。従来は、その漢文作者としての面を重視されていたが、近年彼の詩集も刊行され、その交友範囲の広さと共に、文人としての側面に、更に注目されるべき人物と言える。

意外な作品数

伊勢の齋藤拙堂と言えば『拙堂文話』や紀行文で名高く、その漢詩についてはあまり知られていない。拙堂の玄孫の齋藤正和氏は家蔵の稿本や刊本を基に、『拙堂詩集』を一九九〇年に印刷された。それに先立って杉野茂氏は『齋藤拙堂詩選』を、三重縣良書出版會より一九八九年に上梓された。呉鴻春輯校・齋藤正和発行で二〇〇一年十月に汲古書院より刊行された『鐵研齋詩存』は、拙堂の詩のほぼ全作品を集めた、画期的なものである。筆者の付した通し番号で、一一九四首収録されている。

筆者は別稿〔頼山陽の真「狂」〕に於いて、江戸後期の歴史家・文人として知られる頼山陽の詩に於ける「狂」字の使用について、考察を行った。本稿は、頼山陽と忘年の交わりを結んだ齋藤拙堂の詩中での「狂」字の用い方を手掛かりに、彼の「狂」字への意識について考察を試みるものである。

前掲『鐵研齋詩存』収載の作品で、題名や詩の本文に「狂」字を使用しているものは、全部で二十七首見いだせる。一文字単独で用いた場合と、熟語の一部として用いた場合とがある。その「狂」が形容している対象を分類してみると、次のようになる。丸で囲んだ番号①～㉗は、後掲の表中と同じく、『鐵研齋詩存』中の「狂」字使用作品の収載順の番号である。その後のアラビア数字は、同書には無いが筆者が付した、同書収載作品の通し番号である。

一　自然現象や動植物七首　①77、⑥202、⑨317、⑩321、⑪322、⑮507、㉓1051
二　自身（や自身を含めた人々）の言動十一首　②120、③131 自身、⑤191、⑫431 自身、⑬474 自身、⑭491、⑯600、⑰618、⑲709 自身、㉑993、㉒1008
三　他人五首　④161、⑳984、㉔1057、㉕1063、㉖1072
四　正当な王朝への反乱（すべて「狂瀾」）三首　⑦214、⑱687、㉗1110
五　人工の産物について一首　⑧236

頼山陽の場合とほぼ同じく、全詩作品中の「狂」字使用は2パーセント程度で、その内半数近くが自己の言動を指している。これは、中国の詩人達が、その詩作品中に「狂」字を用いた例と比べると、多いと言える（別稿参照）。一見して判るのは、「狂瀾」の語が一貫して同じ意味に用いられていることである。これは唐の韓愈の「進学解」（『韓昌黎文集』巻十二）という文章にある言葉で、儒教以外の教えによって世の中が乱れている様を、荒れ狂う大波に譬えている。頼山陽は「戦乱に関わる人やもの」を「狂瀾」の語で形容したが、拙堂は、分類四のように、正当な王朝に敵対する勢力として用いている。一例を挙げる。

⑦214「癸巳九月、西游經金剛山下、憶楠公偉烈而賦」

癸巳九月、西游して金剛山下を經、楠公の偉烈を憶ひて賦す

鬱然積翠插層穹　　鬱然たる積翠　層穹に插む
維嶽降神命世雄　　維の嶽　神を降ろす　命世の雄
身障狂瀾靖王甸　　身は狂瀾を障り王甸を靖んず
手麾頽日復中空　　手は頽日を麾き中空に復す
東魚送死餒西鳥　　東魚　死を送り西鳥を餒《あざ》れしむ
南木無枝撼北風　　南木　枝無く北風を撼《ゆる》がす
一片孤城堅似鐵　　一片の孤城　堅きこと鐵に似て
留遺孫子護行宮　　孫子を留め遺し行宮を護る

この七律は天保四年（一八三三）、拙堂が数え年三十七歳の時に作られた。「狂瀾」は、楠正成の対抗勢力、つまり後醍醐天皇に敵対するものとして使われている。楠正成が身を呈して戦い、建武の中興に貢献したことを、『淮南子』覧冥訓にある、楚の魯陽公が韓との戦いで戈を振るい、沈もうとする太陽を招き返した故事に譬えて称賛している。

また、これら「狂」字使用二十七例を、作者にとって「好ましい狂」（A）と「好ましからざる狂」（B）とに分けてみると、以下のようになる。

（A）②120、③131、⑫431、⑭491、⑯600、⑲709、㉑993、㉕1063、㉖1072

（B）①77、④161、⑤191、⑥2002、⑦214、⑧236、⑨317、⑩321、⑪322、⑬474、⑮507、⑰618、⑱687、⑳984、㉒1008、㉓1056、㉔1057、㉗1110、㉖1072（AB両方を含む）

圧倒的に「好ましくないもの」の例が多い。中国で『論語』以来伝統的に「狂」がむしろ肯定的に扱われてきたこ

とに対し、それを知らないはずのない拙堂が、「狂」字を否定的イメージで使用していることは面白い。

好ましからざるもの

拙堂は若い時には詩の創作にあまり力を入れなかったと自ら詩稿の冒頭に記しており、現存する作品は、文政三年（一八二〇）、二十四歳で江戸から津に移って以降のものである（『鐵研齋存稿』）。

彼の詩で「狂」が初めて登場するのは、文政十年（一八二七）、三十一歳の時の作品である。

①77　將適芳野、宿泊瀬旅館
　　　將に芳野に適かんとし、泊瀬の旅館に宿す

客夢朦朧幾度驚　　客夢　朦朧　幾度か驚く
溪流咽石夜悲鳴　　溪流の咽石　夜　悲鳴す
枕邊自笑思花切　　枕邊　自ら笑ふ　花を思ふこと切なるを
疑作狂風吹雨聲　　疑ふらくは狂風　雨を吹くの聲を作すかと

この七絶の「狂風」は、花を散らす恐れのあるものとして否定的にとらえられている。花などの風流を「切に」追い求めることも中国の伝統的な「狂」の一つの在り方であるが、それを妨げるものを、拙堂は「狂」と形容している。

次の作はどうであろうか。

④161　庚寅仲夏同賴山陽飲三條柏葉亭
　　　庚寅仲夏、賴山陽と同に三條柏葉亭に飲む

同來此相對　　同に來たりて此に相對す

憑檻一川涼　　檻に憑きて一川　涼し
粗得流觴趣　　粗ぼ得たり　流觴の趣
何容濯足狂　　何ぞ容れん　足を濯ふの狂
淀鱗當暑美　　淀鱗　暑の美に當たり
丹酒駐春香　　丹酒　春の香を駐む
別有清新味　　別に清新の味有り
論文夏日長　　文を論じて夏日長し

この五律は天保元年（一八三〇）三十四歳の作である。「濯足狂」は『楚辞』漁父篇で屈原に向かって漁父が歌う、

滄浪之水清兮　　滄浪の水清まば
可以濯吾纓　　以て吾が纓《えい》を濯ふべし
滄浪之水濁兮　　滄浪の水濁らば
可以濯吾足　　以て吾が足を濯ふべし

を踏まえている。漁父は世の中の清濁に身を合わせるように諭しており、中国古代の考え方から観れば、「足を濯わない」方が「狂」であり、その方が積極的に評価されるはずである。ところが拙堂は「足を濯う」ことを「狂」とし、世の中の濁りに自分を合わせる「狂」的な人物を、受け入れまいとしている。「狂」の字を否定的に使用してはいるが、俗世間を離れて「風流を求める」ゆき方を選んではいるのである。

頼山陽は、若い時に周囲から病気の「狂」であると看做され、その境遇と向き合いながら生きた。初めは自嘲の言葉として否定的に「狂」字を用いていたが、天保元年頃には肯定的に、自負を込めて使用するようになっている。こ

の時山陽が作った詩は、『頼山陽全書』（木崎好尚編、頼山陽遺蹟顕彰会、一九三一〜三二年）第四冊の『詩集』には見当たらないが、同年に「題鴨河夜景圖、爲拙堂／鴨河夜景図に題す、拙堂の為にす」という七絶があり、交歓の思い出を詠んでいる。「狂」字は使われていないが、歴史と文とについて存分に語り合った様子が窺える。当時の文人としての喜びを満喫している。

好ましきもの　その一

それでは拙堂の肯定する「狂」とはどのようなことであろうか。②120も③131もどちらも文政十二年（一八二九）、三十三歳の作品である。②は酷暑の一夜、杜甫の「雨」の詩（『九家集注杜詩』巻十三）などの数篇を仲間と読んでいたところ、「佳聲達中霄／佳聲中霄に達す」の句のところで突如雷雨が起こり、煩暑が一洗された、というもので、驚き喜んだ様を「起ちて狂舞」したと表現している。また③は、

③131 采蕈五首（第二）

觸巖披棘歩艱辛　　巖に觸れ棘を披き歩むこと艱辛
深入猶期先獲珍　　深く入りて猶ほ期す　先んじて珍しきを獲るを
忽遇松根兩莖秀　　忽ち松根　兩莖の秀でるに遇ひ
隔雲狂喚後行人　　雲を隔てて狂喚す　後行の人

という七絶で、キノコを発見し、喜び勇んで後ろの人を呼ぶ様を「狂喚」で表している。

また⑭491では、「自有煙霞迎客媚、何須花柳嗾人狂／自ずから煙霞の客を迎へて媚ぶる有り、何ぞ須《もち》ゐん、花柳の人を嗾《そそのか》して狂ならしむるを」と述べ、春霞に風流心をくすぐられるのは勿論のこと、花の為に「狂」となること

をも、当然として肯定している。

⑯600では、「爛酔狂歌撃唾壺、山中自與世間殊／爛酔狂歌　唾壺を撃つ、山中自ずから世間と殊なる」と述べ、山登りの壮遊を満喫し、酒宴で楽しむさまを、「狂歌」の語を使って表している。

㉑993では、「忽然高欄迸輝光、驚起捲簾喜欲狂／忽然高欄に輝光　迸《ほとばし》り、驚き起ちて簾を捲き喜びて狂ならんと欲す」と述べ、雲に覆われていた十三夜の月が、突然現れて喜ぶさまを、「狂」になるところであると表現している。

㉕1063では、「窮冬亦已作正月、酔舞酣歌人欲狂／窮冬も亦た已に正月と作し、酔舞酣歌　人　狂せんと欲す」と述べ、クジラを捕獲し、大漁に沸く漁民のさまを「狂」になりそうであると表現し、それを楽しげに眺めている、或いはその中に参加している作者を窺わせる。

このように、拙堂が肯定的に使っている「狂」の語は、ほとんどが強い喜びや楽しみを表すものである。

好ましきもの　その二

（A）好ましい狂の中で前章の例と異なるものが三首ある。

⑫431 夜坐柳下　　夜に柳下に坐す

浴後移床向柳陰　　浴後　床を移して柳陰に向かひ
貪涼不覺到宵深　　涼を貪り覺えず宵深きに到る
清狂莫笑裸裎臥　　清狂　笑ふなかれ　裸裎して臥すを
此處原須學展禽　　此の處　原より須らく展禽を學ぶべし

天保十四年（一八四三）、四十七歳の作である。拙堂はずっと藩校の職に携わってきたが、天保十二年（一八四一）

秋に四十五歳で津藩の郡奉行となった。そして三年目、公務繁忙の合間の一晩、柳の木の下に長床几を置き、裸で横になり涼を取る内に、深夜になってしまったらしい。結句の「展禽」は春秋時代の賢人で、柳下という土地に住んだことから「柳下恵（恵は謚）」と呼ばれた。『論語』衛霊公篇では、孔子も彼が賢であることを認めている。『孟子』公孫丑章句上では、「他人が隣で裸になろうとも、自分の身を汚されることはない。」という鷹揚さがあったと云う。柳の下ということでしゃれたのかも知れないが、拙堂は自分は「清狂」なのであるから、ここは柳下恵に倣って私の恥ずかしい様を笑わないで欲しい、と言うのである。

ここで拙堂は「清狂」の語を用いているが、これには（イ）「常軌を逸した人」（ロ）「狂人のように見えるが実はそうではない人」（ハ）「純粋さを保とうとする為に常軌を逸したように見える人」などの意味がある。単純に（イ）の意味であれば分類（B）のマイナスイメージとなるが、そうであるならば、「清」の字を付けて用いなくとも良いのであり、また（ハ）ほど確信的な行動ではないので、ここは（ロ）の意味であると考えられる。古典的な意味の「狂」としてこの字を使用した、数少ない例である。

次にこの語を用いるのは安政四年（一六五七）六十一歳の作である。

㉖1072月性上人來游半月餘將去、賦以贈之

月性上人來游すること半月餘にして將に去らんとす、賦して以て之に贈る

月性師　　　　　　月性師
以月爲性性眞如　　月を以て性と爲すに性眞如
以狂爲名名不虛　　狂を以て名と爲すに名　虛ならず
淸狂僧　　　　　　淸狂僧

狂而非狂憤流俗　狂にして狂に非ず　流俗を憤る
清乎清乎厭汚濁　清や清や　汚濁を厭ふ
吾道不同猶相謀　吾が道は同じからざるも猶ほ相謀り
撫時同抱杞天憂　時を撫して同に抱く　杞天の憂
生憎柳色催歸去　生憎　柳色　歸去を催す
春山寂寂與誰游　春山　寂寂として誰とか游せん
何時重酌山亭酒　何れの時か重ねて山亭に酒を酌し
與汝同銷滿懷愁　汝と同に銷さん　滿懷の愁

「清狂」は、この詩を贈った相手の月性上人の号である。彼については齋藤正和氏著『齋藤拙堂傳』(三重県良書出版会、一九九三年刊)二十四章「色即是空」に詳しいほか、「海防僧」として知られている。彼が自ら「清狂」を名乗ったことと彼の「狂」に対する考えの検討は別稿に譲り、ここは拙堂の考えを考察したい。この詩で「清狂」は前述の(ハ)の意味で使われているとしか思えないが、「狂」は、プラスイメージとマイナスイメージとの両方で使われている。『拙堂文集』(中内惇編、一八八〇年刊)巻三に「清狂艸堂圖卷序」の文があり、そちらでも「狂と謂ふべけんや」「狂にして顚ならず」と言う。つまり、拙堂の意識の中での「狂」とは、単独に普通使う際には「顚狂」に近く、「常軌を逸している」というイメージが強いのである。それが「清狂」として使われることにより、またそのように意識することにより、中国古代的な、プラスイメージとして再認識されるのである。

好ましきもの　その三

（A）好ましい「狂」の残る一例は、嘉永四年（一八五一）五十五歳での七律である。

⑲709 草堂成、名曰棲碧山房、次老杜『堂成』韻

草堂成り、名づけて棲碧山房と曰ふ、老杜の『堂成る』の韻に次す

苦辛纔就一衡茅　　苦辛　纔かに就《な》る一衡茅《かうぼう》
地勢亢然俯緑郊　　地勢　亢然《かうぜん》として緑郊に俯す
門戸斜開層壁下　　門戸　斜に開く　層壁の下
軒窗高出老松梢　　軒窗《けんさう》　高く出づ　老松の梢
遠朋過訪迷新徑　　遠朋　過り訪ふに新徑に迷ふも
暮鳥歸來認舊巢　　暮鳥　歸り來たるに舊巢を認む
祇恐身貽林澗愧　　祇《た》だ恐る　身の林澗に愧を貽《のこ》すを
疏狂豈顧世人嘲　　疏狂　豈に顧みん　世人の嘲

天保十四年（一八四三）に郡奉行から藩校へ呼び戻され、翌弘化元年（一八四四）四十八歳で拙堂は督学となった。その後順調に津藩の文武の学政を統べ、そろそろ隠居生活の為にと、郊外に山荘を建てた頃で、自身が詩稿に題した「習隠」の時期に入ったことになる。

山荘の様子を述べ、遠方からの朋友は迷うかもしれないが、暮れ方に帰ってくる鳥たちは、もとの巣が分かるであろう、という。尾聯は、自分の身が林澗に恥を残すことになることのみを怖れ、粗忽で常軌を逸している自分は、世間の嘲笑などは気にしない、と結ぶ。「疏狂」は白居易の「代書詩一百韻寄微之詩／代書詩一百韻をば微之に寄する

り方である。

詩」にある語である。また同じ白居易には、「送王十八帰山／王十八の山に帰るを送る」詩で「林間煖酒焼紅葉／林間に酒を煖めて紅葉を焼く」というなど、風流を愛する表現も多い。拙堂は、世間的な常識からはずれることは気にしないが、この隠棲にふさわしい幽境に、恥ずかしい言動はしたくないと言う。これはまさしく古代的な「狂」の在り方である。

他に一例、(B)に分類したが「疏狂」の語を使用した作がある。⑲に先立つこと二年、嘉永二年（一八四九）五十三歳で、既に督学の地位にあり、藩侯の猟に随従した際の詩である⑰618「従獵詩」で、八十八句の長い四言古詩である。その中で「老臣過慮、發言疏狂」と述べている。老いた自分はいろいろ考えすぎて、発言がそそっかしくておかしいですが……」という謙遜の辞である。しかし古代的な意味を込めているとすれば、「常軌を逸しているように見えても、真意を読み取ってくださいね」ということになる。

同様に謙辞としては、安政三年（一八五六）の㉒1008「京尹龍野侯招飲、垂示詩稿、且談及海寇、辱下問、賦此以獻／京尹龍野侯招飲、詩稿を垂示せられ、且つ談海寇に及び、下問を辱くす、此を賦して以て獻ず」の七律の首聯で、「潭潭府裏遇招延、聽受狂言膝數前／潭潭たる府裏に遇たま招延し、狂言を聽き受けて膝數しば前む」と述べている。当時の京都所司代であった脇坂公の招きを受け、宴の中で近海のトラブルに関する質問に、自身の海防策を披露したのであろう。その自分の言葉を「狂言」と謙遜している。「狂言」も中国古典では「狂夫の言」という言い方や書があるように、謙辞でありながら、自身の主張を込めた意味で使われることが多い。当然拙堂も、そのことを意識しているであろう。

同じ語を複数の作品で使用している他の例としては、残りはネガティヴな語となるが、前述した「狂瀾」の外に、「猖狂」がある。天保四年（一八三三）三十七歳での七絶⑥202「桑名侯大冢別墅看花（二首其一）」では、「無情舞馬太猖狂」と述べ、馬が落ち着かずにあばれ出そうとする様を形容している。また安政三年（一八五六）六十歳での⑳984「僧月性憤外夷猖狂、慷慨論兵、緇徒中有此差強人意、賦此爲贈／僧月性外夷の猖狂なるを憤り、慷慨して兵を論ず、緇徒《しと》中に此有り差《や》や人意を強くす、此を賦して爲に贈る」では、この題名中に、外国人が荒々しく開国を迫ってくる様を「猖狂」と表現している。

この外は「狂」字を単独で用いるか、熟語にしても一作品のみで使用しているかである。本稿末尾に一覧表を付す。

終わりに

以上に見てきたように、拙堂の詩に於いては、「狂」字を中国古典的な意味で使うよりも、今日の日本で使われているような意味で使用している方が多かった。拙堂の詩以外の作品、例えば『海外異傳』の中でも、山田長政（拙堂は「長正」としている）を「狂」と表現するなどの例がある。津藩藩儒となり儒学者としての立場を守った拙堂が、市井の文人らしく生きた賴山陽よりも、儒教の伝統に沿わないような使い方をしているところが興味深い。山陽と拙堂とでは十七歳年齢が離れ、幾らか世代のズレがある。更に月性上人は拙堂より二十歳年下であり、三人の年代の相違と、文壇の傾向と、社会的背景を考察してゆくのが今後の課題である。筆者は前掲の拙稿で、幕末から明治にかけて自称「狂」大流行りの様相を呈している旨を述べたが、その「狂」の意識には個人差がある。

拙堂の場合は、年齢による変化は、あまり見られず、『論語』的な「狂」の意味ではあまり用いなかったが、唐代の「狂夫（浮かれ男）」のような、風流を求める方向で、ポジティヴに使おうとしたとも言える。ネガティヴな使用例の中でも、「無粋な狂」を非難しているものが多い。この『論語』的意志のある「狂」よりも、花鳥風月を追い脱俗を求めて「狂」となる姿に、拙堂の、儒者としてよりも江戸の文人らしい生き方が垣間見えるのである。

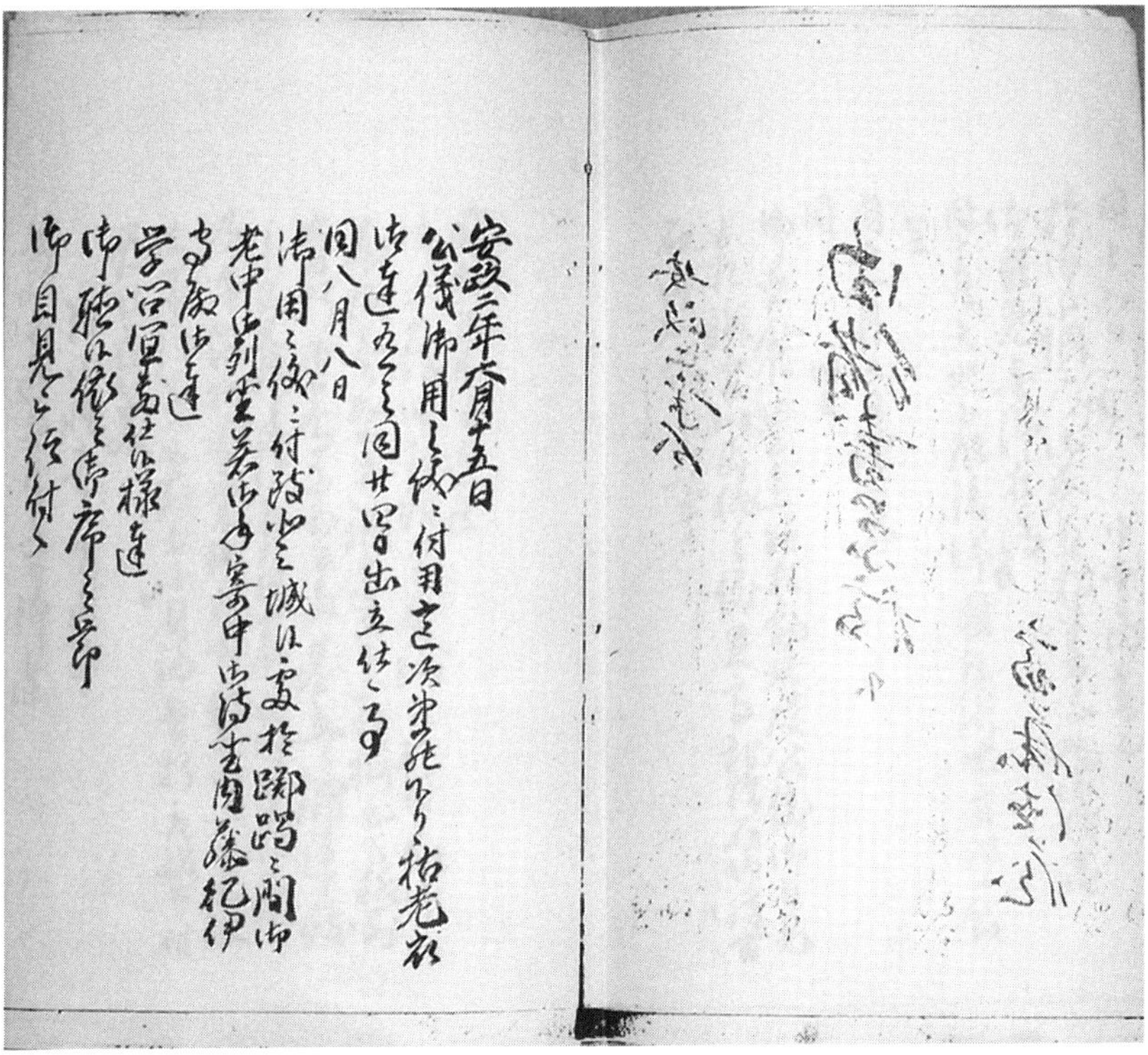

筆者が齋藤正和氏より戴いた、拙堂自筆の覚書の複写である。右側は表の「安政二年分　由緒書草稿　下　齋藤德藏」の文字が裏返しに透けて見える。左側は安政二年六月十五日、幕府の命が下り、将軍家定への拝謁の為、江戸へ赴いた時の記録である。

番号	作品通し番号（所載頁）	題	詩形	創作時期	行年	語句
①	77（9）	将適芳野、宿泊瀬旅館	七絶	文政十年（一八二七）	31	狂風
②	120（30）	六月念二夜、熱殊甚、適平松子愿至、同讀少陵集、得雨詩數篇、至日「佳聲達中霄」、雷雨大作、煩暑爲之一洗、可謂奇矣、詩以志喜	五古24句	文政十二年（一八二九）	33	狂舞
③	131（33）	采蕈五首（其二）	七絶	同年		狂喚
④	161（39）	庚寅仲夏同賴山陽飲三條柏葉亭	五律	天保元年（一八三〇）	34	濯足狂
⑤	191（46）	門田堯佐宅中元賞月（二首の第二）	七絶	天保三年（一八三二）	36	使人狂
⑥	202（50）	桑名侯大冢別墅看花（二首其一）	七絶	天保四年（一八三三）	37	猖狂
⑦	214（53）	癸巳九月、西游經金剛山下、憶楠公偉烈而賦	七律	同年		狂瀾
⑧	236（58）	上元夜荒木子恭宅集、分韻（二首の第二）	七絶	天保五年（一八三四）	38	顚狂
⑨	317（78）	江戸客中書感	五律	天保七年（一八三六）	40	狂鼠
⑩	321（79）	七月十八日、江門大風雨書事	七律	同年		狂怒
⑪	322（79）	記時異	七律	同年		風狂
⑫	431（103）	夜坐柳下	七絶	天保十四年（一八四三）郡奉行	47	清狂
⑬	474（112）	買菊	七絶	弘化二年（一八四五）督学	49	狂奴
⑭	491（116）	城東早春	七律	弘化四年（一八四七）	51	嗾人狂
⑮	507（119）	書中乾胡蝶	七律	同年		狂飛戲舞

⑯	600（137）	四月十日與諸子游善應寺山、山在久居城西、春江翁父子爲東道、供具相邀、翁有詩見示、次韻紀壯游（八首の第七）	七絶	嘉永二年（一八四九）	53	狂歌
⑰	618（141）	從獵詩	四古88句	同年		疏狂
⑱	687（155）	蘭亭修禊圖	七古22句	嘉永四年（一八五一）	55	狂瀾
⑲	709（162）	草堂成、名曰棲碧山房次老杜『堂成』韻	七律	同年晩秋習隱		疏狂
⑳	984（225）	僧月性憤外夷猖狂、慷慨論兵、緇徒中有此差強人意、賦此爲贈	七絶	安政三年（一八五六）半隱『渫泉餘草』	60	猖狂
㉑	993（229）	十三夜、滴翠生邀余及井上、小川兩生飲於水明樓	七古24句	同右		喜欲狂
㉒	1008（234）	京尹龍野侯招飲、垂示詩稿、且談及海寇、辱下問、賦此以獻	七律	同右		狂言
㉓	1051（251）	橋柱浦	七古12句	万延元年（一八六〇）『南游志附録』	64	瀾狂
㉔	1057（253）	題徐福祠	七律	同右		狂秦
㉕	1063（255）	熊野道中雜詩（七首の第五）	七絶	同右		人欲狂
㉖	1072（258）	月性上人來游半月餘將去、賦以贈之	雜言体12句	安政四年（一六五七）	61	狂・清狂
㉗	1110（265）	前出師歌	七古16句	年月不明		狂瀾

☆本稿の初出は『東京成徳大学人文学部研究紀要』第十五号（二〇〇八年）

「日常」にひそむ「異常」
――施蟄存の「怪奇幻想小説」

西野　由希子

施蟄存（一九〇五―二〇〇三）は、一九三〇年代、雑誌『現代』の編集者として活躍する一方、短編小説や散文などの創作を続け、戴望舒、杜衡、穆時英らとともに「中国新感覚派」、「現代派」と呼ばれた作家である。人間の内面心理を描き出そうとしたことから、「〝心理主義〟文学」と言われることもあり、本人も自らその表現を使っている。(1)

一九八〇年代になって、施蟄存らの作品が再び読まれ、研究される契機をつくった厳家炎は、「中国新感覚派」の創作の特徴の一つとして「潜在意識、深層心理、日常生活の中の微妙な心理、変態心理を表現しようとしたところに新感覚派の重要な特色があり、同時にこの面でかなりの成果を収めた」(2)と指摘したが、これはとりわけ施蟄存の作品に顕著に見られる。また、「感覚」を重視した文学上の表現描写、たとえば視覚的表現や聴覚的な表現を巧みに用いたという点では穆時英がその筆頭に挙げられるだろうが、施蟄存の作品では「幻覚」や「妄想」といった一種、異常な感覚や精神状態が多く描かれているのが特徴である。

本稿では、施蟄存の「〝心理主義〟小説」、中でも「怪奇幻想小説」として分類できる一連の作品の分析を通して、彼が描こうとした「異常」について検討する。そして、魯迅が「狂人日記」において示した「狂人」や「狂気」の位置づけと比較しながら、施蟄存作品の「異常」と「正常」を図式化し、一九三〇年代の「狂」の表現の一つとして考えてみたい。

心の動きへの関心——「周夫人」

施蟄存は一九〇五年、浙江省杭州に生まれた。本名施青萍、蟄存は字である。施家は代々読書人の家柄であったが、裕福ではなく、父は両親を早く亡くしたため、教師をして生計をたてた。後、松江（現在は上海市の一部）に移って工場を経営した。蟄存はここで成長し、江蘇省立第三中学に進む。この中学時代に彼は古典詩を書き始め、『民国日報』副刊「覚悟」などに投稿するようになる。(3) 古典詩の創作といった形で文学に目覚めていく一方、新文学の主張に触れ、『小説月報』を読むようになった施蟄存は、そこで読んだロシアのエレンブルグの小説などに興味を持ち、小説も書き始める。またこの頃に、後にそれぞれ詩人・作家・批評家として名を成した戴夢鷗（戴望舒）、戴克崇（杜衡）、張元定（張天翼）、葉為耽（葉秋原）らと知り合った。望舒は蟄存と同い年、張天翼が一つ、杜衡は二つ年下で、彼らは杭州宗文中学の同窓生であった。やがて、親しくなった戴望舒、杜衡と震旦大学でともに学ぶことにし、三人で上海に部屋を借りて共同生活を始める。望舒が強く希望していたフランス留学の準備をしながら、同人誌『瓔珞』を発行し、文学の研鑽に励む。一九二六年四月に刊行された『瓔珞』四期には、後に小説集『上元燈』に収められた「上元燈」と「周夫人」が掲載された。(4) この二作は施蟄存の小説家としてのスタートとなった作品であり、特に「周夫人」では人間の心の奥にひそむ思いや「幻覚」(5) を描こうとしているところが注目される。

「周夫人」は中年の男性が少年時代を回想するという形式で書かれている。ある日、十二歳の少年は連れられて周家へ行き、年若い未亡人に遊んでもらう。「顔を上げると、彼女がほほ笑んで僕を見つめていた。」奥さまは少年を見ているうちに亡くなった夫を思い出し、少年が夫に似ている気がし始める。「しばらくしてふりむくと、奥さまはまだぼうっと僕を見つめていた。」「突然僕は彼女の両腕に抱きしめられた。そのまま彼女はベッドに腰かけ、僕の上半身は彼女の胸に寄りかかった。」奥さまはこのことは人に言わないと約束させ、またぜひ遊びに来るように、毎日いらっしゃい、と言う。しかし少年が訪ねることもないまま、周夫人は他所に越して行った。今、中年になって、あのときの彼女の心情を思い起こす。

以上が作品のあらすじである。物語は枠構造になっており、全体の語り手は中年の男であるが、彼が回想をはじめ、少年時代のできごとについて話される部分は少年の視点で説明される。自分を見つめる奥さまの視線や、突然抱きしめられたときの様子が普通ではないことを少年も感じているが、大人のような理解はしていない。読者は、中年の語り手と少年の二つの視覚を同時に獲得しながら、場面の意味を読むことになる。ていねいに描写される奥さまの表情や目の動き、わずかな動作などから、彼女の心の揺れ、視線や動作に表れた心の奥の思いが理解される。中年になった語り手――それは作者自身とも言えるが――が同情的なので、奥さまの置かれていた状況とそのさびしい日常を想像した読者は、彼女の不意の行動に対して、憐れみや哀しささえ覚えるかもしれない。

一九二八年頃までに書いた作品について、施蟄存自身は後に「この時期までに私が書いた作品は、ほとんど全て習作であり、模倣品である(6)」と述べている。確かに初期の作品には施蟄存が参考にし、「手本」とした海外の作家や作品の影響が強く見られる。はじめと終わりに現在の語り手が登場し、回想として主人公の若いころの物語が語られる、「周夫人」の形式は、ドイツの作家シュトルムの「みずうみ(7)」から学んだもので、「みずうみ」では語り手の老人が若き日の実らなかった恋を回想する。しかし、「みずうみ」と「周夫人」とは、単に物語の内容が異なるだけではない。「みずうみ」は詩的な抒情性を帯び、失った恋と青春時代への哀愁に満ちているが、施蟄存は「周夫人」でそういった人生への哀惜とは別のモティーフを描こうとしていて、そこに施蟄存の作家としての個性と関心が現れている。以下の二点を指摘したい。

第一には、施蟄存が、人間の心理状態、その中でもとりわけ「幻覚」「錯覚」を描いていることだ。奥さまは少年に亡き夫の写真を見せ、「あなたと似ているでしょう」と聞く。じっと見つめる視線の描写からも少年に夫を重ねようとしていることが伝わってくる。少年は「少しも似ていないと思った」と書かれているが、本当は似ていたのか、似ていなかったのかと読者は考えるだろう。ここには人が思いこみに陥るときの状況が描かれている。似ていると思いたいと似ているような気がし、似ているような気がしはじめると、どんどんその思いにとらわれる。この作品ではそのような奥さまの心の動きがリアルに表現されていることが一つのポイントになっている。

もう一点は、この作品のクライマックス、奥さまが少年の手をとって階段を二階にのぼって行くときにすでに予感のような夫を亡くした奥さまの状況が説明されているし、少年を抱きしめる場面である。少年にとっては突然のことだが、うなものを感じさせるためか、あまり不自然には感じられないように書かれている。奥さまにとってそれは亡き夫を恋しく思う気持ち、夫を亡くしたあとのさびしさとともに、恐らくは心に深く抑えて来た性的な衝動が瞬間的に現れた行動と言える。(8)「日常」の中で、人が理性を持って普通に行動しているときには起こらないという意味で、「異常な」できごとだったと言うこともできるだろう。

施蟄存はこの後の作品の中でも、「日常」の中で起きる「異常」な瞬間や「異常」なできごとを書いていく。そしてそれは施蟄存小説の重要なモティーフとなっていく。

「雨」の中の「異常」なできごと――「梅雨の夕べ」

「梅雨の夕べ(梅雨之夕)」(9)は会社帰りの「私」が、降りしきる雨の中、電車を下りた若い女性が傘を持たずに困っているのを見て、傘に入れてあげ、しばらく道を共にする話である。物語は、雨の中を歩くのが好きだという主人公の語りで進む。いわゆる「内的独白」の手法が使われており、あれこれととりとめなく綴られる想い、降る雨の描写、街の光景に独特の雰囲気がある。
「周夫人」を書いたときの施蟄存は、文学仲間と互いに切磋琢磨し、欧米の作品を読んだり、翻訳したりはしていたが、海外の文学理論、さまざまな創作手法について十分に通じていたわけではない。彼がフロイトの精神分析理論に初めて接したのは、劉吶鷗が日本から大量の文学理論や作品を持ちこんだ一九二八年の夏のことである。劉は自分よりやや年下の文学仲間である施蟄存たちに、当時、日本で流行していた文学理論を紹介したが、その中にフロイトの性心理文芸分析もはいっていたと施蟄存は回想している。「周夫人」執筆のときと違い、この後の施蟄存は、意識的にフロイト理論を小説創作に取り入れようとする。「心理」を描くことについて、施蟄存は中国の現代文学において先駆けのような存在となり、それに刺激され、あるいは影響された作品が他の作家たちによって生み出されて行くことになる。

そのほかに、当時の日本の文壇の新しい傾向の作品、横光利一や川端康成、谷崎潤一郎らの小説もあったし、文学史や文芸理論の方面では、未来主義・表現主義・超現実主義《シュールレアリスム》に関するものと、史的唯物論の観点を用いた文芸論著、文芸ニュースがあった。(10)

「梅雨の夕べ」にはこれらの新しい理論、作品の影響を受けて、施蟄存が試みたと思われる表現手法がいくつも数えあげられる。たとえば、以下のように語り手が心の中に浮かぶ思いを次々と語っていく表現は「意識の流れ」の手法を応用したものと言える。

ちょっとやめば、彼女もきっと歩いて帰れる。たとえやまなくても、人力車が一台くらいは来るだろう。彼女はきっとけっこうな値段でもかまわず乗って行くだろう。だったら、私は歩いて行くべきなのか。歩いて行くべきだ。どうしてそうしないんだ……

また、「周夫人」にも見られた「幻覚」のような状況や、「妄想」と呼ぶのがふさわしいような強い思いこみも描かれる。相合傘で歩く自分たち二人を道端の店の中の人たちがみな仕事をやめて見ていると思ったり、道の反対側からこちらを見ている女を妻だと思ったりする。

そして、語り手は隣を歩く女性のことを自分の初恋の女性その人ではないかと思いはじめる。「でもこのひとはどうしてこんなにあの子にそっくりなのだろう。容姿にまだ十四才の時の面影が残っている。まさかあの子本人ということはないだろう。でも彼女が上海に来ていてもおかしくない。あの子だ。世の中にこれほど完全に同じ容貌の人がいるはずないじゃないか。彼女は私だとわかったのかどうか……聞いてみなくてはいけない。」そのように、語り手は考えたことを語っていくが、その思いこみは、だんだんと読者に普通ではないように感じさせる。名前を尋ね、「劉です」と相手が初恋の人と違う苗字を答えると、「劉だって。きっとうそだ。」と思う。しかしもうしばらく歩いたころ、突然に、違う、と気がつく。彼女は自分とは関わりがない女性だ。そうはっきり気がつくと、彼女の顔に初恋の人の面影をみつけることはできなくなり、唇が気に入らない、厚すぎるなどと思うのである。

施蟄存はこの作品でも、人間の内面心理、心の奥で思っていることを書き出そうとしている。それが心の中でとどまっている間は、「異常」とは言えないし、むしろごく普通のことと言った方がよいかも知れない。いろいろなものごとについてあれこれと考えをめぐらすのは、自然なことであり、それが楽しいという場合もある。作品の前半で男が雨について、街の様子や人々について、さまざまな思いを語っている部分には異常さを感じさせるものはない。しかし中盤、女性を傘に誘ってからのくだりは、明らかにおかしい、普通ではないと感じさせる展開となり、それがこのあとこの二人はどうなるのだろう、彼女は本当は何者なのだろうか、と読者を惹きつけていく要因にもなっている。作品に入りこんだ読者ならば、「周夫人」のときと同様、彼女は本当に彼の初恋の人に似ているのか、まさか本当にその人なのか、と男とともに心を揺らし、続きを読むことになるだろう。だが、女性について男は自ら、思いこみがまちがいであったことに気づく。そこでその件は解決し、「妄想」は消滅する。だが作品にはもう一つの思いこみが組み込まれていて、それが結末の「落ち」へとつながる。それは、妻の存在である。

電車を下りた女性を見たときから、男は妻について何度も言及する。雨宿りする彼女の様子を気にしながら「妻とも関係なかった。その時の私は自分には妻がいるということさえ全く考えていなかった。」と言い、いぶかしげに相手に見られると「若い女性に見つめられてどぎまぎするなど、結婚してこの方ほとんどなかった」と思う。そして「おいやでなかったら送らせてください」と思いきって声をかけ、二人並んで歩き始めると、「ここ数年、妻以外にこんな経験はなかった。」と心でつぶやく。

しかし、彼女が初恋の人ではないかと思い始めた後、

ふと道の傍らを見ると、女性が一人、一軒の店のカウンターにもたれかかっている。暗いまなざしは、私を見ているのかもしれないし、彼女を見ているのかも知れない。突然、それは妻ではないかという気がした。妻がなぜここにいるのだろう。変だ。

ここにもう一つの「幻覚」が生じている。女性が初恋の人とは別人だと気づくのも、吹いてきた風によって彼女の化粧品の香りがし、妻がつけているのと同じ香りだとわかった瞬間である。

妻との物語は、最後に急展開を見せる。彼女と別れ、人力車に乗って帰宅し、ドアをたたく。

「どなた」

それは、相合傘で送って行った女性の声だった。不思議だ、彼女がなぜ私の家にいるのか。……ドアが開いた。部屋の灯りは明るく、光を背にして半分開いた玄関のドアのところに立っていたのは、あの女性ではなかった。ぼんやりとした中で、カウンターにもたれかかり、一緒に歩いていた私と彼女を嫉妬の目で見ていた女だということがわかった。ぼうっとして中に入った。不思議なことに、灯りの下でなぜか妻の顔にもうあの女の幻影を見出すことはできなかった。

この部分によって作品には「怪奇幻想小説」の雰囲気が漂うことになる。カウンターにもたれて見ていた女性は妻だったのか。彼女と妻は同じ化粧品の香りがし、同じ声だったと書かれるが、それは嗅覚や聴覚における「幻覚」だったのか。読者は迷わされる。彼女は本当に存在したのか、彼女と歩いたことがそもそも降りしきる雨の中の「幻覚」、「幻想」のできごとではないのか。ふだんはごく平凡な勤め人である主人公が、自分の「妄想」の世界を語った物語なのか、それともごく短い時間、不思議な世界に紛れ込んだのだろうか。

「梅雨の夕べ」はそのような解けない謎を読者に与える。これもまた、普通の男が体験した「異常」なできごとの物語と言えなくもない。だが、「周夫人」と同じく、読後感は恐らく悪くない。物語の背景で雨が降り続けているため、雨の日の夕暮れどきならばもしかしたらこういうことが起きるかも、と思わせられるからかもしれないし、最後に、少しほほえましい落ちがつけられているからかもしれない。どうしてこんなに遅かったのかと妻に聞かれた男は、友だちとばったり会って珈琲館に入り、甘いものを食べた、とうそをつく。「自分のこのうそを証明するために、私は夕食をほんの少ししか食べなかった。」この一言が、この話を「異常」な世界から「日常」に引き戻し、この程度ですんでよかったと読者をほっとさせるのである。

怪奇を描く――「魔道」

「梅雨の夕べ」とほぼ同時期に、施蟄存は故事に題材を取った歴史小説を書く。登場人物の心理を扱っている点では「〝心理主義〟小説」の範疇にはいるが、「鳩摩羅什《くまらじゅう》」、「将軍の首（将軍的頭）」[11]は特に怪奇色の濃い作品である。「鳩摩羅什」の主人公鳩摩羅什は、『晋書』や『梁高僧伝』に記述が残る、実在の高僧である。彼は妻を持ち、肉食飲酒もしたが、経典を極めていて、針を飲んでも平気でいるような奇蹟を見せたので、人々は彼を尊敬した。死後、火葬されたが舌だけが焼け残った、と言う。施蟄存はこの不思議な人物の伝記の中から素材を取捨し、妻との愛、女性への愛欲に焦点を絞って、性愛の心理と舌が焼け残る不気味さをより増幅させて描き出している。

「将軍の首」もグロテスクな結末の小説である。物語の終盤、主人公の将軍は戦いの中で敵であるトルファン人の将と相打ちになり、互いに相手の首を打ち落とす。将軍の身体はトルファン人の首を持って、愛する娘のところへたどり着くが、女に笑われて地に倒れる。その時、将軍の手に握られたトルファン人の首は笑い、離れた場所でトルファン人の手に提げられた将軍の首は涙を流す。胴体と離れてもなお笑い、泣く首は強い印象を残すが、この創作に影響を与えたものとして、魯迅の小説「鋳剣」で描かれた首や、ヨーロッパの世紀末芸術における死体やエロスのイ

メージを指摘できる。(12)

施蟄存はほかにも「怪奇幻想小説」に分類できる作品を書いているが、それらには共通する特徴がある。第一には、作品中の「異常」なできごとは、登場人物の心理によって引き起こされていること。第二には「幻覚」、「錯覚」、「幻想」、「妄想」といった特殊な心理が描かれていること。そして第三に、物語では主人公のある瞬間の心の動きのために、本人さえ予期しなかったような「異常」なできごとが発生するが、それはほとんど作品の末尾に置かれ、読者の予想を超えた結末となって余韻を残すことである。ここで、施蟄存の「怪奇幻想小説」の代表作として、「魔の道(魔道)」(13)を取り上げてみたい。

「魔の道」の主人公は汽車で出かけるところである。上海で乗車し、四人掛けのコンパートメントに座ったとき彼以外には誰もいなかったはずなのに、気づくと、背が曲がり、顔に皺の寄った黒い服の老婆が向かいの席に座っていた。彼は相手を「魔女」ではないかと疑い、恐怖を抱く。汽車を降り、郊外にある友人・陳君の家に着いた後、雨の中で黒い服の女性の姿を目にし、先ほどの老婆ではないかと思うが、陳君は「だれもいないよ」と言う。その後も黒い服の女を目撃し、陳君の夫人についても妄想を抱く。翌日、上海に戻って、夜の街に出てからも奇怪なことは続き、「あなたじゃない」「気をつけて」と言う言葉を聞く。二十分後、深夜に帰宅した彼は電報を受け取った。それは自分の三歳の娘が亡くなった知らせで、テラスからは路地に消えて行く黒い服の老婆が見えたのだった。

先に挙げた施蟄存の「怪奇幻想小説」の特徴はこの作品にもほぼ当てはまるが、これを彼の「怪奇幻想小説」の代表作とするのは、物語の展開と描写の巧みさに因る。

この作品では、「幻覚」、「錯覚」、「幻想」、「妄想」が物語の主役となっている。登場する黒い服の老婆は主人公の心が生み出す幻影なのか、それとも娘の死を告げるために現れた「死神」のような存在であるのかははっきりしないし、どちらの解釈も可能であろうが、いずれにしても主人公の不安、恐怖、不吉な予感といった心理と結びついたものとして理解できる。陳君の家に着いたあと、老婆を見たと思う場面、友人の陳君は「雨の中で見まちがえたのだろう」と言い、二度目の目撃の際には陳君の夫人が窓ガラスについた黒い汚れのせいで見誤ったのだと言う。主人公は「神経衰弱」であることも示されているが、他人に見えない老婆の姿を何度も目撃することで次第に追い詰められていく心理、彼の恐怖感が増幅していくさまは、読者に伝わり、その緊張が高まって行って結末を迎える。「魔の道」では、結末部分で知らされる娘の死について、それが主人公によって引き起こされたということは言えないが、予想できない事態が突然に訪れる点で他の作品と共通する。また、街に消えていく老婆を目撃するという「落ち」は絶望や敗北感、そしてさらなる恐怖といった余韻を読者に与え、秀逸である。

また、この物語で重要な脇役となっているのは舞台装置である。汽車のコンパートメント、都市郊外の田園地帯に建てられた西洋風の館、上海のカフェといった場所が、ある種の「非日常」を演出し、雨、夜が普通でない「異常」な体験や感覚を助長する。色彩についても黒と白の対比にこだわっており、それによってモノトーンの印象を与え、作品全体の暗さや重さを強める効果も果たしている。

さらに、この作品は上海とその郊外が描かれていながら、ヨーロッパの雰囲気が濃く漂っており、同時代の読者には、外国の作家の作品のように感じられたのではないかと思われる。本文中には「the eternity」「Any one! Every one!」といった英文の表記がそのまま使われているし、主人公の語りにはカタコンベ、バイロンなど外国のものや人物が自然に出てくる。最も興味深いのは、汽車に持ち込んだ彼のトランクに、「The Romance of Sorcery」[14]、レ・ファニュの怪奇小説、「ペルシア宗教詩歌」、「性欲犯罪ファイル」、「英詩残珍」の5冊の本と「心理学雑誌」が入っていた、という箇所である。作者の施蟄存はこれらによって外国語に堪能である主人公の人物像とその好みを明らかにしているのだが、同時に施蟄存自身が「吸血鬼カーミラ」の作者で怪奇小説の名手、アイルランドホラーの父とも呼ばれるレ・ファニュ（一八一四―一八七三）や、この当時、やはり欧米で「怪人フー・マンチュー博士」のシリーズが人気であった作家サックス・ローマー（一八八三―一九五九）を知っており、この作品がそれらの影響を受けていることを読者に示していると見ることもできる。

すでに紹介したように、施蟄存はヨーロッパの作品、フロイトの心理分析理論などに触れながら作家としての腕を磨いており、とりわけシュニッツラーやホフマンスタール等ウィーン世紀末文学の作家から大きな影響を受けた。「意識の流れ」の手法を取り入れるなど、人間の心理をどう描き出すか、表現の工夫にも挑戦している。そのような心理の描写の中でも彼が特に関心を持っていたのは「日常」における普通の心理状態ではなく「異常」な心理であり、日常生活の中に現れる「非日常」あるいは「異常」だったと考えられる。それは施蟄存という作家個人の嗜好でもあっただろうが、彼が小説を書いた一九三〇年代前半の上海の社会状況とそこで生活する人々の心理状態を描写しよう、反映させようとした結果でもあったはずである。

「異常」と「正常」の境界

一九一八年、魯迅の「狂人日記」が発表され、中国の新文学、すなわち口語文による現代文学の創作が始まる。(15)「狂人」の「日記」という形式を取ったこの作品についてはこれまで多くの研究者がさまざまな角度から論じてきた。その際、取り上げられる問題の一つに、「狂人」とされる書き手は「日記」を書いていたときにどのような状態であったのかということがある。魯迅及び「狂人日記」の解読のためには、他の多くの問題とともに詳細な分析を行い検討すべきことであるが、以下には施蟄存の描く「異常」との比較のために、問題を「狂」にしぼり、「日記」の書き手はなんらかの「病」としての「狂」あるいは「狂気」を抱えていたと考えるか、それともそうではなかったと考えるか、という点について言及したい。(16)

文語文で書かれ、冒頭に置かれた「前文」には、病気は「被害妄想狂」の類であることを知った、と書かれている。その言葉どおり、「被害妄想狂」、あるいは病名は別のであるかもしれないが、「病」であったと考える場合、本人は「すでに全快し」と述べられている部分についても、基本的には「病」が治癒したと読むことになるだろう。「病」による狂人の状態から「全快」した健康な状態に変化、回復したことになる。

そうではなかった、と考えるとすれば、この作品はフーコーが述べたように「社会が狂であるときは正常な人が狂人とされる」という状況を描き出していると読むことができる。「社会が作り出す狂気」という特別な意味において、書き手は「狂」であり「狂人」であるということになる。そしてこの場合に「本人は全快」したというのは、「正常」であったけれども社会からは「狂」とされていた人が「狂である社会」に戻って行ったことになり、「正常」な人でなくなったとも言える。

「前文」で提示される「被害妄想狂」、「全快」という表現から、この作品において魯迅は少なくとも、「狂」つまり「病」の状態と「正常」あるいは「健康」な状態という二つの対立する状況を想定していると言ってよいと思われる。人は「病」の状態になったり、「正常」な状態になったりする。治癒途中、あるいは発症の過程など中間的な状態が存在するとしても、その境界は基本的にははっきりしている。

施蟄存の作品では、「異常」と「正常」は違った形で描かれている。「周夫人」や「梅雨の夕べ」では、登場人物はごく普通の平凡な生活を送っており、それぞれの「日常」の中で奥さまも「梅雨の夕べ」の主人公も「正常」と言ってよい。しかし、人の心の奥底には「無意識」や「深層心理」と呼ばれるものがあり、それらが突然に姿を現して行動を起こさせることがある。奥さまが少年を抱きしめた行為のどこかに、「正常」とは言い難い、なにか普通でないものがあることを少年も感じ取っていたが、そのことを奥さま自身はどの程度までわかっていたか。自分でも戸惑っていたかもしれない。奥さまの行動を「異常」と呼ぶべきかどうかは今は置いておくが、「正常」と「異常」はそのように隣り合わせの存在であり、「日常」の中のいたるところに「非日常」や「異常」への通路あるいは陥穽があり、そういったできごとがひそんでいる、ということが施蟄存の物語では描かれていて、それが読者を惹きつけるおもしろさや驚きになっていると思われる。

彼の作品の世界では「異常」と「正常」の境界はあいまいである。また、「異常」即ち「狂」ということでもないのであるが、「梅雨の夕べ」の主人公が、傘に入れた相手のことを自分の初恋の女性にちがいないとどんどん思いこんでいく部分を読むとき、読者はそのような彼について「正常」とは言えない「異常」な感じを持ち、そしてその先には「狂気」がつながっていることを感じ取るだろう。「狂人日記」とあえて比較するならば、施蟄存の作品では「正常」と「異常」そして「狂」とは一体となっており、「病」である「狂」とそれからの快癒といった形の往き来ではなく、「正常」な人がいつの間にか「異常」な状態に進み、そこから「正常」な状態に戻るということもある。「異常」や「狂気」はいつでも突然に現れる可能性があり、本人にも予測は不能である。「梅雨の夕べ」の主人公は小説のできごとのあとも、日常的には「正常」に生活を送り続けるだろうし、しかしまたときには「異常」なできごとに遭遇することもあり、「異常」な心理状態に陥る瞬間もあるかもしれない。それが、施蟄存がフロイトの心理分析理論から学んだ人間の心理というものであったのだろうし、あるとき突然に普段とはちがう「異常」なできごとが起きるかもしれない、というのは上海の街で生活している中で施蟄存が得た「日常」というものへの認識だったのではないかと考える。

一九三〇年代文学における「狂」の表現ということを考えると、「病」としての「狂」と、社会から認定される「狂」、それに、施蟄存が描いたような、人の心の中にひそんでいていつ現れるかわからない「狂」という少なくとも三つの「狂」の表現があった、ということが言えるようだ。第一の、「病」としての「狂」も、古来、時代が変わり、社会状況が変わり、また医学が進歩する中で、「病」とされるものの位置づけは変わって来た。またその「狂人」つまり「病人」にどのように対応するか、病院に入院させて医学的な治療を施すということがはじまるのは近代以降のことであり、それ以前の社会では、第一の「狂」と第二の「狂」とは非常に近いか、あるいは同じことであっただろう。第二の「狂」について、比喩的な表現であるとしても、自分たちが理解できない、認められない人や行為を「狂」あるいは「異常」と呼ぶことは現在でもある。魯迅以降の左翼作家の作品において、たとえば革命運動に身を投じる登場人物を周囲が「狂っている」と言うような場面は、現実のままを描いたのであるだろうが、社会がなにを「狂」と考えるかという視点から見ると重い問題である。第三の「狂」の表現については、フロイトの心理分析理論が中国文学にどのように導入され、援用されてきたかという研究などが行われてきた。本稿でも見て来たように、施蟄存の「〝心理主義〟小説」がこの点で果たした役割は大きい。

最後に、施蟄存が一九四七年に書いた小品「二つの唐俑（二俑）」[17]について触れておきたい。彼は三十年代後半には随筆、翻訳を除いて小説や詩を書くことをほとんどやめ、古典文学、特に詞の研究に専念するようになる。「一九四七年十二月」の日付が末尾にはいり、四八年に雑誌に掲載されたこの小説は、施蟄存にとっておそらく最後に書かれた小説作品ということになるのではないかと思われる。[18]執筆の背景などは不明だが、この短編はやはり「異常」を描いている。

九月の満月の夜、考古学者の劉教授の書斎に置かれた二つの唐俑が月光を浴びて目を覚まし、話を始める。琵琶を

『十年創作集』表紙

1940年香港にて

弾く女性の俑に、異人の俑は、自分は民国期になって作られた偽物だと告白する。いつの日か劉教授が亡くなったら、教授が大切にしている本物の俑は教授の墓に入れられるだろうが、自分はそんなことはない、安心だ。そういう相手の言葉を聞いたあと、琵琶を弾く女性の俑は、あなたといっしょにいるくらいなら自殺したほうがいいと言って、本当に棚から身を投げ、砕けてしまうのである。

劉教授は最後に登場するが、この短い作品では、劉教授の心も、二つの唐俑の内面の心理も特に詳しく描写されたりはしてはいない。ただ、普通ではない不思議なできごとを書いたこの物語も施蟄存の「怪奇幻想小説」の系列に入る作品であるだろう。そして、小説としてほぼ最後に書かれたと思われるこの作品からも、施蟄存にとって「日常」の中の「異常」を描くことがとても重要であり、最も早い時期に書いた「周夫人」から一貫して取り組んだモティーフであったことが確認できるのである。

注

（1）施蟄存は「私の創作生活の道のり（我的創作生活之歴程）」（『創作的経験』天馬書店、一九三三年）で以下のように書いている。「於是，繼承了「鳩摩羅什」而寫成的「石秀」，與繼承了「梅雨之夕」而寫的「在巴黎大戲院」「魔道」在同一卷的『小說月報』上發表了。後兩篇的發表，因了適夷先生在『文藝新聞』上發表的誇張的批評，直到今天，使我還頂著一個新感覺主義者的頭銜。我想，這是不十分確實的。我雖然不明白西洋或日本的新感覺主義是什麼樣的東西，但我知道我的小說不過是應用了一些Freudism的心理主義小說而已。」

（2）厳家炎「論三十年代的新感覚派小説」（『中国現代文学思潮流派討論集』人民文学出版社、一九八四年）

（3）以下、施蟄存の経歴については、主として本人による回想「我的創作生活之歴程」（前掲注1）、『現代』雑憶」㈠〜㈢（『新文学史料』総10〜12期　人民文学出版社、一九八一年）、「最後一個老朋友――馮雪峰」（『新文学史料』総19期　人民文学出版社、一九八三年）、「震旦二年」（『新文学史料』総25期　人民文学出版社、一九八四年）、「我們経営過三個書店」（『新文学史料』総26期　人民文学出版社、一九八五年）に依っている。

（4）『瓔珞』四期は一九二六年四月刊行。「上元燈」はこの時「春燈」という題名で掲載されたが、一九二九年八月、水沫書店から『上元燈』を出版した際にこの題に改められた。本稿では施蟄存の小説作品の底本としては、「二価」（注18）を除き、すべて『施蟄存文集　十年創作集』（華東師範大学出版社、一九九六年）を使用し、各引用についてはページ数等の注記をしなかった。本文の引用箇所は筆者が訳した。

（5）「錯覚」は『広辞苑（第六版）』（岩波書店、二〇〇八年）では「①〔心〕知覚が刺激の客観的性質と一致しない現象。②俗に、思いちがい」と説明されている。本稿では、「幻覚」「錯覚」「幻想」「妄想」等の用語を心理学で使用される専門用語としての厳密な説明（例えば『新版　心理学事典』平凡社、一九八一年）に限定せず、一般的な意味で用いている。

（6）「我的創作生活之歴程」（前掲注1）。

（7）「Immensee（みずうみ）」（一八四九年）はドイツの作家シュトルム（一八一七―一八八八）の代表作。詩的リアリズム、とも評される。中国での翻訳は一九二一年に上海・泰東書局より郭沫若・銭君胥訳「茵夢湖」として刊行されたのが最初であり、ベストセラーになった。また他の訳者による翻訳も出されている。「みずうみ」については清水賢一郎氏の研究「明治の「みずうみ」，民国の「茵夢湖」─日中両国におけるシュトルムの受容」（『日本中国学会報』44号、一九九二年）があり、参考にさせていただいた。

(8) フロイトはこのような衝動的な行動を「リビドー」という言葉を使って説明している。

(9) 「梅雨の夕べ（梅雨之夕）」は『上元燈』（水沫書店、一九二九年）に収められた。本作品の本文引用は筆者の訳による『中国現代文学珠玉選　小説1』（二玄社、二〇〇〇年）所収のものを使用した。

(10) 「最後一個老朋友」（前掲注3）。

(11) 「鳩摩羅什」は『新文芸』創刊号（一九二九年）、「将軍の首（将軍的頭）」は『小説月報』21巻十号（一九三〇年）に掲載された。

(12) 「鋳剣」は「眉間尺」のタイトルで一九二七年、『莽原』第二巻第八・九期に発表された。施蟄存は、「鋳剣」のほかにも後に『故事新編』に収められた魯迅の「不周山」（後に「補天」と改題。初出は『晨報』、一九二二年）、「奔月」（『莽原』第二巻第二期、一九二七年）、郁達夫の「採石磯」（一九二二年）や郭沫若の歴史劇など先行する作品を参考にして、自らも歴史小説を執筆したと思われる。

(13) 「魔の道（魔道）」は『小説月報』22巻九号（一九三一年）に発表された。

(14) サックス・ローマーが書いたノンフィクション、発表は一九一四年。

(15) 「狂人日記」は『新青年』第四巻第五号（一九一八年）に掲載。本稿では、『魯迅全集』第二巻（学研、一九八四年）所収の丸山昇訳を使用させていただいている。

(16) 代田智明氏の『魯迅を読み解く　謎と不思議の小説10篇』（東京大学出版会、二〇〇六年）第Ⅰ部、Ⅰ「出発の傷跡──「狂人日記」の謎」をはじめとし、「狂人日記」に関する参考文献等を参照した。各研究が、本稿で述べたような単純な問題のたてかたをしているわけではない。「狂」についても、それを「寓意」として見る見方や、「病」からの「全快」を「覚醒」と見る立場などさまざまである。代田氏は上述書で治癒した「狂人」が狂人でなくなったことを「反封建の啓蒙者の滅亡」

と解釈されている。

（17）『文芸春秋』一月号（上海・永祥印書館、一九四八年）に掲載。本稿は、『上海四十年代文学作品系列　短編小説集之四　団圓』（上海書店出版社、二〇〇二年）を使用した。

（18）施蟄存、戴望舒らが日中戦争期及びその前後に書いた文章についての調査を科研費（課題番号18520256）の助成を受けて行ったが、現在までのところ、これまで知られていない小説・散文などの作品は発見できていない。

＊　本稿は、二〇〇五年十一月、北京大学で開催された学会「左翼文学的時代」（北京大学中文系、中国三十年代文学研究会共催）での口頭発表「施蟄存小説中的〝狂〟」をもとにしている。

「二十《はたち》にして狂ならざるは志気没《な》し」

――銭鍾書『写在人生辺上』と『囲城』

杉村安幾子

銭鍾書（一九一〇～一九九八）、作家、古典文学研究家。著名な中国古典学者銭基博の長子として江蘇省無錫に生まれた。清華大学外国語文学系を卒業後、オックスフォード大学とパリ大学に留学。帰国後、各地で大学教授を歴任。建国後は中国社会科学院文学研究所研究員となり、八二年以後は副院長を務める。著書に長篇小説『囲城』、短篇小説集『人・獣・鬼』、散文集『写在人生辺上』、評論集『談芸録』、『管錐編』などがある。

はじめに

香港の学者司馬長風は『中国新文学史』の中で銭鍾書を評して、「狂人」と言い切っている。

現代作家には二人の狂人がいる。一人は無名氏で、もう一人が銭鍾書だ。無名氏の狂な所はその志向にある。彼は野心がひどく大きく、真剣且つ真面目なまでに狂なのだ。銭鍾書の狂な所はその才気にある。彼の才気は豪放盛大で、古代の荘子に酷似している。(1)

この司馬長風の文は銭鍾書の紹介の際によく引かれる一文であるが、引用者は皆その内容を前提として話を進めている。銭鍾書イコール「狂人」という言説を容認する銭鍾書観が、中国ないしは中国文学界に既にあると言えるのではないだろうか。

銭鍾書は実際、現代文学の作家の中でもある特異な位置を占めている作家である。それには、彼の著した文学作品が明らかに数量的には寥々たるものでありながら、長篇小説『囲城』で中国のみならず海外でもその名を轟かしたことや、高名な学者が多数いる中国の中でも「知的巨人」と称されたほどの学者であったことなど、幾つも理由があるだろう。

司馬長風が先の引用で「銭鍾書が酷似している」として名を挙げた荘子は、真理について語る際に「道は屎溺にあり」[2]と糞尿に例えた諧謔の思想家であった。宰相にと望まれたのを「郊祭の犠牛とならんよりは、むしろ汚瀆のなかに遊戯せん」と拒絶し、貧しい生活を送ることを選んだとされる荘子は、明らかに尋常ならざる鬼才である。しかし、彼は透徹した眼差しで人間および社会を見つめ、独自の境地を切り開いたことで後世においても共感を得、今尚老子と並び称され、研究対象となっている。司馬長風の「狂」という形容は、常識の範疇を越えた甚だしい特異性の謂いと解釈することが可能かもしれない。

銭鍾書の妻楊絳の回想によると、銭鍾書は三十歳になる前後に自分を指して「二十歳にして狂でないのは気骨がないが、三十になって尚狂であるのは無知の馬鹿者である」[3]と言ったという。これは元々は桐城派文人の「子弟二十にして狂ならざるは出息せず、三十にして尚狂なるは出息せず」という言葉に基づいているようである。楊絳の回想は、銭鍾書自身、司馬長風の評を待つまでもなく、自らの「狂」を強く意識していたことを示している。確かに、銭鍾書の「狂」は青年期に顕著に表れた。本稿では彼の作品『写在人生辺上』と『囲城』を通して、彼がいかに「狂」たり得たのか、そして後にその「狂」がいかなる変化を遂げていったのかをとらえていく。

銭鍾書の軌跡

まず、二十代から三十代にかけての青年期の銭鍾書を追っていくことにする。当時の彼を周囲の人はどのように見ていたのか、妻楊絳の記述から見てみよう。

銭家の人は、銭鍾書は間抜けな乳母のお乳を貰ったから彼も痴気（間抜け気質）があるとよく言う。私たち無錫人の言う「痴」とは多くの意味を含んでいる。頭がおかしい、愚か、愚直、幼稚、馬鹿、やんちゃ等々。(4)

この一文は、銭鍾書が実家である銭家で「やんちゃ」の意を含む「痴」であると思われていたことを紹介したものである。更に楊絳は次のようなエピソードも紹介している。

銭鍾書の痴気は書物の中に注ぎ込まれ、収まりきらずに満ち溢れてきていた。私たちがオックスフォードにいた時、彼は昼寝をし、私は字の練習をしていたのだが、一人で字を書いていたら眠くなってきて眠り込んでしまった。彼は目を覚まして私が眠っているのを見ると、筆にたっぷりと濃い墨を含ませ、私の顔に隈取を描こうとした。しかし、彼が描き始めたばかりの時に私が目を覚ました。（中略）帰国後、彼は夏休みに上海に戻って来た。ひどく暑い日に娘（娘はまだ赤ん坊だった）は熟睡しており、彼は娘のお腹に大きな顔を描いたのだが、自分の母親に叱責されてからは二度と描こうとはしなかった。(5)

これは一見微笑ましいエピソードのようではあるが、妻の顔に隈取を描こうとするのはともかくとして、乳児である娘のお腹に顔の絵を描くというのは悪戯としては些か度が過ぎていよう。自分の母親から叱責されるのも無理はない。

一方でそんな「痴気」に溢れた銭鍾書の秀才ぶりを示す一段を次に見てみよう。銭鍾書の清華の同級生である饒余威による回想である。

同級生の中で我々は銭鍾書の影響を最も強く受けた。彼は中国語と英語の造詣が深く、又哲学と心理学にも精通しており、終日中国や外国の新旧様々な書物を広く読み漁っていた。最も不思議だったのは、授業中彼はノートを取ったことがないのに、試験ではいつも一番だったことだ。彼は自身読書好きであったが、人にも本を読むように勧めていた。(6)

銭鍾書が清華大学に通っていたのは一九二九年から一九三三年。当時の清華大学は最高学府の中でも冠たる存在であり、教授陣には著名な学者が名を連ね、同級生には後に戯曲家や小説家として活躍する曹禺や呉組緗がいた。そのような清華大学の授業が、のんびり座っていれば単位が取れるようなものではないことは容易に想像できる。銭鍾書は、しかし、「ノートを取らなかったのに常にクラスで一番であった」という強烈な印象を同級生に与えたほど抜きん出た存在であった。当時、清華大学の英文の教授であった葉公超は、授業中に銭鍾書を冷やかして「君は清華に来るべきではなく、オックスフォードに行くべきだったよ」と言ったという。(7)この葉公超については後述する。

さて、この青年銭鍾書は破格の経歴を辿った。まず、清華大学入学の際、銭鍾書は数学で十五点という成績であった。

清華大学の規定によれば、一科目でも不合格であれば合格はさせられない。彼の数学の成績はこれだけ悪かったのだから、当然合格する望みはなかったと言うべきだろう。しかし、彼の中国語および英語の成績はどちらも一番で、英語は満点ですらあった。合否判定の責任者は一人では決められず、彼の成績を当時の清華大学学長羅家倫に報告した。羅家倫は銭鍾書の中国語と英語の成績を見て非常に興奮し、口を極めて褒め称え、清華の規則を破り、銭鍾書を破格の扱いで合格させたのだった。(8)

これは銭鍾書に関する評伝で必ず紹介される有名なエピソードである。銭鍾書は幼少の頃から算数や数学が苦手であり、その点では銭鍾書の半年下の従弟であり、実の兄弟のように育った銭鍾韓が理数系に特に秀で、後に中国を代表する科学者の一人になったのとは対照的であった。ただ、このエピソードは銭鍾書の数学の成績の悪さよりも、英文や中文において成績が傑出していたことを示すものとしてとらえるべきであろう。

清華大学入学後も銭鍾書は抜群の成績を修めた。在学時の彼の成績を紹介している資料を見てみよう。

三十年代の清華のキャンパスには立派な師が集まっており、学生にも多くのずば抜けて優れた人材があった。文学院には四才子というのがあり、銭鍾書はその一人であった。(中略)二年次に履修した六科目の成績は以下の通りである。温源寧教授「二年英語」・超、常安爾教授「二年フランス語」・超、翟孟生教授「西洋文学概要」・超、瑞恰慈教授「西洋小説」・超、呉宓教授「英国浪漫詩人」・超、鄧以蟄教授「西洋哲学史」・超+。「超」は最高点である。(中略)銭鍾書のこのような成績は、当時の文学院や全校においても極めて稀であった。(9)

確かに、当時の清華大学でこれほどの成績を修めていれば「四才子」と謳われても不思議ではない。しかし、この若き俊英は謙虚な姿勢を持ち合わせてはいなかった。同級生であった呉組緗は、銭鍾書を「彼は話し上手で、人と雑談するのを好んでいた。だが、彼は普通の人を見下しており、相手にしなかった」と回想している。(10)又、銭鍾書の清華大学卒業時には、学長羅家倫が卒業後も彼が清華に残ることを希望し、外文系の教授陳福田・呉宓も彼に清華の修士課程に進学するよう勧めたが、銭鍾書が断ったという一件もある。銭鍾書は、「清華の中にはこの銭某の指導教官になる資格のある教授などいない」と言い、清華大学の教授陣を見下す態度を取っていたという。(11)

こうしたエピソードは、銭鍾書をある面では特異な才を発揮しはするが、自らの才気に依って天狗になっている「若造」であったことを表している。優秀な学生ばかりが集まっていた清華大学の中においてですらずば抜けた才を誇っていたとは言え、教授陣を見下すという態度は傲慢以外の何物でもない。この銭鍾書のずば抜けた才気と傲岸不遜な態度が生んだ散文集がある。それが『写在人生辺上』である。

『写在人生辺上』に見られる傲慢な若者像

散文集『写在人生辺上』は一九四一年十二月に上海開明書店から刊行された。収録されている作品十篇のうち半分の五篇が、銭鍾書が雲南の西南聯合大学在職中に発表されたものであることから、収録作品の殆どは同様に西南聯大在職中、もしくはその前後に書かれたものであろうと推測される。

銭鍾書が西南聯合大学に就職するために雲南に赴いたのは一九三八年の秋であった。当時、北京・清華・天津南開の三大学は戦火を避けて雲南省昆明で西南聯合大学を立ち上げていた。前年七月の盧溝橋事件に端を発して、中国は対日本の全面抗戦態勢に入っていたのである。銭鍾書はパリ留学時に、当時清華大学文学院院長であった馮友蘭から外国語文学系教授として招聘する旨の書信を受け取っていた。

銭鍾書は西南聯大で教鞭を執る傍ら、次々と散文を執筆し雑誌に発表した。

一九三九年一月十五日　冷屋随筆之一「文人を論ず」（『今日評論』週刊一巻三期）

同年二月五日　冷屋随筆之二「文盲を釈す」（『今日評論』週刊一巻六期）

同年四月二日　冷屋随筆之三「一つの偏見」（『今日評論』週刊一巻十四期）

同年五月二十八日　冷屋随筆之四「笑いについて」（『今日評論』週刊一巻二十二期）

『今日評論』とは、西南聯大の教授が編集に携わって発行していた雑誌である。[12] この四篇は「冷屋随筆」シリーズとして発表されたものであるが、「冷屋」とは銭鍾書が昆明の自分の書斎に付けた名前であった。銭鍾書は当時、現在の昆明市文化巷十一号に住んでおり、同じ四合院には雲南大学に勤めていた呂叔湘や施蟄存も住んでいたという。

ただ、銭鍾書はその住環境を気に入っておらず[13]、そのために「冷屋」と命名したらしい。シリーズの第一篇「文人を論ず」が発表された際には、「借家がひどく寒く、それゆえ〝冷〟と名付け、文章を書くのに何のこだわりもないので、それゆえ〝随（なるがままにまかせること）〟と名付けた。全て事実の記録である。よってここに引用した[14]」という一文が小序として付された。また前掲の四篇以外に、「悪魔の夜の銭鍾書先生訪問」が『中央日報』に発表された[15]とのことだが、掲載の具体的な日付等は不明である。これらの散文が『写在人生辺上』として刊行された際、上に挙げた五篇に新たな五篇「窓」、「快楽を論ず」、「食事」、「イソップ寓話を読む」、「教訓について語る」が加わった。これら五篇は事前に雑誌等に発表されたものではなく、銭鍾書が書き溜めていた散文を刊行時にまとめたものであろうと思われる。

『写在人生辺上』は銭鍾書にとって初めての著書となった。後に『囲城』が受けた大反響に比べれば、この小さな散文集は当時殆ど顧みられなかったと言える[16]。しかし、この散文集の中には毒が含まれていた。先に挙げた司馬長風は次のように評している。「銭鍾書と梁実秋は同じようにユーモア小品で名を馳せた。梁実秋のユーモアは人を傷付けず、風雅で、到る所慎重重厚な趣があるが、銭鍾書のユーモアは口調に憚る所なく、往々にして人を傷付けるものである[17]」

では、銭鍾書が『写在人生辺上』に載せた散文は果たしてどのようなものであったのだろうか。以下、収録された十篇の中から雲南の『今日評論』と『中央日報』に発表された四篇を取り上げて見ていく。

まずは「冷屋随筆」シリーズの一篇目「文人を論ず」を取り上げる。これは雑誌発表の際にはシリーズ第一篇となったが、散文集収録の際には最終篇として収められた。

文人とは誉めるべき者だ。何故なら、彼らは謙虚であるし、向上することを知っているからだ。身分は持たず、本分には安んじない。そうなのだ、文人は自分のことを時には他人が彼に対するよりもずっと軽蔑しているのだ。彼は自分が文人であることを恨み、話・労力・時間・紙の無駄を惜しまないことで、自分は文人でありたくない、文人であることに不満だということを証明している。（中略）文学は滅びなければならない。しかし、文人は奨励しても構わないだろう――彼らに文人にならないよう奨励するのだ。ポープは口にする所皆立派な文章になったし、白居易は生まれながらにして之と無の二字を知っていた。こうした救いようのない先天的な文人は畢竟少数なのだ。普通の文人について言えば、実のところ、文学も別に好きではないし、別に長《た》けてもいないのだ。(18)

冗談めかした口調ではあるにせよ、文人の仕事を暗に「話・労力・時間・紙」の無駄であると揶揄し、大抵の文人を「別に文学に長じているわけではない」のだから、よって「文人にならないように奨励しなければならない」と断じている点には、毒を感じ取らない訳には行くまい。

シリーズ二篇目の「文盲を釈す」では次のように述べられている。

例えば三年前の秋であるが、偶々ハルトマンの大著『倫理学』をパラパラ見ていて、面白い一節を見付けた。簡単に言うと、ある種の人たちは事の良し悪しがわからず、善悪の判別がつかない、まるで色盲の患者が青と赤や黒白の区別がつかないようなもので、これは価値盲の病気に罹っていると言えるのだという。（中略）価値盲であることの目印の一つは、美的感覚が欠落しており、文芸作品に対して、まるで鑑賞能力がないということである。こうした病症は、我々は色盲の例に基づいて文盲と言い換えてしまっても差し支えなかろう。

中国でも非識字者を「文盲」と言うが、価値の良し悪しを弁別する能力がなく、文芸作品を鑑賞する能力のない人をも文盲と称している点は、この世には知識人ぶっていながら実際には文盲である者が多いとあてこすっているとしか思えない。更に次の一段は具体的な人物を想起させるものとなっている。

色盲の人は決して絵画を学ばないが、文盲のほうは時々文学について語り、しかも特に熱心に語ったりする。そして生じた印象主義的感想を、自己表現或いは創造的な文学批評に換えてしまうのだ。文芸鑑賞は勿論印象と切り離せないものだ。しかし、印象が何故即ち自己表現となってしまうのか、私たちには考えてもわからない。

（中略）

こうした（文章ばかりを飾り立てて大袈裟な物言いをする）印象主義者が文中で怒り叫び、狂ったように喚き、一言も発さず卒倒でもしようものなら、――それでこそ「無言の美」の境地を味わったことになるのである。

「無言の美」という語に引用符が付されているのは、これは読者に朱光潜を想起させようという狙いであっただろう。「無言の美」を提唱した美学者朱光潜は当時、やはり西南聯大の外国語文学系教授として昆明にいた(19)。この一文のみを以て銭鍾書が朱光潜を攻撃したと見るのは早計に過ぎるが、かと言って上の引用を見る限り、銭鍾書の朱光潜「無言の美」説への評価が高いものでないことは明らかである。昆明以外の土地で発行されていた雑誌に掲載されたのであるなら、こうした揶揄も大した意味を持つまい。しかし、当の本人や関係者の目に触れ得る状況で、ある特定の人物を想起させる文章をこのように堂々と発表するのは相当大胆である。もっとも当の朱光潜は、一九三七年五月、彼が主編を務めていた『文学雑誌』の創刊号に銭鍾書の散文「交友について」を掲載し、編集後記では銭散文を賞賛しており、その後も銭鍾書の散文や学識に高い評価と期待を寄せていたという(20)。

シリーズ最後の「笑いについて」でも、銭鍾書は具体的な人物をあてこすっている。

ユーモア文学が提唱されて以来、笑いを売るということが文人の職業にかわってしまった。ユーモアとは無論笑いで発散させるものであるが、笑いとは必ずしもユーモアを表してはいない。劉継荘の『広陽雑記』には「驢鳴は哭に似たり、馬嘶は笑いの如し」とあるが、馬は別にユーモアの名家などではない。おそらく顔が長過ぎるせいだろう。実を言えば大部分の人の笑いも、ただ馬の寂しげな嘶きに等しく、何のユーモアに当たるものでもない。

引用の冒頭を読んだ当時の人々は、間違いなく三十年代にユーモアを提唱し「ユーモア大師」と称された林語堂を想起したであろう。銭鍾書の林語堂諷刺は別の形でも表れているが、それについては既に発表済み[21]であるため詳解は避ける。

『中央日報』に掲載された「悪魔の夜の銭鍾書先生訪問」は、悪魔が銭鍾書を訪ね、二人が対話をするという形をとった、他の篇とは異なるタイプの散文となっている。以下は悪魔の台詞である。

私は科学者に発明の話をする事も出来るし、歴史家に考古学を語る事も出来る。政治家には国際情勢を語り、展覧会では芸術鑑賞を談じ、酒の席では料理について話す事も出来る。しかし、そうであっても私は時には科学者に政治を語り、考古学者に文芸を語りもする。と言うのは、どのみち彼らは何もわかっていないから、これ幸いとばかりに他人の受け売りをしているって訳だ。牛に琴を弾いて聞かせるのに、何の良い曲を選ぶ必要があるというのか！

つまり、この一段は悪魔の口を借りて、世の中の専門家を称する者は所詮何もわかっていないと言っているに等しい。この文章の発表当時、銭鍾書は二十八歳であったが、彼の論が仮に正鵠を射たものであったとしても、やはり傲岸不遜な態度だと言えるだろう。少なくとも自己批判や自省の姿勢は見出せない。これらの散文に対して、当時西南聯大の学生であった許淵沖が以下のように回想している。「今思い出すと一九三九年四月に出版された『今日評論』一巻十四期には銭先生の「一つの偏見」が掲載されていた。冒頭の一文は「偏見は思想の休暇と言えるだろう」だった。聯大の同級生たちはそれを読み、誰もが拍手をして絶妙だと感心したものだ。（中略）私は呉宓先生に尋ねて、それで黙存というのが銭先生の号だと知ったのだった[22]」

学生たちの間で話題になったのだから、当然西南聯大の教授陣も銭鍾書の散文を読んだであろう。そして、その中には銭鍾書のこれらの文を快く思わなかった者もいる。当時、欧米留学帰りの二十八歳の銭鍾書を大学の教授として招聘するのは、前例のない、慣例を破った人事であった[23]。その人事のためには、当時外国語文学系主任であった葉公超を始め、他の教授たちも当然尽力してくれたであろう。しかし、銭鍾書の彼ら先輩同僚に対する見解に関しては次のような回想が残っている。「当時外文系の同僚だった李賦寧が私に言ったことによれば、銭鍾書は雲南を離れる際に公然とこう言ったそうである。西南聯大の外文系は全くなっていない。葉公超はひどい怠け者だし、呉宓は大馬鹿、陳福田はあまりにスノッブだ云々[24]」この一文に関しては、李賦寧が自分はそんな事を言った覚えはないとか、いや言ったはずだというような水掛け論があったらしく、真偽のほどは定かではない。しかし、前掲の許淵沖は少なくとも学生の立場から見る限り、銭鍾書の言った事は真実であるという回想をしている[25]。つまり、銭鍾書がそのような事を、例えば冗談めかして言った可能性は大いにあるということである。そもそも清華大学の入学が慣例破りのものであったことに始まり、西南聯大の教授としての招聘も前例のない抜擢であったし、実はそれ以前の一九三三年秋、清華大学を卒業したばかりの銭鍾書が上海光華大学に講師として就職していた[26]というようなことからもわかるように、銭鍾書の経歴は破格揃いである。これらは勿論、特別に優秀であった銭鍾書に対する正当な評価の表れであった訳だが、同時に銭鍾書の傲慢な姿勢が周囲の教師たちの怒りをも買うことになった。

銭鍾書の師でもあり、西南聯大時代の同僚でもあり、銭鍾書が「大馬鹿」と評したという呉宓の日記には次のようにある。まず、一九三九年九月二十九日に「午前中、寧が取った銭鍾書の Contemporary Novel の講義録を読了。

敬服。」[27]とあり、また十月四日には「寧の取った銭鍾書の Renaissance Literature の講義録を読了。更に敬服。銭君が今年、師範学院に移って教師となるのは惜しい。」とある。呉宓はこのように、かつての自分の教え子の教師・研究者としての資質に対し、率直な感動を表明している。しかし、翌四〇年三月八日の日記には「超（葉公超）と F.T.（陳福田）が梅（梅貽琦、当時の学長）に進言したと聞いた。彼らは銭鍾書らに不満なのだ。全く公平さとか才能を愛するとかいうことのない連中だ。不快なり。」とあり、同月十一日には「F.T. は張駿祥を招聘するつもりらしい。彼は銭鍾書が大嫌いなのだ。ことごとく妾根性なり。」とある。これを見る限り、葉公超や陳福田など呉宓以外の同僚が銭鍾書を嫌い、彼が大学を移ることを歓迎していたのは明らかである。また、十一月六日の日記には、銭鍾書を清華に呼び戻そうという動きに対し、陳福田が反対の意を表明したことが記されている。仮に冗談であったとしても、公然と怠け者だのスノッブだのと言われて、その言った当の本人に好意を持ち続けるのは困難である。葉公超や陳福田の反応も無理からぬものがある。

銭鍾書が『写在人生辺上』で発揮した、こうした傑出した才気と不遜な態度は、長篇小説『囲城』に継承されていく。

自嘲の長篇小説『囲城』、そして黙存へ

銭鍾書の長篇小説『囲城』は雑誌『文芸復興』に連載され、一九四七年五月に上海で刊行、二年の間に三版を重ねた。この作品が描き出しているのは、底の浅い軽薄で卑小な知識人たちである。中には銭鍾書の周囲にいた人物がモデルとされた例もある。モデルとされたばかりか、徹底的に戯画化された一人に、西南聯大で銭鍾書を嫌った外国語文学系主任葉公超がいた。葉公超は既に述べたように、銭鍾書にとっては西南聯大での先輩同僚であっただけでなく、

銭鍾書・1940年代

清華大学での師でもあった。葉は英国ケンブリッジ大学で英文学の修士号を取得しており、雑誌『新月』の主編も務めていた。銭鍾書は清華大学在学中に『新月』に五篇の書評を発表しているが、これには当然葉の助力があったし、銭鍾書が二篇の文章を発表した『学文』という雑誌も葉が主編であった(28)。このように葉公超は銭鍾書が学生の頃はかなり彼に目をかけており、また銭鍾書も大学卒業時に、恩師に感謝するという内容の詩を葉に送っている。しかし、既に見たように、西南聯大で二人が同僚となってからは、かつての麗しい師弟関係は跡形もない。それには銭鍾書が学生から人気があったことへの葉の嫉妬やら、銭鍾書の不遜な態度やら、原因は様々にあったようだ。

銭鍾書はこの葉公超を『囲城』において次のように描き出した(29)。

> 蘇小姐は振り向いて鴻漸に尋ねた。あなた、イギリスで曹元朗って人と知り合いじゃなかった？　鴻漸は首を振った。その人ね、ケンブリッジで文学をやってて新詩人なの。最近帰国したのよ(30)。

この曹元朗という人物は、ケンブリッジ大学で文学を専攻し、新詩人であるという点に葉公超との共通点を見出せる。更に次のような下りもある。主人公方鴻漸と曹元朗の対面のシーンである。

> 鴻漸はビックリ仰天した。去年同じ船で帰国した、あの孫さんの奥さんの子供がどうしてこんなに大きくなってしまったのか。危うく孫さんの坊ちゃんと呼んでしまうところだった。天下にこれほどまでに似た顔があると

は！　詩を作る者は太っていて大柄なのは良くないように思われるから、彼が作る詩もおそらく良いはずがない。

葉公超はこの描写にあるように、若干太って丸顔だったようである。読む人が読めば、この曹元朗のモデルが葉であることは一目瞭然であろう。更に新詩を諷刺した下りもある。

曹元朗は言った。私のこの詩の風格は、外国の文字を知らない人ほど賞美することができるのですよ。詩の題は寄せ集めとか、無関係の物を無理にくっつけるという意味です。こっちの人の詩句を使ったり、あっちの人の詩句を使ったり、中国語の中に西洋語を混ぜ込んでるのを見れば、当然一種の雑然としてデタラメな印象が生じるわけです。唐小姐、あなたはそのまとまりのない錯綜した印象を味わわれたんですよね？

ここでは新詩を深い意味のない、雑然とした字句の寄せ集めであるとしており、明らかに見下したシニカルな断定となっている。こうした皮肉は、後世の読者はともかく、諷刺された当の本人は当然不快に感じるであろう。銭鍾書は、しかし、矛先を収めることはしなかった。先に見た「文人を論ず」の一節には次のようにある。

少数の文人は英雄のよく生まれる時勢の下で、戦略を語り、政論をぶち、陳情書をものすことに長《た》け、さもなくば指導者をもって自任し、民衆に勧告する力がある。こうした多芸多才な人は文学の中に埋没すべきではないし、又文学の中に埋没するはずもない。彼らは変わるチャンスさえあれば、すぐにでも文芸を捨て、別に生計を立てることが出来るのである。

又、次は『囲城』の一節である。

辛楣は言った。教師だって政治が出来るんだぞ。見てみろ、今多くの中国の大政治家は皆教授出身じゃないか。

鴻漸は言い返した。それは大教授が政治を行なっているんじゃなくて、小政治家が教育をしてたってことなのさ。

これらの文が具体的な人物を想定しての皮肉であったのかは不詳であるが、教授であった者が政治に携わることをプラスイメージではとらえていない。そして、葉公超はまさにこの「文芸を捨て、別に生計を立て」た文人の一人であった。葉は四一年、重慶政府に職を得、国民党外交部部長、駐米国大使を歴任する。[31] 完全に外交畑への転身である。『囲城』では曹元朗が重慶で政府機関に勤めていることも、ごく簡単にではあるが、紹介されている。[32]「文人を論ず」はあくまで一般論を書いただけかもしれないが、『囲城』を執筆した四六年までに、葉公超の転身の噂が銭鍾書の許に届いていたことは疑いを入れない。

楊絳の回想によれば、後に銭鍾書について尋ねられた葉公超は「そんな奴がいたことは覚えていない」とも「銭鍾書は私が手塩にかけた学生だ」とも言ったという。[33] これら二つの言葉には、葉の銭鍾書に対する複雑な心境が滲み出ている。葉公超の心情を慮ればこのような反応も無理はない。このように、銭鍾書の作品は「毒」を含んだ、時に周囲の人を不快にさせる皮肉諷刺の利いたものであった。

しかし、銭鍾書の「毒」は他人にのみ向けられたものではなく、『囲城』に登場する多くの卑小な知識人とその生態も、単に嘲笑の対象としてのみ描かれている訳ではない。自らの師であった葉公超をモデルにした曹元朗の形象とて、葉を嗤うことを目的としたものではない。曹を嗤った後の残滓は、当時財力と能力がなければなし得ず、恵まれた経験・境遇と言える英国留学および学位取得を経た者でさえ、心性は卑しいという冷たい真理なのである。そして、『囲城』のラストは、曹を嗤う方鴻漸自身、恋愛・就職・結婚の全てにおいて敗れ、絶望の中で眠りにつくというものである。喜劇的筆致を用いた作品の終局で、この方鴻漸の絶望の眠りは一転して悲劇的な重さを孕んでいる。『囲城』が今尚多くのファンを抱えている理由は、作品の持つ深い時代性・普遍性ゆえであり、その普遍性とは「囲まれた城」のメタファーが示す、銭鍾書自身が経た人生の含蓄にある。「城に囲まれている人は逃げ出したい。城の外の人は中に飛び込んで行きたい。結婚にしても、職業にしても、人生の願望は大抵このようなもの[34]」とは、妻楊絳が述べた『囲城』のテーマだが、主人公方鴻漸の感得するこの人生の境地を、銭鍾書自身が感得しなかったはずはない。また、『囲城』に描かれた知識人の虚弱を銭鍾書のみが免れるはずもない。そもそも知識人が知識人を描く、あるいは論じる場合に、自らが全く投影されないことがあり得ないように、『囲城』は銭鍾書という客体をも包含しているのである。

銭鍾書の「狂」とは傑出した才気ばかりでなく、「狂傲」をも指すものであったが、それは散文集『写在人生辺上』と小説『囲城』となって結実した。『写在人生辺上』やそれ以前では傲岸不遜にとどまっていた才気が『囲城』によって自己省察の伴うものとなり、『囲城』においてその自省の念は「知識人を嗤う」イコール「自らを嗤う」といった自嘲に近似した、後味の苦いものとなっている。『囲城』には欧米留学経験のある知識人たちの誇る「近代的な知」が、所詮皮相浅薄なものでしかなく、固陋な伝統中国という壁を前に見事に敗北を喫す様が見出せるが、それは銭鍾書でなければ描き得なかった近代中国の「狂態」であったとも言える。

結び

銭鍾書は若い時の作品を気に入っていなかったようである。『囲城』についても出来は良くないと感じていたし、『写在人生辺上』については再版に難色を示していた。(35) 作品の良し悪し以外に、銭鍾書が自らの作品を認めていなかった背景には、あるいは作品中に若い頃の傲岸不遜を見出すことへの嫌悪もあったのかもしれない。

施蟄存は銭鍾書について次のように語っている。「銭鍾書は学問はあったが、言う事は激しく、人を攻撃するのが好きであった。しかし、解放後、銭鍾書は全く変わってしまった。話さず、客に会わず、小説も書かず、毛沢東選集の英文版の翻訳に配属され、成り行き任せで不平もまるで言わず、生真面目一本という感じであった(36)」

建国後、反右派闘争や文化大革命という嵐が知識人を襲った。時代の流れに銭鍾書も従わざるを得なかったのだろうか。銭鍾書は自著『管錐編』の中で『宋書』の「袁粲伝」を引いている。昔ある国に狂泉という泉があり、この水を飲んだ国民は皆狂人となった。国主だけは飲まなかったので正常であったが、国民は却って国主を狂人と見なしたため、国主は泉の水を飲み、同様に狂人となり国民は安心したという一節である。[37] この一節は多分に示唆的である。今から見ればあまりにも荒唐無稽で集団狂気的な文化大革命も、当時は「狂」であることが「不狂」であり、「不狂」は逆に「狂」とされ、迫害の対象になっていたのである。銭鍾書が自身の字「默存」が示すように、何も語らず、創作せずという態度を貫いたのは、まさに国全体が「狂」であった中で、自らも「狂」であることを選択したに過ぎない。ここで再び銭鍾書が言った「二十歳にして狂でないのは気骨がないが、三十になって尚狂であるのは無知の馬鹿者である」に立ち戻ろう。若い頃「痴気」に溢れ、「狂傲」であった銭鍾書は、創作の面では自身のこの言葉を守ったと言える。しかし、それが中国現代史において、悲しく苦い色彩を帯びるものであることは、否定し得ないだろう。

注

（1）司馬長風著『中国新文学史』下巻　昭明出版社有限公司　一九七八年十二月。
（2）荘子および『荘子』に関しては、金谷治訳注『荘子第一冊（内篇）』（岩波文庫　昭和四十六年十月）と福永光司著『荘子（内篇）』（朝日新聞社　昭和五十三年七月）を参考にした。
（3）楊絳著『我們仨』生活・読書・新知三聯書店　二〇〇三年七月。
（4）楊絳『記銭鍾書与「囲城」』（『楊絳作品集』第二巻　中国社会科学出版社　一九九三年十月）。
（5）同注（4）前掲書。
（6）同注（4）前掲書。

（7）許淵沖「記銭鍾書先生」（繆名春・劉巍編『老清華的故事』江蘇文芸出版社　一九九八年十二月）。
（8）孔慶茂著『丹桂堂前――銭鍾書家族文化史』長江文芸出版社　二〇〇〇年九月。
（9）黄延復著『清華逸事』遼海出版社　一九九八年九月。
（10）李洪岩「呉組緗暢談銭鍾書」（羅思編『写在銭鍾書辺上』文匯出版社　一九九六年二月）。
（11）王衛平著『東方叡智学人――銭鍾書的独特個性与魅力』河南教育出版社　一九九七年五月。
（12）周葱秀・涂明著『中国近現代文化期刊史』（山西教育出版社　一九九九年三月）によれば、『今日評論』は一九三九年一月一日に昆明で創刊された、国内時事・政治経済・文芸等に関する総合的な性格の週刊誌であった。一九四一年四月十三日に百十四期を出して終刊。執筆者には朱自清、潘光旦、呂叔湘、王了一らがいた。
（13）銭鍾書が当時作った詩「昆明舎館作」には次のようにある。「屋小檐深昼不明、板床支凳兀難平、蕭然四壁埃塵綉、百遍思君繞室行」。狭く暗い家を厭い、離れている妻を思う内容である。
（14）劉中国著『銭鍾書20世紀的人文悲歌』上巻（花城出版社　一九九九年九月）からの引用。原文未読。
（15）許淵沖「銭鍾書先生及訳詩」（『銭鍾書研究』第二輯　文化芸術出版社　一九九〇年十一月）に「後に『中央日報』副刊に黙存の「悪魔の夜の銭鍾書先生訪問」が発表された」とある。「黙存」とは銭鍾書の字で、当時は筆名でもあった。また、「悪魔の夜の銭鍾書先生訪問」に関しては、拙稿「散文『悪魔の夜の銭鍾書先生訪問』試論――作家の自己対話と西南聯合大学における銭鍾書」（『言語文化論叢』金沢大学外国語教育研究センター紀要　第十二号　二〇〇八年三月）がある。参照されたい。
（16）許淵沖「銭鍾書先生及訳詩」（同注15前掲書）には「銭先生が当時現地の新聞雑誌上で発表した文章は広く伝播し、影響も大きかった」とあるが、どの程度かは不明である。
（17）同注（1）前掲書。
（18）銭鍾書「論文人」（『写在人生辺上』中国社会科学出版社　一九九〇年五月）以下、『写在人生辺上』からの引用は全て同書に拠る。

(19)「国立西南聯合大学廿九年各院系教職員名冊」（北京大学他編『国立西南聯合大学史料四・教職員巻』雲南教育出版社　一九九八年十月）の「外国語文学系教授」の欄に「朱光潜」の名がある。一九四〇年には銭鍾書は西南聯大を辞して雲南を離れていたので、直接同僚であった可能性は低いが、朱光潜は長く北京大学教授の職にあったため、少なくとも彼の同僚の多くは当時西南聯大にいた。

(20) 呉泰昌著『我認識的銭鍾書』上海文芸出版社　二〇〇五年四月。

(21) 拙稿「銭鍾書の『猫』をめぐって――知識人としての自負自尊と自虐自嘲のはざま――」（『お茶の水女子大学中国文学会報』第二十二号　二〇〇三年四月）参照。

(22) 同注（15）。但し、「黙存」は銭鍾書の字であって号ではない。号は「槐聚」である。

(23) 楊絳『記銭鍾書与「囲城」』（同注4前掲書）に「一九三八年、清華大学が彼を教授として招聘した。当時の清華大学文学院長馮友蘭先生が手紙を下さっておっしゃるには、これは慣例にないことだそうだ」とある。

(24) 周楡瑞「也談費孝通和銭鍾書」。孔慶茂著『銭鍾書伝』（江蘇文芸出版社　一九九二年四月）に見られる。周楡瑞の文は未見。

(25) 沉泳「許淵冲眼中的銭鍾書」（沉泳主編『不一様的記憶――与銭鍾書在一起』当代世界出版社　一九九九年八月）に許淵冲の言葉として「巷で広く噂されているその言葉は、間違いなく銭先生の口ぶりですね。三人の先生方に対する彼の評価は基本的に正しく、道理に合っていますよ」とある。

(26) 湯晏『民国第一才子銭鍾書』（時報文化出版企業股份有限公司　二〇〇一年十一月）によれば、当時の光華大学の規定は、大学を卒業したばかりの者は二年勤めて助手になり、その後更に何年か勤めてから講師に昇任させるというものであった。

(27) 呉宓著、呉学昭整理注釈『呉宓日記Ⅶ1939～1940』生活・読書・新知三聯書店　一九九八年六月。以後、呉宓の日記の引用は全て本書に拠る。また、日記中の「寧」は当時の学生であり、一九三九年に清華大学（西南聯大）を卒業し、周楡瑞（注24）に銭鍾書が「西南聯大外文系はなっていない」云々と言ったという話をしたとされている李賦寧の可能性が高い。

(28) 銭鍾書は『新月』に書評「一種哲学的綱要」、「中国新文学的源流」、「美的生理学」、「落日頌」、「近代散文鈔」を、『学文』

に「論不隔」、"Su Tung-po's Literary Background and His Prose-Poetry" を発表している。
（29）曹元朗のモデルに関しては、楊絳は「（蘇小姐のモデルは同窓生であり）蘇小姐の夫は又別の同窓生である」と述べ、葉公超の名は出していない。同注（4）前掲書。
（30）銭鍾書『囲城』人民文学出版社　一九八〇年十月。以後、『囲城』からの引用は全て本書に拠る。
（31）『中国近現代人名大辞典』（中国国際広播出版社　一九八九年四月）および『国立西南聯合大学校史』（北京大学出版社　一九九六年十月）を参考にした。
（32）『囲城』第八章に、曹元朗に言及したセリフで「香港なら問題はないでしょうが、もし重慶で食糧や物資を管理する政府機関職員さんが太ったら、人がすぐからかいますよ」とある。
（33）同注（3）前掲書。
（34）同注（4）前掲書。
（35）「『写在人生辺上』再版後記」（銭鍾書著『写在人生辺上』中国社会科学出版社　一九九〇年五月）に「本書再版の企画の過程において、我々がぶつかった最大の難題は銭鍾書先生ご本人であった。彼は自身の若い頃の作品を好いておらず、内容は元のままで書き換えるなどということは更に望まず、本書の再版の価値をお疑いですらあった」とある。
（36）李洪岩・范旭侖著『為銭鍾書声辯』百花文芸出版社　二〇〇〇年一月。
（37）銭鍾書著『管錐編』第二冊　中華書局　一九七九年八月。『宋書』「巻八十九・列伝第四十九・袁粲」（中華書局　一九七四年十月）の原文は「昔有一国、国中一水、号曰狂泉。国人飲此水、無不狂、唯国君穿井而汲、独得無恙。国人既並狂、反謂国主之不狂為狂、於是聚謀、共執国主、療其狂疾、火艾針薬、莫不畢具。国主不任其苦、於是到泉所酌水飲之、飲畢便狂。君臣大小、其狂若一、衆乃歓然。」

参考文献

参考文献は、主として中国文学・文化等における中国人の「狂」について論考する「中国の狂」と、論考の重点が中国人の「狂」以外に向けられている「中国以外の狂」とに大別し、さらにそれぞれ著書と論文とに分けて、刊行・発表順に列べる。

中国の〈狂〉 著書

★藤堂明保『狂　中国の心・日本の心』、中央図書、一九七一年。

本書は著者の論文・エッセイ集であり、書名は『狂』と銘打っているが実際に「狂」概念について論及しているのは冒頭章「東洋のユートピア思想　中国の伝統思想と『狂』」の一文のみである。但し著者一流の核心を突く洞察力により、中国古来の伝統思想と「狂」概念が見事に概括されている。中国古代思想をユートピア思想という観点から分類することによって、儒家右派・儒家左派・法家・老荘派に大別し、『孟子』から陽明学左派・公羊学派につながる儒家左派は「狂人のユートピア」であるという大胆な結論を導いている。孟子の『論語』に見える「狂人」の解釈を大学紛争時代の造反派に仮託し、その造反的徹底思想の核心と解釈している。

★大室幹雄『正名と狂言――古代中国知識人の言語世界』、せりか書房、一九七五年。後、『新編・正名と狂言――古代中国知識人の言語世界』、せりか書房、一九八六年。

書名からも明らかなように、〝ことば〟を二元論で捉える試みである。舞台は中国古代、春秋戦国・秦漢帝国。「正名」を標榜する儒学的観点と「狂言」で象徴させた道家的観点の二項対立によって、〝ことば〟のもつ本質的意味が明らかにされるとともに、古代中国の思想的現況が鮮やかに浮かび上がる。儒学的観点では、主に荀子の思想を対象に、〈市場〉というポトスを視野に入れることで、その現実的政治性が指摘される。荀子は孔子の正名論に基づきながらも、〝ことば〟と人格との直接的な関係を断ち、社会的関係における名と実との全き合致こそ真実の言説とする。それ故著者は、儒家の〝ことば〟の本質は「ヒエラリッシュな社会を典型的に表現した政治性」だと説いて、「市場のことば」と称す。それに対して、道家的言説は名と実との間には、何ら必然的対応関係がないとし、〝ことば〟の最も初歩的な機能である〝名づけ〟の働きまで否定する。著者はそれを「空白のことば」と称し、脱政治性、脱社会性を象徴させて、「市場のことば」と対峙させる。「空白のことば」はそれ故観念ではなくイメージを介して「世界と人間とをとり結ぶ擬神話的ことば」であり、その誇大妄想的「遊的」イメージから「狂言」と評される。『荘子』を中心とする道家的言説は、儒家的原理を否定しつくした果てに、「狂気の原理に拠って」擬神話的言語世界を切り開いたと説く。それは想像的次元における遊戯性を要素として内在させており、戦国の百家斉放の饒舌文化においては、「真実を輝くばかりにあらわに」できたが、秦漢帝国においては「狂気のことばの制度化」によって道化・滑稽になりさがっていったと論ずる。それを第3章の漢の武帝の寵臣東方朔の〈狂〉を通して考察する。ここには「政治対文化、その中核と言うべき権力対ことば、あるいは政治のことばと個人のことばとの対立」という著者の問題意識が顕著に看取される。それは現代の日本に於いても極めて現実的命題といえよう。

★小田晋『東洋の狂気誌』、思索社、一九九〇年。
本書は精神医学の権威である著者が、幅広くアジア全般に及ぶ文献を解析し、各国各時代の文化的背景を考慮に入れながら狂気の概念および実態を通観した論著である。特に古代中国社会文化と「狂」の関連性に鋭い洞察を加え、中国古代の「狂」概念について具体的文献の事例を提示しながら極めて実証的解釈に基づいて論述されている。『僻顚小史』や伝奇小説などの用例から潔癖症・異食症などのパラノイアあるいは知能障害と狂気の関係や、「狂」「痴」「愚」といった関連する字義の対比分析など文学研究の立場から見ても、様々な面白い示唆に富んだ研究書と言えよう。

★白川静『文字遊心』、平凡社、一九九〇年。後、平凡社ライブラリー、平凡社、一九九六年。
本書所収の「狂字論」では、〈狂〉は理性と無関係なものではなく、理性に内在し、その「疎外の原理に従って、理性を照らし出す」「狂気こそが理性と創造の源泉」という観点に立脚し、中国古代から秦漢六朝を経て、宋、明、そして、清の十八世紀まで通観している。最後は日本古代にまで言及する。就中、詳細を極めるのは、中国古代である。中国の文献にはじめて〈狂〉の字があらわれるのは殷周革命の際と指摘し、〈聖〉との対峙の語として捉えられている。両者はその相対性によってのみ実在し、その緊張関係は、革命のような比類のない昂揚の情念の中から生まれると説く。「正名」（『論語』子路）を志し「狂簡」の徒を愛した孔子を〈狂〉について発言した最初の人と位置づけ、「革命に情熱を傾ける狂者」と看做した。孟子も含めた儒家の〈狂〉に対して、荘子学派の思想は、理性に対して否定的に働くものに価値を置く「狂的な精神」と捉えるが、理性が自らを高めるために〈狂〉を必要とするという意味において、孔子を「狂的論理」で論断した盗跖も、孔子にとっては不可欠の対話者と論じた。その後、漢から六朝の主要な文人（司馬遷から謝霊運まで）とその作品を〈狂〉の観点から考察するが、それによって中国の文学思想にとって〈狂〉が本質の一であることが、如実に明示される。ただ唐代が抜けているのは何故なのか、惜しまれると共に、謎めいている。

★張海鷗『宋代文化与文学研究』、中国社会科学出版社、二〇〇二年。

「文化篇」に「中国文化中的〝疏狂〟伝統与宋代文人的〝疏狂〟心態」「狂者進取――宋代文人的淑世情懐」「蘇軾外任務或謫居時期的疏狂心態」を収めるほか、「隠士居士篇」にも「宋代文人的謫居心態」を収め、宋代の文人が政治の中枢から離れて謫居するときの心の有りようを、「疏狂」の伝統に位置づけて論じる。酒・歌詞・自然・声色と「疏狂」に大きく分類し、論述は宋代文人全般に及ぶが、とくに北宋では柳永と蘇軾、南宋では辛棄疾への言及が多く、「狂」者の系譜を跡づけている。文治主義の宋代の特徴として、皇帝に諫言する「狂」直の士が尊ばれたこと、失脚はしても生命を奪われる危険はなく、理想を高く掲げて果敢に「狂者」であろうとする集団を育んだ、との指摘は興味深い。

中国の〈狂〉論文

★横山伊勢雄「詩人における「狂」について――蘇軾の場合――」、『漢文学会会報』第三十四号、東京教育大学漢文学会、一九七五年。

蘇軾は政争の激しくなった時期の詩に自己を「狂」とする表現を残すが、杭州への赴任を機に、創作は詩文・詞・書画など多面的になり、趣味品愛好も豊かになった。一方で、官僚としての政治批判も続け、宋代士大夫の典型となる全人的な文化活動を開始した。蘇軾が好んだ杜甫は、中央の政変を避けて成都に草堂を築いた年に、自らを「狂夫」として「一小伎なる文学」に自己の存在を賭けようとした。それが詩人としての出発を意味したのに対し、蘇軾の「狂」は「文人」としての新しい生き方の出発を意味した。「狂」が一つの系譜を持ち、中世詩人から近世文人へ展開していくと位置づける。

★源川進「張顛素狂の優劣論」、『二松学舎大学人文論叢』第十三輯、二松学舎大学人文学会、一九七八年。

初唐の「狂草」の書家として知られる張旭とやや遅れて活動した同じく「狂草」の書家であった懐素の優劣論が、同時代から宋代にかけて盛んに行われたこと、その際、「どちらがどれだけ「狂」に徹していたか」が問われ、「狂」の徹底度の深浅によって芸術の真価を測るむきがある、と指摘する。唐代前半期の王羲之系統の規範に忠実であろうとするものから、その後、伝統派が形骸化して、これに対してもっと自由奔放な情懐を草書に託そうとする「狂草」が起こってくる。その初期の代表が張旭と懐素であると位置づける。そして、書に革新が起こったのとほぼ同じ頃、絵画においても逸品画という新しい画風がおこったが、この逸品画家の狂逸な芸術もやはり「狂」を問題にしていることに言及する。つまり、この時代の芸術には「狂」にある価値観を見出していた、との指摘が注目される。

★二宮俊博「洛陽時代の白居易――「狂」という自己意識について――」、『中国文学論集』第十号、九州大学中国文学会、一九八一年。

白居易の洛陽閑居時代に顕著に表れる「狂」者としての自己規定を考察する。『旧唐書』に「詩人白居易」と評されるごとく、政争を避けて洛陽に閑居した時期の白居易は詩酒琴書に喜びを見いだし、「狂」者として生きる矜持を見せるが、一方で「幽暗」の意識も合わせ持っていた。中唐の時代、人物批評としての「狂」には、その人物を指弾する否定的な評価もあり、白居易の心情からは「狂」に向かう遠心力と「中庸」に戻ろうとする求心力、その危うい均衡が見える。だが結局は、自己を「狂」者として規定することに深い自己満足の念を抱いていたのではないか、とする。

★宇野直人「柳永の「狂」――中国詩歌に見る「狂」の倫理性の伝統――」、『中国文学研究』第九期、早稲田大学中国文学会、一九八三年。後、宇野直人『中国古典詩歌の手法と言語』第三章として改訂所収、研文出版、一九九一年。

北宋の詞人で「俗」な作風と誹られることも多い柳永が、当時はまだ評価の定着していなかった杜甫の語句をよく踏襲し、自分の心情の表象として「狂」を多用し、とくに遊興に耽る自分の心理状態を「狂」に託したと指摘する。柳永によって詞のジャンルに持ち込まれた「狂」の倫理性は、やがて蘇軾によって継承され、南宋の陸游や辛棄疾らの政治詞や社会詞の出現を導く基盤になった。柳永以前の詞は現実生活から切り離された安逸な楽しみであったが、柳永が「狂」のような士人のなまなましい想念を扱ってから、詞も日常と地続きとなり士人の生活感情を表白する場となった、という指摘も重要である。

★源川進「狂の思想――芸術家における狂の自任と観念――」、『二松学舎大学論集』昭和六十年度、二松学舎大学、一九八五年。

中国文学や芸術の内で、狂者と自任する人達にスポットを当て、狂の真意と観念について考察する。『論語』に見える狂者に始まり、六朝時代の竹林の七賢、顧愷之、唐の賀知章、李白、杜甫、宋の蘇東坡、黄庭堅、米芾、元の趙孟頫、倪瓚、明の思想家李卓吾、清の八大山人等を挙げて「狂」の系譜とする。彼らは「狂の目覚め」を経験し、進取の態度で「真」なるものに向かい、芸術至上主義に生きた人達であったと指摘している。

★内山知也「徐渭の狂気について」、内山知也『明代文人論』所収、木耳社、一九八六年。

本書は中国の美術と文学の関連性についての総論、および明代の画人・文人についての各論を収めた論文集であるが、その中で第六章の「徐渭の狂気について」は明末の文人画家である徐渭（一五二一～九三）の妄想嫉妬による後妻殺害や自虐行為などの異常性にスポットを当てた論考である。従来徐渭の度重なる発狂の原因が彼の精神疾患に伴う「狂気」によるのか、或いは擬態的狂気「佯狂」によるのか議論が為されてきたが、著者は彼の絵画・詩文および伝記資料等の実証に基づいて詳細な分析を施している。

★西岡淳「『剣南詩稿』における詩人像――「狂」の詩人陸放翁――」、『中国文学報』第四十冊、京都大学文学部中国語学中国文学研究室、一九八九年。

「愛国詩人」の名が冠せられることの多い南宋詩人・陸游であるが、意外にもその詩集『詩稿』中の詩には自らを「狂」と称した自嘲に満ちた詩が散見する。著者は陸游のこだわり続けた自己表現としての「狂」にスポットを当て、中国古来の「狂」概念や詩人が「狂」を自称する杜甫以来の伝統を踏まえながら、陸游の詩および詩人像に画期的な洞察を加えている。陸游にとって「狂」を自認する時、時代から孤立している無力感を実感しながらも詩人としての生き様を自負する自身への自覚を見いだしていると指摘する。
★保苅佳明「蘇東坡の詞に見られる「狂」について」、『漢学研究』第二十七号、日本大学中国文学会、一九八九年。
蘇軾以前の詩人の「狂」と、蘇軾の詩における「狂」を概観した上で、蘇軾の詞に見える「狂」について考察する。詞においては、既成の枠組みの中にいながらも視点や認識を転換することによって自己を解放する、能動的で強い自己意識を持った「狂」者の姿勢が見られる。あるいは詞という形式が、当世への強い反発を込めた生き様を述べるには弱すぎるが故に、詩の「狂」とは異なる意味合いも込められたのかも知れない、とする。
★三上英司「韓愈詩における狂字の用法について」、『人文論究』第五十三号、北海道教育大学函館人文学会、一九九二年。
一般に韓愈の文学と「狂」という概念は疎遠と捉えられる。しかし、実は韓愈が自分の姿をしばしば「狂」と捉えていたこと、そして、狂字の用法に変遷が見られることを論じている。若い頃の世に認められない自分の慷慨を直接的に表現するものから、自己の狂狷さを見つめる「詠雪贈張籍」詩（貞元十九年）を経て、他者の奔放不羈な姿に自己の姿を仮託する表現に至った（元和六年）と指摘する。さらに、元和になると韓愈が詩の世界における「狂」の意味を確信していたことに注目し、そのことと元和年間に韓愈文学の頂点とされる怪奇性の強い詩が多く制作されたこととの関連性を示唆している。
★谷口真由実「杜甫の詩と放浪——詩語「狂」にみる杜甫の心性」、鈴木昭一・横倉長恒・高梨良夫・谷口真由実

『古今東西――憶良・杜甫・ワーズワース・ホーソンの人と文学――』所収、武蔵野書院、一九九九年。

杜甫の詩には「狂」の語が数多く見える。詩語として用いられた「狂」には、その時々の杜甫の懊悩を読み取ることができる。彼の生涯を四つの時代に分け、それぞれの時代の詩語「狂」に込められた意味を考察し、時代ごとの「狂」のイメージには明らかに差異が認められ、変化していると指摘する。「狂」の大部分の用例は、自己を「狂」とみなすものであり、様々な矛盾状況のなかで葛藤する自己を自嘲するもの、また逆にそのような拙い生き方をする自己にささやかな価値を見出して温かく笑うものなどがある。親友を「狂」と表現する場合には必ずその人物への深い共感が根本にあるのが特徴であり、体制に迎合しない者への積極的な評価がこめられている。

★谷口真由実「狂夫」、後藤秋正・松本肇『詩語のイメージ――唐詩を読むために――』所収、東方書店、二〇〇〇年。

詩語「狂夫」について、時代を追って用例を調査し変遷をたどり、唐代の詩人の中では、杜甫が自己を鋭い眼差しで「狂夫」と捉え、文学のことばとして格段の深まりを見せていることを指摘している。

★八木章好「狂狷の系譜――中国古代思想における「狂」の諸相（一）」、『慶應義塾大学言語文化研究所紀要』第三十七号、慶應義塾大学言語文化研究所、二〇〇六年。

中国古代思想に見える「狂」は儒教系の「狂狷」と道教系の「佯狂」に大別できるとした上で、儒教系の「狂狷」について述べる。「狂」も「狷」も本来は否定的な意味を持つが、孔子が『論語』で「進取の気性を持つ者」「信念を守る頑固者」として肯定的に取り上げ、孟子がそれを祖述し、以後、反体制・反伝統の気骨を示す精神として受け継がれる。また儒家が経典とした『詩経』に見える「狂」を検討し、儒家の語る「狂」との共通項・類似性を指摘する。「狂」は基本的に年若い者に用いられる、という指摘は新鮮である。

★八木章好「佯狂の系譜――中国古代思想における「狂」の諸相（二）」、『慶應義塾大学言語文化研究所紀要』第三十八号、慶應義塾大学言語文化研究所、二〇〇七年。

前稿を承けて、道教系の「佯狂」について述べる。殷末の箕子、春秋楚の接輿、ともに『論語』に乱世を生き延びる明哲保身の賢者として紹介されるが、『荘子』ではその生き方を良しとしながら実践できなかった孔子を揶揄するニュアンスが込められる。「猖狂」の自由気まま、思うがままの無心の境地も加わり、単に危難を避けて身を保つだけでなく、何物にも束縛されない絶対的自由の精神として、後世の道家的な思想傾向の強い文人に継承される。「狂狷」は自らの身を世俗の中に置きながら立ち向かう儒教的「反俗」、「佯狂」は世俗の外で距離を保ち関わりを避けようとする道教的「超俗」であったが、やがて両者は一となり、中国文人の「狂」の精神を形成する。

★八木章好「魏晉の文人における「狂」について――『世説新語』を中心として――」、『慶應義塾大学日吉紀要　言語・文化・コミュニケーション』第三十八号、慶應義塾大学日吉紀要刊行委員会、二〇〇七年。

『世説新語』の逸話を題材に、魏晉の文人の「狂」を、カモフラージュ・パフォーマンス・ファッション・アイデンティティに分けて論じる。魏晉の文人の狂態は、険難な時代の風波を避ける韜晦的手段とされるが、一方で当時盛行した老荘思想の影響から、道家流の生き方を志向し、道家思想に基づく自己主張が行為の裏に認められる。薬物の服用が狂態の具体的表現に大きな作用を及ぼしていたこと、また書画の世界において「狂」や「痴」が真の芸術家の証であるとする風潮がこの時代に始まったことも指摘する。

中国以外の〈狂〉著書

★ミシェル・フーコー（田村俶・訳）『狂気の歴史――古典主義時代における――』、新潮社、一九七五年。

西欧において「狂気」を精神医学の見地からではなく、学問の研究対象とした先駆的存在がフーコーの『狂気の研究』であることは異論がないであろう。一九六一年に刊行された『狂気の歴史』では狂気の存在が歴史的な生成の中でどのように位置づけられてきたのかを解明しようという試みがなされた。

フーコーはニーチェやハイデッガーの差異や他者性の排除という概念の影響により、狂気を理性との関係性において解釈する。彼によれば、中世において狂気は人間的な現象であり、少なくとも社会に狂人の居場所があった。ところが古典主義時代（十七世紀半ば〜十九世紀初）に入り、理性の時代の到来により、狂気は理性の反義語としての「非理性」という二元論的構造の中で解釈されるようになる。狂人は権力的強要によって排除され「施療院」などの施設に閉じ込められ（フーコーが言うところの「大いなる閉じ込め」）、人間の地位から失墜した存在と見なされる。そのことで狂人はけだものから精神異常の病人へと移行し、治療すべき対象となる。そして近代にいたって狂人は共同体の中に戻り、狂気は解放され古典主義時代の沈黙を破って創造の力を持つようになるが、依然として狂気の歴史は道徳的権威に基づいた排除・抑圧の枠を出るものではないと解釈している。

★西丸四方『狂気の価値』（朝日選書一四二）、朝日新聞社、一九七九年。

著者は精神医学専攻ではあるが、様々な地域・時代の文献を閲読し、本書では狂気の本質と実態を深く追究している。なかでも中国の「狂」概念の特異性として、儒教における「狂」にプラスの価値観を認めているという指摘は出色である。また本書中でテーマとされている「佯狂」と真狂の病理的観点からみた根本的違いの洞察なども、人間の行動メカニズムを理解する上でも極めて参照に値する論著である。

★小田晉『日本の狂気誌』、思索社、一九九〇年。後、講談社学術文庫、講談社、一九九八年。

古代、中古・中世、近世、近代の各層の日本文化を、狂気をキーワードに読み解く。平凡で正常な日常からのはずれかたに酩酊で結ばれる犯罪・狂気・信仰の三者があるとの前提から、資料は民俗学・歴史学・文学のほか豊富な裁判例や法令に及び、たとえば『日本霊異記』中の犯罪や狂気の事例を分析するなど、犯罪心理学の権威でもある著者ならではの刺激的な論考が展開される。柳田民俗学に啓発され、日本の狂気をハレ（祭）―芸能―陶酔―超越（恍惚）―山民（漂泊民）―狂気―（聖）の系列に位置づけ、ケ（日常）―労働―素面―現実―本地農耕民―正気―（俗）の系列の反世界としてそれなりの役割を保ち続けた、と見る。最後に、現代社会ではハレの性質を稀薄にした狂気が日常化し、さまざまな面に及んで社会問題を引き起こしていると指摘する。

★サンドラ・ギルバート、スーザン・グーバー（山田晴子・薗田美和子・訳）『屋根裏の狂女――ブロンテと共に』、朝日出版社、一九八六年。

十九世紀のイギリス女性作家をフェミニズムの方法で研究したもの。家父長制度下の男性作家優位の時代に、女性作家がどのように独自の文学を生み出していったか。女性作家はこの時代、現実の人生では男性所有の邸宅に住まいながら、文学活動でも男性作家の築いた芸術の宮殿に取り込まれ、二重に囲い込まれていた。従順無私の天使と自立して自己実現をめざす妖怪、男性作家の描く二極化した女性像のはざまで葛藤する女性作家の姿を、書名が象徴的に示している。

★ベネット・サイモン（石渡隆司・藤原博・酒井明夫・訳）『ギリシア文明と狂気』、人文書院、一九八九年。

哲学や古典語・古典文学と医学を修め、精神分析学の研究と実践を積んだ医学部臨床系教授である著者が、ギリシア古典学と精神医学の二つの学問領域にまたがって、ギリシア文明における非理性を「狂気」というキーワードで精神医学的に解析する。ホメロス・ギリシア悲劇・プラトン・ヒポクラテスなどを取り上げるが、ここで言う「狂気」は病理的なもので、周囲の世界が崩れ落ちていく時に、自分がかつて知り正しいと思っているものに執着しようとする過剰な情熱、異常な試み、葛藤によってもたらされる。科学的な医学を発展させたギリシア文明らしく、今日の精神分析から見ても臨床的に正確に狂気が描かれていること、また演劇が精神的苦悩に対する一種の治療的役割を果たしていたことなど、中国の「狂」とは違う「狂気」の在り方が興味深い。

★佐藤泰正『文学における狂気　梅光女学院大学公開講座　論集　第三十一集』（笠間選書一六六）、笠間書院、一九九二年。

公開講座として、文学における笑い・故郷・夢・宗教・時間など様々なテーマに取り組んできた中で、狂気について各分野の研究者が論じたもの。聖書、シェイクスピアや日本の江戸時代演劇、北村透谷、萩原朔太郎などが取り上げられている。公開講座としての性格上、体系的に狂気論が展開されているわけではなく、古今東西の多様な作家・作品がさまざまな角度から語られている。

★大江健三郎・清水徹『渡辺一夫評論選　狂気について　他二十二篇』(岩波文庫)、岩波書店、一九九三年。

本書に収められている「狂気について」では、「狂気」とは、人間としての自覚を持たない人間、あるいはこの自覚を忘れた人間の精神状態のことかもしれない、という。ロンブローゾ、エラスムスなどを挙げながら、真に偉大な事業は「狂」に捕えられやすい人間であることを人一倍自覚した人間によって、地道になされるものであり、ヒューマニズムの核心にはこうした自覚があるはずであると指摘する。常に「狂」という「病患」を己の自然の姿と考えるべき、とのメッセージは示唆に富む。

★春日武彦『ロマンチックな狂気は存在するか』、大和書房、一九九三年。後、新潮OH!文庫、新潮社、二〇〇〇年。

精神医学のエキスパートである著者が、様々な臨床事例から誇大妄想・多重人格・憑依現象といった狂気のメカニズムをわかりやすく解明した論著であり、その後の一連の「狂気」あるいは「異常現象」に関連する著書の嚆矢的存在である。狂気が統合失調症(精神分裂症)と同義であるという前提のもとで、正常と狂気の境界線を明らかにしようとしている。その際、現実の精神異常の実態と、人々が一般的に抱く狂気のイメージ、こと文学において語られる畏怖と憧憬の念を併せ持つ記号化されたロマンチックな狂気との差異を明確にし、「狂気」が一人歩きすることに警鐘を鳴らしている。

★早瀬博範『アメリカ文学と狂気』、英宝社、二〇〇〇年。
古くは神秘的なもの、創造性の源としておおらかに見られていた狂気が、理性や合理性が尊ばれる現代文明社会においては危険視されるようになる。とくにアメリカにおいては、ヨーロッパ的な狂気とは異なる独特な狂気が存在するのであろうか。十九世紀と二十世紀、また南部や女性を軸として、アメリカ文学を題材に探る。

★土田知則『狂気のディスクルス』、夏目書房、二〇〇六年。
千葉大学の教員による研究プロジェクトの報告として刊行された論文集。文学・思想テクストと狂気の関係を探る。サルトル、旧約聖書の一節、宮部みゆき、などが取り上げられる。巻末に推薦参考図書があり、書誌事項とともに簡単な紹介文がついている。

★林田慎之助『漢詩のこころ　日本名作選』（講談社現代新書一八二四）、講談社、二〇〇六年。
本書は著者が、日本の漢詩人の、特に作者の人生の最も重要と思われる時期に絞った作品数篇を取り上げ、その詩魂を探った書である。「柏木如亭の風狂」の章では、漂泊の詩人・如亭が京に滞在した時期の作を通し、彼が俗世間を離れ、花鳥風月やダンディズムに生きようとしたあり方を「風狂」と表現している。また「高杉晉作の狂狷」の章では、晉作自身が「狂」の字を多用したのは、吉田松陰や明末の李卓吾の影響が強いことを指摘し、彼が「『論語』以来、正しいことは狂狷でなければ実行できない」と信じて勤王に尽くした生き方を「狂狷」としてまとめている。

★町田宗鳳『思想の身体　狂の巻』、春秋社、二〇〇六年。

『思想の身体』シリーズ中の一冊。同シリーズは、従来の学問分野やジャンルの枠を取り払い、横断的に、また人間生活の全体に関わるものとして日本の思想文化史を捉えなおすことが企図されている。当該書は、第一章、町田宗鳳「〈風狂〉の深層心理学――一休の場合」、第二章、上田紀行「社会構造にひそむ狂」、第三章、岩波明「こころの病とは何か――精神疾患における〈狂〉」、第四章、坂東真砂子「狂とセックス」、対論（宮迫千鶴・町田宗鳳）「破壊の〈狂〉、救済の〈狂〉」から構成されている。第一章で、比較宗教学者の著者は〈狂い〉を道徳的な価値判断を越えた人間性の核心にある根源的な生命力と捉え、〈風狂〉の人、一休禅師の生きざまを「破綻した魂」による〈狂い〉の実践と評し、分析を加えている。一休宗純の実像は、昔話の「頓智の一休さん」のイメージとはかけ離れ、既成の宗教を破壊するかのような〈風狂〉を実践しつつ、日本文化に新旋風を巻き起こしたとする。以下、文化人類学者、臨床医、作家、画家と個性豊かな執筆陣による多角的で先鋭的な狂の考察が興味深い。

中国以外の〈狂〉論文

★『国文学　解釈と教材の研究（特集）狂気と文学創造』十五―十一、学燈社、一九七〇年八月号。

巻頭におかれた菅野昭正「狂気と文学創造」では、ボードレール、マラルメ、ヴァレリーらフランス象徴主義文学者に共通する特徴として、彼らが日常の時間・空間を越えて物の根源的な価値を変ずる瞬間―純粋意識の冒険―と明晰な知性との往復運動の中で文学創造、詩作がなされると意識していたことを指摘している。このほか、「創造と狂気」「近代文学における狂気」「古典文学における狂気」の項目では各論者が多様な観点から文学と狂気との関わりを論じている。

★『国文学 解釈と鑑賞 (特集) 作家と狂気――創作の秘密をさぐる』三十八―二、至文堂、一九七三年一月号。

「狂気」を「病というより人間的な状態を表わす」と捉える立脚点に立ちつつ、近代以降の精神病理学の文学や芸術への視点を活用して、文学創造と狂気の関係に迫る特集である。「狂気と文学の背景」「現代作家における狂気と創造性」の二章で構成される。「現代作家における狂気と創造性」においては、〈神経症と創造性〉で泉鏡花と萩原朔太郎を、〈分裂病圏と考えられる作家と創造性〉で中原中也や芥川龍之介らを、〈うつ病（躁病）・循環性と創造性〉で夏目漱石や宮沢賢治らを、〈中毒の創造性への変身〉で坂口安吾や太宰治らを、〈性格偏奇の創造性への関与〉では、石川啄木と三島由紀夫をそれぞれ取り上げて分析している。

★『国文学 解釈と教材の研究 (特集) 知性狂乱＝幻想文学の手帖』三十三―四臨時号、学燈社、一九八八年三月号。

「世界の幻想文学を通観した上、その中で日本の幻想文学を考えるためのヒントを出す」という企画（高山宏）である。「土俗が迷宮を穿つ」「知性狂乱」「夢／悪夢／ファンタジー」「言語の過剰」「魔界／都市／地獄」の項目を立て、幸田露伴から荒俣宏、エドガー・アラン・ポーからウンベルト・エーコまでを取り上げている。

★『新日本文学 (特集) 沈黙と狂気――女性文学の深層を読む』四十八―十、五四四、一九九三年十月号。

フェニミズム文芸批評の視点から、現代の女性文学を新しく見直す試みがなされている。大庭みな子と水田宗子の対談を冒頭に置き、林京子、石牟礼道子、河野多恵子、伊藤比呂美、高橋たか子、佐多稲子らを取り上げ、書くこと、あるいは語ることにおける狂との関連性や、作品に描かれる多様な狂気の意味を分析する。父権制社会からの逸脱や近代の産業至上文明への懐疑など、それらは現代の女性文学の切り拓いてきた新たな地平を指し示している。

あとがき

「まえがき」でも述べたように、本書は平成十四年十月に刊行された『ああ　哀しいかな』の続きとして計画されたものである。幸い前書の売れ行きが順調であったことから、マルサの会のメンバーで引きつづき二冊目の論文集を出そうという話は、言わば当然の流れとして比較的早い段階でまとまったように記憶する。マルサの会として初めての書物を出した満足感とある種の高揚感が、二匹目のドジョウをねらわせたといったところである。

ところが問題は、前書の共通テーマの「死」に対して、今度のテーマは何にするかということであった。平成十四年の暮れから翌年にかけて、何度か集まっては議論を交わしたが、私のあいまいな記憶によれば、平成十五年の桜の時期、四月十二日の拙宅における「花見会」のころ——当時は、拙宅のしだれ桜の開花に合わせて、毎年四月上旬の土曜日に「飲み会」をやるのが恒例であった——には、テーマを「狂」とする意見が大勢を占めるに至ったように思う。少なくとも、「狂」以外のテーマがマルサの会の集まりでつよく主張された記憶は、私にはまったくない。ともかく、その年の七月五日の谷口真由実さんの報告を皮切りに、それぞれの関心に従って、各分野における「狂」についての研究報告が始まった。お茶の水女子大学中国文学会の例会のあとなどを利用しつつ、平成十八年の暮れまでは、二、三ヶ月に一回ほどの割合で研究会が開かれ、報告者は総じて十数人にのぼった。

この間、私の生活に大きな変化が生じた。平成十三年二月にお茶の水女子大学々長の任期があけたあと、『ああ哀しいかな』の出た平成十四年四月に二松学舎大学大学院の専任教員に就任した。以来、大学院担当の同僚とともにその年度から始まった文部科学省の21世紀COEプログラムの採択に向けて懸命の努力を重ね、その結果、平成十六年にようやく二度目の申請が首尾よく功を奏し、日本漢文学研究で同年の「革新的学術分野」に採択された。当時は「日本漢文」という特異なテーマもさることながら、「革新的学術分野」に採択された国公私立大学二八プログラム中（申請総数は三二〇件）のひとつということで、ずいぶん評判になったものである。さて、COEの採択により個人的には忙しさは倍加したが、さらに平成十七年三月には思いもかけずに学校法人二松学舎の理事長に就任することになった。大学院の講義を担当しながらの理事長職で、二足のわらじをはいたわけである。それにCOE顧問としての責任を加えれば、はいたわらじは三足にもなる。その無理がたたったせいであろうか、昨年（平成十九年）六月には腰部脊柱管狭窄症による激しい腰痛のせいで、三週間の病院生活を余儀なくされた。

ようやく、昨年の九月にはまず法人理事長のわらじを脱ぎ、今年の三月に大学院教授のわらじも脱いで、いまはCOE顧問の一足のわらじしかはいていない。

マルサの会の研究会は、私の生活があれこれ変化する間も続けられたが、いまにして思えば、三足のわらじはいささか歩きにくく、ここ数年は私のマルサの会に対する対し方は半ば「心不在焉」（心焉《ここ》に在らず）という状況であったように思う。

やがて、研究会を重ねるうちに、ひとつの問題が顕在化してきた。それは、「狂」というテーマをめぐっての問題であった。

もともと「狂」については、当初から、古典文学を専門とする人と現代文学に関心をもつ人との間に意見のくいちがいがあった。くいちがいは必ずしも一様ではなかったが、最も単純化していえば、中国現代文学研究の現段階において「狂」をテーマとすることの困難、そしてそれ故の躊躇であったように思う。要するに、中国文学に関するかぎり、「狂」をテーマとする研究は古典文学ではさほどめずらしいことではなく、「狂」に関する論文や著書も決して少なくない。それにくらべれば現代文学では「狂」の研究はまだ始まったばかりの状況と言えるだろう。これはある意味では至極当然のことで、たかだか一〇〇年ほどの歴史しかない現代文学と、優にそれの二〇数倍の長い歴史をもつ古典文学とでは、まず対象となる狂的事象の量的な差が明らかであり、おのずから人々のそれに対する関心と研究の実績は、古典文学の方が圧倒的に多い。

だが、単に量的な差異にのみ研究の困難ないしは躊躇の理由を求めるのは、あまりにも単純すぎるであろう。むしろ、「狂」の質的な差異の方がより深刻であるように思う。ここで「狂」の質というのは、狂気のありようと言い換えてもよく、近代以降は人をとりまく社会的文化的な環境がより複雑化してきて、人の精神世界はますます多様化複雑化を深めつつあるため、狂気発生のメカニズムや狂人の行動の解明は決して容易ではない。もちろん、古典と現代とを問わず「狂」は千差万別、純粋に病的な狂気もあれば先駆的超時代的な天才的知性もある。このような「狂」そのものの多様性から言えば、狂気の解明の難しさはなにも現代文学にかぎらないのであるが、ただ狂気を生む環境が古典世界と大きく異なっていることが、現代文学の狂気の解明を相対的に難しくしている理由であろう。

研究会には現代文学の人も積極的に参加し、報告を行ったが、結局、成稿に至らなかった人、原稿はできあがったものの発表をためらった人が現代文学において多数にのぼったのは、上述のような事情によるのである。さらに、今回は古典文学の分野でも原稿をまとめるに至らなかった人が多く出た。まさに「狂」というテーマの難しさの現れである。だが逆に言えば、中国文学における「狂」問題の重要性を示しているとも言えそうである。

収録の論文十篇は内容の時代順に列べてある。細かく言えば、中国古典のあとに日本古典の三篇をおき、そのうしろに中国現代文学を列べた。すなわち、本書は基本的に前書と同じ方針で編集されている。

しかしながら、前書とは二点だけ違ったところがある。ひとつは、前書では私の注文で一切禁じた注記を今回は解禁したことである。それは、執筆者のつよい要望によるものであって、平素アカデミックな論文を書き慣れている人にとって、論拠・補足の注記は文章の信頼度にかかわるものと意識されたのであろう。

ふたつ目は、「まえがき」で述べたように、「狂」に関する参考文献をリストアップして、簡単な解題を記したことである。もともとはマルサの会での情報交換から始まったもので、最初の参考文献目録をまとめたのは尾形幸子さん、その後それぞれが参照または引用したか、あるいは気づいた著書・論文をつけ加えてゆき、最終的には手分けをして解題を記したものである。収集と解題執筆には論文提出者以外のマルサの会のメンバーも関与している。なお、参考文献は、中国にかぎらず日本あるいは諸外国の文献をも含んでいる。

『鳳よ鳳よ』は、上述の理由のほか、種々の事情によって論文の執筆又は提出をやめた人が少なくなかった。『ああ哀しいかな』に比べて約半数しか論文を載せない本書の不足を、参考文献の解題が多少は補ってくれるであろうし、収録の論文とともに今後「狂」をテーマとする研究に役立てて欲しいと、心から願うものである。

前書の刊行から早くも六年目をむかえ、私の手元に原稿が集まってからでも二年あまりの時間が経過してしまった。本書刊行の遅れはすべて私個人の責任である。執筆者及び出版社にお詫びの言葉もない。

最後に、本書の執筆者、また今回は論文が載らなかったマルサの会のすべての参加者、そして終始マルサの会の連絡や記録を担当した世話役の村越貴代美さん西野由希子さん、また研究会にも参加して編集上の貴重なアドバイスをしてくれた汲古書院編集部の小林詔子さん、これらのすべての人に感謝し、御礼の言葉を述べたい。

平成二十年十二月

佐藤　保

識人風刺のゆくえ」(『言語文化論叢』金沢大学外国語教育研究センター紀要、第8号、2004年)。

大西　陽子（おおにし　ようこ）
1962年生。1992年お茶の水女子大学大学院博士課程単位取得退学（文学修士）。
一橋大学ほか非常勤講師。
「范成大に於ける紀行詩――紀行文『石湖三録』との関連を中心に――」（『名古屋大学中国語学文学論集』第５輯、1992）、「死のある日常風景――梅堯臣の場合――」（『ああ哀しいかな――死と向き合う中国文学』佐藤保・宮尾正樹編、汲古書院、2002）。

王　　廸（おう　てき）
1949年生。1998年お茶の水女子大学大学院博士課程修了（博士、人文科学）。1998－2000日本学術振興会外国人特別研究員。台湾開南大学助理教授。
『日本における老荘思想の受容』（国書刊行会、2001）、『日本老莊學研究』（台湾全華股份有限公司、2007）。

直井　文子（なおい　ふみこ）
1961年生。1991年お茶の水女子大学大学院博士課程単位取得退学（文学修士）。東京成徳大学人文学部准教授。
『菅茶山頼山陽詩集』（共著、岩波書店、1996）、「頼春水の詩」（『東京成徳大学人文学部・応用心理学部研究紀要』第16号、2009）。

西野　由希子（にしの　ゆきこ）
1965年生。1994年お茶の水女子大学大学院博士課程単位取得退学（文学修士）。
茨城大学人文学部准教授。
「追悼された暗殺死」（『ああ　哀しいかな――死と向き合う中国文学』、汲古書院、2002）、「書き換えられる“記憶”――也斯「島和大陸」考」（『茨城大学人文学部紀要』41号、2004）

杉村　安幾子（すぎむら　あきこ）
1972年生。2001年お茶の水女子大学大学院博士課程単位取得満期退学（人文科学修士）。
金沢大学外国語教育研究センター准教授。
「銭鍾書の『猫』をめぐって――知識人としての自負自尊と自嘲自虐のはざま」（『お茶の水女子大学中国文学会報』22号、2003年）、「一九四〇年代における銭鍾書――文人・知

執筆者紹介（掲載順）

佐藤　保（さとう　たもつ）
1934年生。1959年東京大学大学院修士課程修了（文学修士）。
お茶の水女子大学名誉教授。学校法人二松学舎顧問。
『中国古典詩学』（放送大学教育振興会、1997）、『中国の詩情』（日本放送出版協会、2000）。

矢嶋　美都子（やじま　みつこ）
1950年生。1998年お茶の水女子大学博士（人文科学）。
亜細亜大学法学部教授。
『庾信研究』（明治書院、2000）、「『懐風藻』に見る『文選』の影響――「桜」の考察を中心に――」（『立命館文学』第598号清水凱夫教授退職記念論集、2007。本論文を修正した中国語版は「関於漢魏六朝詩歌中的桜（桜桃）与在《懐風藻》中的桜（花）」『中日学者六朝文学研討会論文集』北京大学中文系出版、2006）。

谷口　真由実（たにぐち　まゆみ）
1959年生。1985年お茶の水女子大学大学院修士課程修了（文学修士）。1989年筑波大学大学院博士課程中退。長野県短期大学教授。
「杜甫「三吏三別」詩の世界――「新婚別」を中心に」（田部井文雄編『研究と教育の視座から　漢文教育の諸相』、大修館書店、2005）、「杜甫の社会批判詩と房琯事件」（『日本中国学会報』第53集、2001）。

村越　貴代美（むらこし　きよみ）
1962年生。1997年お茶の水女子大学博士（人文科学）。
慶應義塾大学経済学部教授。
『北宋末の詞と雅楽』（慶應義塾大学出版会、2004）、「姜夔の楽論における琴楽」（『風絮』２号、2006）。

鳳よ鳳よ
――中国文学における〈狂〉――
平成二十一年七月二十七日　発行
編　者　佐　藤　　保
発行者　石　坂　叡　志
印刷所　中台整版
　　　　モリモト印刷
発行所　汲　古　書　院
〒102-0072　東京都千代田区飯田橋二―五―四
電　話〇三（三二六五）九七六四
FAX〇三（三二二二）一八四五
ISBN978－4－7629－2864－2　C3098

KYUKO-SHOIN, Co.,Ltd.　Tokyo